CHUCK PALAHNIUK

NO SUFOCO

TRADUÇÃO: **ÉRICO ASSIS**

Titulo original: *Choke*

Este livro foi revisado segundo o Novo Acordo Ortográfico da Língua Portuguesa.

Produção editorial: Pólen Editorial
Preparação: Mariana Góis
Revisão: Clara Diament, Hed Ferri e Lizandra M. Almeida
Diagramação: Júlia Yoshino
Capa: Rico Bacellar

Dados Internacionais de Catalogação na Publicação (CIP)
Angélica Ilacqua CRB-8/7057

Palahniuk, Chuck
No Sufoco / Chuck Palahniuk; tradução de Érico Assis. – São Paulo: LeYa, 2015.
272 p.

ISBN 978-85-441-0269-5
Título original: *Choke*

1. Literatura norte-americana 2. Ficção I. Título II. Assis, Érico

15-0560 CDD–813

Índice para catálogo sistemático:
1. Literatura norte-americana

Casa dos Mundos Produção Editorial e Games Ltda.
Rua Avanhandava, 133 | Cj. 21 – Bela Vista
01306-001 – São Paulo – SP
www.leya.com.br

Pro Lump.

Pra sempre.

Capítulo 1

Não leia isso aqui. Nem se dê ao trabalho.

Você vai ler umas poucas páginas e já vai dar vontade de largar. Esqueça. Vá passear. Saia daqui enquanto você ainda é gente.

Salve-se.

Certo que tem coisa melhor na TV. Se tá sobrando tempo aí, por que você não arranja uma faculdade pra fazer à noite? Que tal ser médico? Você pode ser alguém. Sai pra jantar. Vai pintar o cabelo.

Afinal, você também tá ficando velho.

A primeira coisa que acontece aqui já vai te deixar indignado. Depois piora. Depois piora mais.

Esta aqui é a história imbecil de um garotinho imbecil. É uma história real e imbecil de gente que você nunca ia ter vontade de conhecer. Imagine um pirralho, desses que bate na sua cintura, loiro, cabelinho penteado pro lado. Imagine o bostinha naquelas fotos de colégio. Já perdeu uns dentes de leite, os permanentes saindo cada um pra um lado. Imagine ele de blusão, um blusão listrado, azul e amarelo, o blusão do aniversário, o blusão imbecil que era o que ele mais gostava. Naquela idade o babaquinha já roía as unhas. O tênis que ele mais gosta: o Keds. A comida preferida: croquete de salsicha. Porra, croquete de salsicha.

Imagine o bocozinho andando no ônibus escolar, o ônibus roubado, sem cinto de segurança, com a Mamãe, depois da janta. Só que tinha uma viatura parada no motel deles, por isso a Mamãe passou reto a cem, cento e dez por hora.

Esta aqui é a história de um fuinha, um imbecilzinho que, pode crer, foi o mais imbecil, mais bebê chorão, o lesado mais leso que já houve neste mundo.

Um pau no cu.

A Mamãe fala:

– A gente vai ter que se apressar.

Aí eles sobem o morro naquela estrada estreitinha, as rodas de trás puxando prum lado e pro outro por causa do gelo. Os faróis deixam a neve azul. Ela se espalha da beira da estrada pra floresta escura.

Imagine que é tudo culpa dele. Ah, aquele matuto.

A Mamãe para o ônibus um pouco antes da base dum desfiladeiro. Os faróis brilham contra o branco do rochedo. Ela fala:

– A gente só pode vir até aqui.

As palavras saem ebulindo nuvens brancas que mostram sua grande capacidade pulmonar.

A Mamãe puxa o freio de mão e fala:

– Pode sair, mas deixa o casaco no ônibus.

Imagine o pentelhinho imbecil que deixa a Mamãe botá-lo parado na frente do ônibus. O inútil do trairinha fica lá, imóvel, olhando pro clarão dos faróis, e deixa a Mamãe tirar o blusão de que ele mais gosta. O bananinha fica lá na neve, seminu, enquanto o motor do ônibus ruge, e o rugido ecoa pelo desfiladeiro, e a Mamãe some em algum lugar atrás dele, na noite, no frio. Os faróis deixam o debiloidezinho cego. O motor abafa o som das árvores se raspando com o vento. Por causa do frio só dá pra respirar um pouquinho por vez, por isso a membraninha mucosa tenta respirar duas vezes mais rápido.

Ele não sai correndo. Ele não faz porra nenhuma.

Em algum lugar atrás dele, a Mamãe fala:

– Não se vire. Não se mexa por nada.

A Mamãe conta pra ele que na Grécia Antiga existia uma menina muito bonita, filha de um ceramista.

O garoto e a Mamãe passam uma noite em cada motel. É assim que sempre acontece quando ela sai da cadeia e vai buscá-lo. Toda refeição é fast-food, e eles passam no carro, sempre rodando, sem parar, o dia inteiro. Hoje, no almoço, o garoto tentou comer o croquete de salsicha ainda pelando e quase o engoliu inteiro. Mas aí o croquete de salsicha ficou entalado e ele não conseguia respirar nem falar até que a Mamãe se jogou pro lado dele na mesa.

Então, dois braços o abraçaram por trás, o ergueram do chão, e a Mamãe falou bem baixinho:

– Respira! Respira, diabo!

Depois, o garotinho ficou chorando e o restaurante inteiro o cercou.

Naquele instante, pareceu que o mundo inteiro estava preocupado com ele. Era um monte de gente que o abraçava, que passava a mão no seu cabelo. Todo mundo queria saber se ele estava bem.

Era como se aquele momento fosse durar pra sempre. E que pra você ter amor só precisa arriscar sua vida. Que pra ser salvo você tem que chegar à beira da morte.

– Ok. Pronto – a Mamãe falou enquanto limpava a boca dele –, agora eu te dei à luz.

No instante seguinte, uma das garçonetes lembrou que tinha visto a foto do garotinho numa caixa de leite. Aí a Mamãe já saiu, levando o birrento de volta pro motel a cento e dez por hora.

Na volta, eles saíram da rodovia pra comprar uma latinha de spray preto.

Mesmo depois de correr por tudo, eles chegaram no meio do nada no meio da madrugada.

Aí, atrás de si, o garotinho imbecil ouve a Mamãe chacoalhando a latinha de spray, aquela bolinha que se bate dentro da lata, e a Mamãe fala que a grega lá da história era apaixonada por um rapaz.

– Mas o rapaz era de outro país e tinha que voltar pra lá – diz a Mamãe.

O garoto ouve um chiado e sente o cheiro da tinta spray. O motor muda o barulho, dá uma pancada, fica mais rápido, mais alto, e o ônibus começa a balançar de um pneu pro outro.

Aí, na última noite em que a menina e o namorado ficariam juntos, fala a Mamãe, a garota comprou um lampião e o colocou de um jeito que a sombra do rapaz ficasse na parede.

O chiado da tinta spray some e volta. Primeiro é um chiado curto, depois um mais comprido.

E a Mamãe fala que a menina contornou a sombra do namorado na parede pra sempre lembrar como ele era, um registro daquele instante, o último em que eles passariam juntos.

Nosso bebê chorão continua fixo nos faróis. Seus olhos enchem-se de água, e, quando ele os fecha, vê a luz vermelha passar pelas pálpebras. Seu sangue.

E a Mamãe conta que no dia seguinte o namorado da menina tinha ido embora, mas a sombra dele ficou.

Só por um instante, o menino olha pro lugar onde a Mamãe está contornando sua sombra imbecil contra a face do rochedo, só que o menino está tão longe que sua sombra ganha de uma cabeça a altura da mãe. Seus bracinhos magricelas parecem maiores. Suas pernas gordinhas estão mais compridas. Seus ombros fininhos estão bem abertos.

E a Mamãe fala:

– Não é pra olhar. Não mexa um músculo sequer, senão você vai destruir meu trabalho.

E o fuxiqueiro volta a encarar os faróis.

A latinha de spray chia. A Mamãe fala que antes dos gregos ninguém fazia arte. Foi assim que inventaram a pintura. Ela conta que o pai da menina usou o contorno na parede de modelo pra fazer uma versão em argila do rapaz, e que foi assim que inventaram a escultura.

É sério, a Mamãe falou:

– Quem é feliz não faz arte.

Foi aí que nasceram os símbolos.

O menino fica parado, começa a tremer em frente ao clarão, tentando não se mexer, e a Mamãe continua a trabalhar, a falar pra grande sombra que um dia ela vai ensinar pros outros tudo que a Mamãe lhe ensinou. Um dia a sombra vai ser um médico que salva gente. Que vai trazer felicidade às pessoas. Ou coisa melhor que felicidade: paz.

A sombra vai ter respeito.

Um dia.

Isso foi antes de o menino descobrir que o Coelhinho da Páscoa era mentira. Antes do Papai Noel, da Fada do Dente e de São Cristóvão, da física newtoniana e do modelo do átomo segundo Niels Bohr, o garoto imbecil, tão imbecil, ainda acreditava na Mamãe.

Um dia, quando ele crescesse, a Mamãe fala pra sombra, o garoto ia vir aqui e ia descobrir que ele cresceu exatamente no contorno que ela tinha pensado pra ele naquela noite.

Os braços nus do garoto tremem de frio.

E a Mamãe fala:

– Se controla, cacete. Fica parado, senão você estraga tudo.

E o menino tentou sentir mais calor, mas, por mais que as luzes fossem fortes, elas não aqueciam.

– Preciso fazer o contorno bem certinho – a Mamãe falou. – Se você tremer, vai ficar todo borrado.

Foi só anos depois, quando o medíocre já tinha se formado entre os primeiros da turma e tinha ralado pra entrar na Faculdade de Medicina da Universidade do Sul da Califórnia – só quando ele tinha vinte e quatro anos e estava no segundo ano de medicina, quando a Mamãe teve o diagnóstico e ele foi nomeado responsável legal – foi só aí que o patetinha se deu conta de que ficar forte, rico e inteligente é só a primeira metade da vida.

Agora as orelhas do garoto doem de frio. Ele se sente tonto, hiperventilado. Seu peito de passarinho está embolotado que nem pele de galinha. O frio deixou seus mamilos contraídos e o porrinha fala pra si mesmo: "Sério, eu mereço".

E a Mamãe fala:

– Vê se pelo menos fica reto.

O garoto bota os ombros pra trás e imagina que os faróis são um pelotão de fuzilamento. Ele merece a pneumonia. Ele merece a tuberculose.

Vide: Hipotermia.

Vide: Febre tifoide.

E a Mamãe fala:

– Depois de hoje à noite, eu nunca mais vou te incomodar.

O motor do ônibus para e solta um tornado de fumaça azulada.

E a Mamãe fala:

– Fica parado, se não quiser levar uma surra.

E é totalmente óbvio que o pentelhinho merecia a surra. Ele merecia de tudo. Ele é o jequinha iludido que achava que o futuro ia ser melhor. Que era só trabalhar pesado. Que era só aprender muito. Que era só correr. Que tudo ia dar certo e a vida ia ter valor.

O vento sopra e grãos secos de neve caem das árvores. Cada floquinho arde nas suas orelhas e bochechas. Mais neve derrete entre os seus cadarços.

– Você vai ver – a Mamãe fala. – Vai valer o sofrimento.

Ele ia contar a história pro filho dele. Um dia.

Aquela menina, a Mamãe conta, ela nunca mais viu o namorado.

E o menino é tão imbecil que acha que um desenho ou uma escultura ou uma história têm como substituir uma pessoa que você ama.

E a Mamãe fala:

– Você tem tanta coisa pela frente.

Difícil de engolir essa, mas o garotinho imbecil, o preguicento, o ridículo, ficou ali parado, tremendo, olhinhos apertados diante do clarão e do barulho, e achou que o futuro ia ser lindo. Imagine alguém tão burro que não sabe que esperança é só uma fase que passa. Que achava que era possível fazer uma coisa, qualquer coisa, que durasse pra sempre.

Até lembrar que esse negócio é uma coisa imbecil. Ninguém sabe como ele continua vivo.

Então, de novo: se vai ler isso aqui, pare.

Ele não vai ser desses aí: valente, bondoso, comprometido. Não. Você não vai cair de amores por ele.

Só pra avisar: você está lendo a história, completa e sem cortes, de um viciado. Porque na maioria desses programas de doze passos, esses pra recuperação de viciados, o passo quatro é fazer um inventário da sua vida. Cada momento idiota e encaralhado da sua vida, você anota num caderninho. É a ficha corrida. Todos os crimes. Cada pecadinho lá, bem na sua frente. Aí você tem que consertar tudo. Isso vale pra alcoólatra, drogado e comedor compulsivo, e também vale pra sexólatra.

Assim você tem como rever o pior da sua vida sempre que precisar.

Porque dizem que quem esquece o passado está condenado a repeti-lo.

Se você ainda estiver lendo isso aqui, olha, sério: não é da sua conta.

Aquele meninho imbecil, naquela noite gelada, só vai virar mais merda pra você ter na cabeça enquanto tiver trepando, coisa que você põe na cabeça pro champanhe não estourar. Se você for um cara.

Esse é o pulhazinho, o fracote pra quem a Mamãe falou:

– Espera só mais um pouquinho, faz mais um esforço e vai ficar tudo bem.

Rá.

A Mamãe que falou:

– Um dia vai valer o esforço, eu juro.

E aí esse boquiaberta, esse boçal, o imbecil, ele ficou o tempo todo lá parado, tremendo, seminu, na neve, e acreditou mesmo que tinha como alguém prometer uma coisa tão impossível.

Então se você acha que isso vai te salvar...

Se você acha que alguma coisa pode te salvar...

Então olha só: não aviso mais.

Capítulo 2

Está escuro e começando a chover quando chego na igreja. Nico está esperando que alguém abra a porta lateral, abraçando a si mesma por causa do frio.

– Segura aqui pra mim. – Ela me entrega uma coisa de seda. – Só umas horinhas. Eu tô sem bolso. – Ela veste um casaco imitando camurça laranja com gola de pelo laranja. A saia do vestido, floral, sai por baixo do casaco. Não tem meia-calça. Ela sobe os degraus até a porta da igreja, os pés cautelosos, virados de lado, salto agulha preto.

A coisa que ela me entregou é úmida e quentinha.

É a calcinha dela. Nico dá um sorriso.

Atrás da porta de vidro, uma mulher passa o esfregão. Nico bate no vidro e aponta pro relógio no pulso. A mulher enfia o esfregão no balde. Levanta o esfregão. Esguicha o esfregão. Aí encosta o esfregão do lado da porta e pesca um molho de chaves no bolso do avental. Enquanto destranca a porta já vai gritando por trás do vidro:

– Hoje vocês vão ficar na Sala 234. Sala da escola dominical.

Já tem mais gente no estacionamento. Outros sobem a escada, dizem oi. Escondo a calcinha da Nico no bolso. Outros vêm correndo os últimos degraus atrás de mim pra aproveitar antes que a porta se feche. Acredite se quiser: você conhece essa gente toda.

Eles são lendas. Faz anos que você ouve falar de cada homem e cada mulher desse recinto.

Nos anos 1950, uma empresa líder em aspiradores de pó testou um novo design. Colocaram uma hélice giratória, uma lâmina bem afiada a centímetros da ponta do tubo que aspira. O ar entra, faz a lâmina girar e a lâmina pica tudo que é fio, fiapo ou pelo de bicho que podia deixar a mangueira entupida.

Essa era a ideia.

O que aconteceu: um monte desses homens aqui correu pro pronto-socorro com o pau mutilado.

Pelo menos é o que diz a lenda.

Sabe aquela de quando fizeram uma festa surpresa pra dona de casa? Amigos e familiares estavam escondidos numa sala, aí apareceram gritando "Feliz aniversário!" e ela estava toda arregaçada no sofá, o cachorro lambendo a manteiga de amendoim que ela tinha passado entre as pernas...

Então: ela existe.

Aquela lendária mulher que chupa o cara que tá dirigindo, aí o cara perde o controle do carro e pisa no freio tão forte que a mulher arranca metade do pau dele: conheço os dois.

Estão todos aqui.

É por causa deles que todo pronto-socorro tem uma broca com ponta de diamante. É pra fazer um buraco no fundo da garrafa de champanhe ou de refrigerante. Pra aliviar a sucção.

São esses que vêm andando que nem pinguim, no meio da madrugada, dizendo que escorregaram e aí caíram numa abobrinha, numa lâmpada, numa Barbie, nas bolas de sinuca, no pobre do esquilinho se debatendo lá dentro.

Vide: O taco de bilhar.

Vide: O hamster sírio.

Eles escorregaram e caíram no chuveiro, na mira do frasco de xampu com vaselina. Eles estão sempre sendo atacados por um ou mais de um desconhecido, que surgem com velas, tacos de beisebol, ovos cozidos, lanternas, chaves de fenda, que agora precisam ser retirados. Eis aqui os caras que ficam presos na saída de água da hidromassagem.

A meio caminho da Sala 234, Nico me joga na parede. Ela espera todo mundo passar e fala:

– Eu sei aonde a gente pode ir.

Todo mundo vai pra sala da escola dominical, a de cor pastel. Nico sorri pra eles. Ela gira um dedo do lado da orelha, sinal universal de doido. Ela fala:

– Medíocres.

E me puxa pro outro lado, pra uma placa que diz *Feminino.*

Entre os camaradas lá da Sala 234 está o falso inspetor de saúde que chama meninas de catorze anos pra descreverem suas vaginas.

Ali está a animadora de torcida que teve que fazer lavagem estomacal, em que acharam meio quilo de esperma. O nome dela é LouAnn.

O cara do cinema que enfia o pau pelo buraco no fundo do saco de pipoca. Pode chamá-lo de Steve. Hoje o coitado está em volta da mesa suja de tinta, se apertando na cadeirinha de plástico da escola dominical.

Toda essa gente que você considera piada. Vai lá. Pode cagar de rir.

É o povinho da compulsão sexual.

Tudo que você achou que era lenda urbana. Pois é: tudo ser humano. Têm nome, têm rosto. Têm emprego, têm família. Têm diploma e têm ficha na polícia.

No banheiro feminino, Nico me joga sobre o piso frio e se acocora na frente da minha virilha. Sua mão me puxa pra fora da calça. Com a outra mão, Nico pega minha nuca e traz minha boca aberta para dentro da dela. Enquanto as línguas brigam, ela molha a cabeça do meu cão com a ponta do polegar. Puxa meu jeans até as coxas. Puxa a bainha do vestido pra cima, faz tipo uma reverência, os olhos fechados e a cabeça meio inclinada pra trás. Encosta os pentelhinhos dela nos meus, chega do lado do meu pescoço e fala uma coisa.

Eu falo:

– Nossa, você é linda.

Porque é só isso que eu vou poder falar nos próximos minutos.

Aí Nico se vira pra me olhar e fala:

– O que cê quer dizer com isso?

E eu falo:

– Sei lá.

Eu falo:

– Acho que nada.

Eu falo:

– Esquece.

O piso tem cheiro de desinfetante. A sensação é que minha bunda está passando numa lixa. As paredes sobem até um teto acústico e saídas de ar peludas de pó e de nojeiras. Tem aquele cheiro de sangue das caixas de metal enferrujadas para descarte de absorventes.

Eu falo:

– Seu formulário? – Estalo os dedos. – Trouxe?

Nico ergue a bacia só um pouquinho e depois desce. Levanta e se acomoda. A cabeça ainda pra trás, os olhos ainda fechados, ela puxa do decote um quadradinho de papel azul e solta no meu peito.

Eu falo:

– Boa garota.

E pego a caneta presa no bolso da minha camisa.

Subindo gradativamente, Nico ergue os quadris e aí senta fundo. Remexe um pouco, pra frente e pra trás. Com as mãos plantadas em cima de cada coxa, ela se empurra pra cima e depois solta.

– Volta ao mundo – eu falo. – Volta ao mundo, Nico.

Ela abre os olhos só pela metade, olha pra mim e eu faço um giro com a caneta, como uma colher na xícara de café. Apesar de eu estar vestido, o quadriculado dos ladrilhos está marcando as minhas costas.

– Isso aí, volta ao mundo – eu falo. – Faz pra mim, meu docinho.

Aí Nico fecha os olhos e segura a saia pela cintura com as duas mãos. Põe todo o peso nas minhas coxas e um pé na minha barriga. Ela gira o outro pé sem sair de mim, mas de cara pros meus pés.

– Legal – eu falo. Desdobro o papel azul sobre as costas arqueadas de Nico e assino meu nome embaixo, no espaço que diz *padrinho*. Pelo vestido dá pra sentir o fecho do sutiã, bem grosso, um elástico com cinco ou seis ganchinhos. Dá pra sentir as costelas debaixo de uma camada de músculo.

Nesse momento, lá na Sala 234, está a namorada do primo do seu melhor amigo, aquela que quase morreu dando pro câmbio de um Ford Pinto depois de ter comido *Spanish Fly*. O nome dela é Mandy.

Tem o cara que entrou numa clínica de jaleco branco e começou a fazer exames pélvicos.

Tem o cara que fica sempre deitado no quarto de motel, pelado, por cima das cobertas, com a paudurescência matinal, fingindo que dorme, até que a arrumadeira entre.

Todos esses amigos de amigos de amigos de amigos do ouvi dizer... todos aqui.

O homem que ficou aleijado por causa da máquina de ordenha: ele se chama Howard.

A menina que ficou pendurada nua na barra da cortina do chuveiro, semimorta, asfixiação autoerótica: ela se chama Paula e é sexólatra.

Oi, Paula.

Aqueles que te passam a mão no metrô. Os que abrem o sobretudo.

Os que armam câmeras na borda interna dos vasos sanitários do banheiro feminino.

O cara que passa sêmen nas abas dos envelopes de depósito no caixa automático.

Os voyeurs. As ninfos. Os velhos babões. Os portas de banheiro. Os fisteiros.

Os bichos-papões, homens e mulheres, de quem sua mãe falava. Todas aquelas histórias da carochinha pra dar medo.

Estamos aqui. Estamos vivos. Não estamos bem.

Esse é o mundo dos doze passos do vício em sexo. Do comportamento sexual compulsivo. Toda noite durante a semana eles se encontram nos fundos de alguma igreja por aí. No salão de algum centro comunitário. Toda noite, em qualquer cidade. Tem até reunião pela internet.

Meu melhor amigo, Denny: conheci num encontro dos sexólatras. Denny chegou ao ponto que tinha que se masturbar quinze vezes por dia só pra ficar tranquilo. Aí ele mal conseguia fechar a mão e estava preocupado com os efeitos de longo prazo daquele monte de gel de vaselina na pele.

Ele tinha chegado a pensar em usar uma loção. Mas tudo que deixasse a pele mais suave parecia contraproducente.

Denny mais todos os homens e mulheres que você acha tão horrendos, tão risíveis ou tão patéticos: é aqui que eles vêm pra relaxar. É aqui que eles vêm pra se abrir.

Aqui que ficam as prostitutas e os delinquentes sexuais com três horas de indulto da segurança mínima, coladinhos em mulheres que amam um *gang bang* e em caras que ficam se chupando em livrarias eróticas. É aqui que a puta encontra o cliente. Que o molestador encontra a molestada.

Nico leva a bundona branca quase até a ponta do meu cão e aí bota pra baixo. Sobe e desce. Meu comprimento todo pra dentro das tripas dela. Pistão sobe, pistão desce. Quanto mais ela aperta minhas coxas, maiores ficam os músculos dos seus braços. Minhas pernas começam a ficar brancas, dormentes.

– Agora que a gente já se conhece – eu falo –, Nico, você diria que gosta de mim?

Ela se vira e me olha por cima do ombro:

– Quando cê for médico cê pode escrever receita pra tudo, né?

Isso se eu voltar pra faculdade. Quando você quiser trepar, nunca subestime o poder do diploma de medicina. Levanto as mãos, as duas segurando a parte inferior, suave e esticada de cada coxa. Imagino que posso ajudá-la a levantar. Ela envolve os dedinhos gelados e macios nos meus.

Enluvando meu cão, sem olhar pra trás, ela fala:

– Minhas amigas tão apostando uma grana que cê é casado.

Seguro sua bunda branca e macia.

– Quanto? – eu falo.

Falo pra Nico que de repente as amigas dela têm razão.

A real é que todo filho de mãe solteira nasce praticamente casado. Não sei por quê, mas até sua mãe morrer parece que todas as outras mulheres na sua vida não podem ser mais que amantes.

Na história moderna de Édipo, é a mãe que mata o pai e fica com o filho.

E não tem como se divorciar da mãe.

Nem matá-la.

E Nico fala:

– Como assim *todas as outras mulheres*? Putz, são quantas?

Ela fala:

– Ainda bem que a gente emborrachou o bicho.

Pra saber a lista completa de parceiras sexuais, eu teria que conferir meu passo quatro. Meu caderninho do inventário moral. O histórico completo e implacável do meu vício.

Isso se eu voltar lá pra terminar essa bosta desse passo.

Pra todo mundo que está na Sala 234, trabalhar nos doze passos num encontro de sexólatras é uma ferramenta muito importante e muito válida pra compreender e se recuperar da... enfim, você entendeu.

Pra mim, esse curso é deveras instrutivo. Dicas. Técnicas. Estratégias pra trepar que você nunca nem sonhou. Contatos. Quando eles vêm contar as histórias, os viciados são uns puta duns gênios. E ainda tem as detentas, que têm três horas de terapia dialógica de compulsão sexual.

Tipo a Nico.

Noites de quarta: Nico. Noites de sexta: Tanya. Domingos: Leeza. Leeza com suor amarelo: nicotina. Quase dá pra dar a volta com as mãos na cintura da Leeza, porque o abdominal dela é uma rocha de tanto que ela tosse. Tanya sempre volta contrabandeando um brinquedinho de borracha, geralmente um consolo ou um fio de continhas de látex. Equivalente sexual do brinde que vem na caixa de cereais.

Sabe aquela história de que coisa bonita é uma alegria eterna? Pelo que eu sei, até a coisa mais esplendorosa é alegria só pra umas três horas, no máximo. Depois ela vai querer contar tudo que é trauma de infância. Encontrar uma dessas meninas presidiárias é aquela beleza de olhar no relógio e ver que daqui a meia hora ela vai estar atrás das grades.

É tipo a Cinderela, só que à meia-noite ela volta a ser fugitiva da justiça.

Não que eu não ame essas mulheres. Amo tanto quanto se ama o pôster da revista, vídeo de trepada, website adulto. Pra sexólatra isso é amor aos montes. Não que a Nico me ame muito, também.

Não é tanto um romance, mas mais oportunidade. Se você bota vinte sexólatras em volta de uma mesa, uma noite depois da outra, vai ficar surpreso se der nisso?

Além disso, os livros pra recuperação de sexólatra que vendem aqui são tudo que você sempre quis saber pra trepar mas não sabia como perguntar. Claro que é tudo feito pra ajudar você a perceber que é um *junkie* do sexo. Eles colocam aqueles testes tipo "se você faz alguma das coisas a seguir, você pode ser um alcoólatra". As dicas incluem:

Você rasga o forro das suas roupas de banho para que sua genitália fique aparente?

Você deixa a blusa ou o zíper aberto e finge que está conversando em cabines telefônicas, de forma que suas roupas se abram e mostrem que você não está usando nada por baixo?

Você corre sem sutiã ou sem cueca visando atrair parceiros sexuais?

Minha resposta pra todas as anteriores é: "Agora sim!"

Além disso, nesse lugar, ser tarado não é culpa sua. O comportamento sexual compulsivo não é você querer que chupem seu pau sem parar. É uma doença. É uma compulsão física que está só esperando o *Manual diagnóstico e estatístico* lhe atribuir um código. Aí o tratamento entra no plano de saúde.

Dizem que até Bill Wilson, um dos fundadores do Alcoólicos Anônimos, tinha a maior dificuldade de se aguentar e passou a vida de sobriedade traindo a esposa, atolado na culpa.

Dizem que os viciados em sexo ficam dependentes de uma substância que o corpo cria quando faz sexo constante. O orgasmo enche o corpo de endorfinas que acabam com a dor e servem de tranquilizante. O viciado em sexo na real é viciado em endorfina, não em sexo. O viciado em sexo tem níveis baixos de monoamina oxidase. Viciado em sexo quer mesmo é feniletilamina, o peptídeo que se ativa com perigo, com paixão, com risco ou com medo.

Pro viciado em sexo, suas tetas, seu pau, seu grelo, sua língua e seu cu são uma dose de heroína, sempre a postos, pronta pra ser usada. Nico e eu nos amamos tanto quanto o *junkie* ama o pico.

Nico começa a cair com força, pinoteando no meu cão contra a parede anterior das tripas. Mete dois dedos molhados dentro dela mesma.

Eu falo:

– E se a moça da limpeza entrar?

E Nico me gira dentro dela, e fala:

– Isso, isso. Ia ser um tesão.

Já eu não consigo deixar de pensar na marca de bunda, grandona, lustrosa, que a gente vai deixar nos ladrilhos encerados. Tem uma fileira de pias nos olhando. Luz fluorescente piscando. Nos canos cromados debaixo de cada pia, você vê o reflexo do pescoço de Nico, que é só mais um tubo comprido. A cabeça caída pra trás, os olhos fechados, a respiração fazendo vapor que chega até o teto. Os peitões florais. A língua caída pro lado. O caldinho que sai dela, escaldante.

Pra não gozar, eu falo:

– Que tanta coisa você contou da gente pro teu pessoal?

E Nico fala:

– Elas querem te conhecer.

Tento pensar na resposta perfeita, mas não interessa. Aqui você pode dizer qualquer coisa. Enema, orgia, bichinho: pode admitir qualquer tara que ninguém vai ficar surpreso.

Na Sala 234, todo mundo tem histórias de guerra. Todo mundo tem sua vez. Essa é a primeira parte da reunião, o *check-in*.

Depois eles leem as escrituras, as rezas e tal, discutem o tópico da noite. Cada um vai trabalhar um dos doze passos. O passo um é admitir que você não tem força. Que você tem um vício e não consegue parar. O passo um é contar sua história, o que tiver de pior. O baixo mais baixo.

O problema do sexo é o mesmo de qualquer vício. Você está sempre em recuperação. Você está sempre derrapando. Aprontando.

Até encontrar uma coisa pela qual lutar, você topa uma coisa *contra* a qual lutar. Toda essa gente que fala que quer uma vida livre da compulsão sexual? Pô, esquece. Porque tem coisa melhor que sexo?

É óbvio que o pior boquete é melhor que, digamos, cheirar a melhor rosa... assistir ao melhor pôr do sol. Ouvir risada de criança.

Acho que nunca vou ver um poema tão doce quanto um orgasmo goza-quente, rala-bunda, solta-tripa.

Pintar um quadro, compor uma ópera: isso são só coisas pra se fazer até que se ache mais um rabinho por aí que esteja a fim.

Assim que você achar uma coisa melhor que sexo, me liga.

Ninguém dessa gente da Sala 234 é Romeu, Casanova, Don Juan. Não são nem Mata Haris nem Salomés. É gente que você encontra e cumprimenta todo dia. Não são feias, não são lindas. São lendas que sobem o elevador do seu lado. Que servem o seu café. Criaturas mitológicas que rasgam o canhoto do seu ingresso. Que descontam seu cheque. Que botam a hóstia na sua língua.

No banheiro feminino, dentro de Nico, cruzo os braços atrás da cabeça.

Durante os próximos sei lá quanto tempo, não tenho problema nenhum neste mundo. Não tenho mãe. Não tenho dívida no hospital. Não tenho o emprego bosta no museu. Não tenho amigo canalha. Nada.

Não sinto nada.

Pra que dure, pra não gozar, falo pras costas florais da Nico como ela é linda, como ela é querida, como eu preciso dela. Daquela pele, daquele cabelo. Pra durar. Porque é a única hora em que eu posso falar. Porque assim que acabar, um vai odiar o outro. Assim que a gente se ver gelado e suado no chão do banheiro, assim que os dois gozarem, a gente não vai querer nem olhar na cara do outro.

A única pessoa que a gente vai odiar mais que o outro é a gente mesmo.

São os únicos minutinhos que eu me sinto humano.

Só por esses minutos eu não me sinto sozinho.

E ali, montada em mim, cavalgando, subindo e descendo, Nico fala:

– E aí, quando vai me apresentar pra tua mãe?

E eu falo:

– Nunca. Quer dizer: impossível.

E Nico, com o corpo todo apertado e me punhetando com as tripas úmidas e ebulientes, Nico diz:

– Ela tá na prisão ou no pinel ou coisa do tipo?

Sim, e passou lá boa parte da vida.

Durante uma trepada, é só perguntar pro cara sobre a mãe que você consegue atrasar o big bang pra sempre.

E Nico pergunta:

– Então ela já morreu?

E eu falo:

– Mais ou menos.

Capítulo 3

No mais, quando eu vou visitar minha mãe, nem finjo que eu sou eu.

Porra, não finjo nem que eu me conheço.

Antes eu fingia.

Então, a minha mãe, parece que a única ocupação atual dela é perder peso. Sobrou uma coisinha tão mirrada que ela parece uma boneca de pano. Tipo efeito especial. Como se não tivesse sobrado muita coisa pra caber uma pessoa inteira naquela pele amarela. Os bracinhos finos de boneca pairam sobre as cobertas, sempre recolhendo uns fiapos. A cabeça diminuta fica caída em volta do canudinho na boca. Quando eu vinha como eu mesmo, como Victor, como seu filho Victor Mancini, a visita durava menos de dez minutos e aí ela chamava a enfermeira e me dizia que estava cansada.

Aí, uma semana, minha mãe começa a achar que eu sou um defensor público indicado pelo judiciário que já a representou algumas vezes, Fred Hastings. O rosto dela se abre todo quando me vê e ela se joga na pilha de travesseiros, balançando a cabeça de leve, e ela fala:

– Oh, Fred.

Ela fala:

– Minhas digitais ficaram nas embalagens de tintura. Foi imprudência deliberada, muito na cara, mas como atitude sociopolítica foi genial.

Eu falo que não foi o que pareceu na câmera da lojinha.

Além disso, tinha a acusação de sequestro. Tudo no vídeo.

E ela ri, ela ri mesmo, e fala:

– Fred, você é muito tolinho querendo me salvar.

Ela fala assim durante meia hora, acima de tudo sobre o incidente insensato com a tintura. Aí pede pra eu trazer um jornal da sala de recreação.

No corredor em frente ao quarto dela tem uma médica, uma mulher de jaleco segurando uma prancheta. Parece que ela tem um cabelo escuro comprido, que fica armado como um cerebrinho negro em sua nuca. Ela não usa maquiagem, o rosto parece só pele. Óculos de armação preta projetam-se do bolso no peito.

– Ela é a responsável pela sra. Mancini? – pergunto.

A médica olha a prancheta. Abre e coloca os óculos, olha de novo, o tempo todo falando:

– Sra. Mancini, sra. Mancini, sra. Mancini...

Ela clica e desclica uma esferográfica sem parar.

Pergunto:

– Por que ela continua perdendo peso?

A pele ao lado do cabelo dela, a pele acima e atrás das orelhas da médica, é tão branca e limpinha quanto deve ser a pele nas outras partes que não pegam sol. Se as mulheres soubessem como os outros veem as orelhas, aquela beiradinha firme, carnuda, o capuzinho escuro no alto, os contornos encaracolados que se canalizam pras trevas lá dentro, bom, se elas soubessem, ia ter mais mulher deixando o cabelo solto.

– A sra. Mancini – ela fala – precisa de um tubo de alimentação. Ela sente fome, mas esqueceu o que a sensação quer dizer. Consequentemente, não come.

Eu falo:

– Quanto vai custar esse tubo?

Da outra ponta do corredor, uma enfermeira grita:

– Paige?

A médica me olha, eu de culotes e colete, de peruca branca e sapato de fivela, e ela fala:

– Você era pra ser quem?

A enfermeira chama:

– Senhorita Marshall?

O meu emprego... é muito difícil de explicar.

– Bom, eu sou o sustentáculo da América colonial.

– Que seria...? – ela pergunta.

– Um servo irlandês a contrato fixo.

Ela olha pra mim e faz que sim com a cabeça. Depois olha pra prancheta.

– Ou a gente coloca um tubo no estômago dela – ela fala. – Ou a sra. Mancini vai morrer de fome.

Olho pros segredos terríveis que ela guarda dentro da orelha e pergunto se podíamos tentar outras opções.

No corredor, a enfermeira está de mãos plantadas nos quadris e grita:

– Srta. Marshall!

A médica treme. Ela ergue o dedo indicador pra eu parar de falar. E fala:

– Veja bem. Tenho que terminar minha ronda. Conversamos mais na sua próxima visita.

Então ela se vira, caminha os dez ou doze passos até onde a enfermeira a aguarda e fala:

– *Enfermeira* Gilman – ela fala com a voz apressada, uma palavra esmagando a outra. – Podia dar-se ao menos o respeito de me chamar de *dra. Marshall.*

Ela fala:

– Ainda mais na frente de um *visitante.*

Ela fala:

– *Especialmente* se vai gritar da outra ponta do corredor. É uma questão de cordialidade, *enfermeira* Gilman, mas acredito que mereço isso. Creio que, se você começar a se comportar de forma profissional, vai descobrir que todos à sua volta serão mais cooperativos...

Quando trago o jornal da sala de recreação, minha mãe já dormiu. Suas mãos, amarelas e feias, estão cruzadas sobre o peito. Ela tem um bracelete de hospital, desses selados por ação térmica, em volta do pulso.

Capítulo 4

Assim que o Denny se abaixa, sua peruca despenca e aterrissa na lama com estrume. Aproximadamente duzentos turistas japoneses dão risadinhas e se enxameiam ao redor dele pra gravar sua cabeça calva em vídeo.

Eu falo:

– Desculpa – e vou catar a peruca. Que já não é mais tão branca e cheira mal porque um milhão de cães e galinhas mijam bem ali todo dia.

Como ele está curvado, seu plastrão fica caído no rosto e ele fica cego.

– Mano – Denny fala –, me diz o que tá acontecendo.

Aqui estou: o sustentáculo da América colonial.

As merdas que a gente faz pra ter grana.

Da ponta da praça principal, Vossa Grã-Senhoria Charlie, o governador colonial, nos observa de pé, com os braços cruzados, os pés plantados uns três metros um do outro. Ordenhadeiras andam pra lá e pra cá com baldes de leite. Sapateiros martelam em sapatos. O ferreiro bate e rebate a mesma peça de metal, fingindo, igual aos outros, que não está olhando Denny curvado no meio da praça principal, outra vez amarrado no tronco.

– Me pegaram mascando chiclete, mano – Denny fala pros meus pés.

Por estar curvado, seu nariz começa a escorrer. Ele funga.

– Óbvio – ele fala e funga – que dessa vez Sua Alteza vai abrir o bico pra câmara aldeã.

A metade superior do tronco gira e fecha. Fica em volta do pescoço. Tento dar uma aconchegada, com o cuidado de não prender a pele. Eu falo:

– Desculpa, mano, isso aí deve ser muito frio.

Então fecho o cadeado. Tiro um lenço do bolso do meu colete.

Um pingo transparente de meleca pende da ponta do nariz de Denny, então eu coloco o lenço na frente dele e falo:

– Pode assoar, mano.

Denny assoa uma meleca comprida que eu sinto se remexer no lenço.

O lenço já está um nojo, carregado, mas a única outra coisa que eu podia oferecer era um lencinho de papel pro rosto. E aí eu ia entrar na fila da ação disciplinar. São infinitas as maneiras de você fazer merda nesse lugar.

Alguém escreveu "Me come" na nuca dele com canetinha vermelha, então eu sacudo a peruca esmerdeada e tento cobrir a frase. Mas a peruca está encharcada de água marrom e suja que começa a escorrer devagar pelos lados da cabeça e a pingar da ponta do seu nariz.

– Óbvio que eu vou ser banido – ele fala e funga.

Com frio e começando a tremer, Denny fala:

– Mano, eu tô sentindo vento... Acho que minha camisa saiu de dentro do culote aí nas costas.

Ele tem razão. Os turistas tiram fotos do seu cofrinho, de todos os ângulos. O governador colonial está de olho. Os turistas seguem filmando quando eu pego o cós do Denny, com as duas mãos, e puxo até o lugar.

Denny fala:

– O bom de ficar no tronco é que eu consegui fechar três semanas sóbrio.

Ele fala:

– Pelo menos assim eu não posso ir de meia em meia hora na latrina pra, né, dar aquela socadinha.

E eu falo:

– Se cuida com essa recuperação, mano. Cuida pra não explodir.

Eu pego a mão esquerda dele e coloco no lugar, depois a mão direita. Denny passou tanto desse verão no tronco que ficou com linhas brancas em volta dos pulsos e do pescoço, onde o sol nunca bate.

– Segunda-feira – ele fala – eu me esqueci e vim de relógio.

A peruca desliza de novo, caindo com tudo na lama. Seu plastrão encharcado de meleca e sujeira bate no rosto. Os japoneses continuam às risadinhas como se aquilo fosse piada ensaiada.

O governador colonial segue olhando pro Denny e pra mim, à procura de sinais de inconsistência histórica pra que possa convencer a câmara aldeã a nos banir pra floresta, dar um pé na nossa bunda até sairmos pelos portões e deixarmos os selvagens nos alvejarem com flechas e massacrarem nossos cus desempregados.

– Terça-feira – Denny fala pros meus sapatos – Sua Alteza viu que eu tava com manteiga de cacau nos lábios.

Cada vez que eu cato a bosta da peruca, ela está mais pesada. Dessa vez eu bato com ela do lado da minha bota antes de colocar em cima do "Me come".

– Hoje de manhã – Denny fala e funga. Ele cospe uma gosma marrom que estava em sua boca. – Antes do almoço, a patroa Landson me pegou fumando um cigarro atrás do salão comunal. Aí, enquanto eu fico aqui dobrado, o pivete cara de cu filho de sei lá quem tira minha peruca e escreve essa porra aí na minha cabeça.

Com meu lenço de meleca, eu limpo o pior nos olhos e na boca do Denny.

Tem galinhas preto e branco, galinhas sem olhos ou com uma perna só, galinhas deformadas que ficam andando pra bicar as fivelas brilhosas da minha bota. O ferreiro continua martelando o metal, duas batidas rápidas depois três lentas, de novo, de novo, que você sabe que é a linha do baixo da música do Radiohead que ele curte. Óbvio que ele tá piradaço no ecstasy.

Uma ordenhadeira que eu conheço, a Ursula, chama minha atenção e eu sacudo pra ela o punho na frente da virilha, sinal universal da punheta. Corando por trás do chapeuzinho impecavelmente branco, Ursula puxa a mão pálida e delicada do bolso do avental e me mostra o dedo médio. Aí vai lá passar a tarde apertando as tetas de uma vaquinha sortuda. E eu sei que ela deixa o condestável meter a mão nela porque um dia ele veio e disse pra eu cheirar seus dedos.

Mesmo daqui, mesmo no meio do esterco, dá pra sentir o fedor que sai dela como se fosse neblina.

Ordenhando vacas, batendo manteiga: aposto que as ordenhadeiras batem uma punhetinha magnífica.

– A patroa Landson é uma puta – eu falo pro Denny. – O cara que faz o pastor disse que ela passou pra ele um herpes arrasador.

Pois é, das nove às cinco ela é a ianque sangue-azul. Mas pelas costas todo mundo sabe que ela fez ensino médio em Springburg e lá todo o time de futebol chamava ela de Douche Lamprini.

Dessa vez a peruca fedida para no lugar. O governador colonial desiste de fazer cara feia pra gente e entra na Aduaneira. Os turistas vão procurar outras fotos. Começa a chover.

– Mano, tá tudo bem – Denny fala. – Não precisa ficar aqui comigo.

Só mais um dia de cu no século dezoito.

Quem usar brinco vai pra cadeia. Quem tingir o cabelo. Quem fizer piercing no nariz. Quem usar desodorante. Direto pra cadeia. Não passe no sinal verde. Não ganhe porra nenhuma.

O Grão-Governador bota Denny no tronco pelo menos duas vezes por semana. Por mascar tabaco, por usar colônia, por rapar a cabeça.

Ninguém usava barbicha nos anos 1730, Sua Governância instrui Denny.

E Denny provoca de volta:

– Vai que os colonos de verdade usavam.

Aí Denny volta pro tronco.

Eu e o Denny, a gente brinca que um é dependente do outro desde 1734. É a nossa longa história. A gente se conheceu numa reunião de sexólatras. Ele me mostrou um anúncio nos classificados, e viemos juntos pra mesma entrevista.

Só de curiosidade, na entrevista eu perguntei se já tinham contratado a puta da aldeia.

A câmara aldeã ficou me olhando. Mesmo quando não tem ninguém vendo, o comitê de seleção, os seis caras, eles ficam de peruca colonial falsa. Escrevem tudo com pena, pena de ave mesmo, que molham na tinta. O do meio, o governador colonial, soltou um suspiro. Ele se inclinou pra poder me enxergar com os óculos de armação de arame.

– Dunsboro Colonial – ele fala – não possui uma puta da aldeia.

Então eu falo:

– E o doido da aldeia, tem?

O governador faz que não.

– O trombadinha?

Não.

– O executor?

Com certeza que não.

Esse é o maior problema desses museus de reconstituição histórica ao vivo. Sempre deixam o melhor de fora. Tipo o tifo. O ópio. A letra escarlate. O ostracismo. Bruxa na fogueira.

– Vocês foram avisados – fala o governador – de que todos os aspectos de seu comportamento e aparência precisam coincidir com nosso período oficial na história.

Minha função era ser servo irlandês a contrato fixo. Considerando que pagam seis dólares por hora, é de um realismo incrível.

Na primeira semana que eu estava aqui, uma menina foi mandada embora porque começou a cantarolar uma musiquinha do Erasure enquanto batia a manteiga. Porque, tipo, Erasure é histórico, mas não histórico assim. Tem coisas que são da Antiguidade, tipo Beach Boys, que já dão encrenca. É como se eles nem achassem suficiente a perucada branca, culotes e sapato de fivela retrô.

Sua Alteza proíbe tatuagem. Em horário de trabalho, o piercing do nariz tem que ficar no armário. Não pode mascar chiclete. Não pode assobiar música dos Beatles.

– Qualquer deturpação da personagem – ele fala – é passível de castigo.

Castigo?

– Ou a pessoa é mandada embora – ele fala. – Ou passa duas horas no tronco.

Tronco?

– Na praça principal – ele responde.

Ele tá falando de *bondage*. De sadismo. De encenação, humilhação pública. Olha só o próprio governador: manda você usar meias bordadas e culotes de lã bem justos, sem cueca, e diz que é tudo pela autenticidade. Esse é o cara que quer ver mulher curvada no tronco só porque ela passou esmalte nas unhas. Ou isso ou é demissão por justa causa, sem acerto, sem nada. E ainda por cima fica com uma referência suja. Óbvio que ninguém vai querer botar no currículo que foi fazedor de vela do caralho.

Sendo caras de vinte e cinco anos, solteiros, no século dezoito, a gente tinha pouca opção. Lacaio. Aprendiz. Coveiro. Tanoeiro, seja lá o que for tanoeiro. Engraxate. Limpador de chaminé. Fazendeiro. Assim que eles disseram pregoeiro, o Denny falou:

– Ok. Beleza. Isso eu faço. Sério, passei metade da vida pregado.

Sua Alteza olha pro Denny e fala:

– Esses óculos, você precisa usar?

– Só pra enxergar – o Denny responde.

Aceitei o emprego porque existe coisa pior que trabalhar com seu melhor amigo.

Meio que melhor amigo.

Ainda assim você diria que ia ser divertido, um emprego legal com um bando de tipinhos da optativa de Dramaturgia e gente do teatro comunitário. Não esse bando de lesados. De puritanos hipócritas.

Ah, se a venerável Câmara Aldeã soubesse que a srta. Plain, a costureira, é chegadaça num pico. Que o moleiro cozinha metanfetamina. Que o estalajadeiro vende LSD aos montes para adolescentes com tédio que vêm aqui porque o colégio mandou. Os garotos ficam enlevados assistindo a srta. Halloway cardar lã, girar no fio, enquanto dá aulas sobre a reprodução das ovelhas e come bolinhos de haxixe. Essa gente: o oleiro louco na metadona, o vidreiro no Percodan, o ourives que enche a goela de Vicodin. Essa gente encontrou o nicho certo. O cavalariço, que esconde os fones debaixo do tricórnio, plugado na Vitamina K, se sacudindo na rave particular. São um bando de lesados ripongas vendendo essa bosta bucólica. Mas tudo bem, é só o que eu acho.

Até o fazendeiro Reldon tem seu quintalzinho de erva de primeira, atrás dos pés de milho e de feijão e da porcariada toda. Só que ele chama de cânhamo.

A única coisa engraçada na Dunsboro Colonial é que talvez ela seja autêntica demais, mas pelos motivos errados. Esse bando de medíocres e malucos que se esconde aqui porque não sabe se virar no mundo real, em empregos de verdade – não foi por isso que a gente saiu da Inglaterra? Pra criar a nossa realidade alternativa? Os peregrinos não eram os malucões daquela época? Mas claro que, em vez de acreditar numa coisa outra que não o amor de Deus, os medíocres com quem eu trabalho querem se salvar com comportamentos compulsivos.

Ou com joguinhos de poder e humilhação. Veja só Vossa Grã-Senhoria Charlie, atrás das suas cortinas de renda. O formando em artes cênicas que se deu mal na vida. Aqui ele é a lei, que fica lá assistindo quem fica curvado, massacrando o cão com a luva branca. Óbvio que não ensinam isso na aula de história, mas nos tempos coloniais a pessoa que passasse a noite no tronco era sinal verde pra quem quisesse meter. Fosse homem ou mulher, quem ficava curvado não tinha como saber quem estava atrás no bate-estaca, e era por isso que você nunca ia querer estar ali no tronco, a não ser que tivesse alguém da família ou amigo pra ficar do seu lado o tempo todo. Pra te proteger. Literalmente, pra cobrir sua retaguarda.

– Mano – Denny fala. – A minha calça, de novo.

E eu puxo a calça pra cima, de novo.

A chuva molhou a camisa do Denny até ela grudar nas costas magricelas e os ossos dos ombros e a trilha da espinha aparecerem, mais brancos que o algodão cru do tecido. A lama está por cima dos tamancos de madeira e começa a entrar. Mesmo de chapéu, meu casaco está encharcado. A umidade faz meu cão e bagos coçarem, tudo amarfanhado lá na virilha dos culotes de lã. Até as galinhas saíram pra cacarejar num lugar mais seco.

– Mano – Denny fala e funga. – Sério, cê não precisa ficar aqui.

Pelo que eu lembro de diagnósticos físicos, a palidez do Denny pode ter a ver com um tumor no fígado.

Vide: Leucemia.

Vide: Edema pulmonar.

Começa a chover mais forte, e as nuvens estão tão escuras que as pessoas nas casas começam a acender lamparinas. A fumaça das chaminés começa a descer na gente. Os turistas devem estar na taverna, tomando cerveja australiana em canecos de estanho fabricados na Indonésia. Na carpintaria, o marceneiro vai cheirar cola num saco junto com o ferreiro e a parteira, enquanto ela fala de ser líder da banda que eles sonham em montar, mas vão montar é nunca.

Estamos todos encurralados. É um 1734 que não tem fim. Todos nós, travados na mesma cápsula do tempo, igual àqueles programas de TV em que as pessoas de sempre ficam abandonadas na mesma ilha deserta durante trinta temporadas e nunca envelhecem nem fogem. Só usam mais maquiagem. É assustador, mas de repente é porque o programa é autêntico demais.

É assustador, mas eu me vejo aqui travado pelo resto da vida. É reconfortante, eu e o Denny aqui a vida inteira reclamando da mesma merda. Em recuperação eterna. Claro que eu estou de guarda, mas se você quer a verdade pra valer, prefiro ver o Denny trancado no tronco a deixá-lo ser banido e me largar aqui sozinho.

Não sou tanto o bom amigo, mas mais o médico que toda semana quer ajeitar tua coluna.

Ou o traficante que te vende heroína.

"Parasita" não é a palavra certa, mas é a primeira que me ocorre.

A peruca de Denny cai no chão de novo. As palavras "Me come" sangram seu vermelho hidrocor na chuva, escorrendo rosa por trás das orelhas azuis e geladas, em volta dos olhos e nas bochechas, pingando rosa na lama.

Só se ouve a chuva, a água caindo nas poças, nos telhados de sapê, contra nós, a erosão.

Sou menos bom amigo e mais o salvador que quer veneração eterna.

Denny espirra, de novo, um novelo de meleca amarelada serpenteia do nariz dele, vai parar na peruca na lama, e ele fala:

– Meu, não bota essa peruca nojenta na minha cabeça de novo, tá? – E funga. Depois tosse, e os óculos caem da cara pra melequeira toda no chão.

Corrimento nasal: pode ser rubéola.

Vide: Coqueluche.

Vide: Pneumonia.

Os óculos dele me lembram a dra. Marshall, e eu falo que tenho uma menina nova na minha vida, uma médica de verdade, e que é sério, que tá valendo o esforço pra comer.

E Denny fala:

– Você ainda está preso no passo quatro? Precisa de ajuda pra lembrar das coisas pra escrever no caderno?

O histórico completo e implacável da minha compulsão sexual. Ah, sim... Tem isso. Todos os momentos vis e degradantes.

Eu falo:

– Tudo em moderação, mano. Até a recuperação.

Sou menos bom amigo e mais o pai que não quer que você cresça.

E, com a cara abaixada, Denny fala:

– Ajuda quando cê lembra a primeira vez de tudo.

Ele fala:

– Na minha primeira punheta, eu achei que tinha inventado o negócio. Eu olhei pro meu cacete todo molengo lá na mão e pensei: "É agora que eu fico rico".

A primeira vez de tudo. O inventário incompleto dos meus crimes. Só mais um incompleto na minha vida de incompletos.

E ainda de cara pra baixo, cego a tudo no mundo com exceção da lama, Denny fala:

– Mano, cê ainda tá aí?

Eu ponho o lenço de volta no nariz dele e falo:

– Assoa.

Capítulo 5

Não sei qual foi a luz que o fotógrafo usou, mas era forte e deixou umas sombras sinistras na parede de blocos de cimento do fundo. Era só uma parede pintada num porão qualquer. O macaco tinha cara de cansado e estava cheio de sarna. O homem estava num estado deplorável, pálido, dobras na cintura, mas lá estava, curvado com as mãos apoiadas nos joelhos e a pança pendendo pra baixo, o rosto olhando pra trás, por cima do ombro, pra câmera, sorrindo pro nada.

"Extasiante" não é a palavra certa, mas é a primeira que me ocorre.

A primeira coisa que fez o garoto gamar em pornografia não foi o sexo. Não foi foto de gente bonita se carcando, cabeça jogada pra trás, fingindo cara de orgasmo. No começo não. Ele tinha encontrado todas as fotos na internet antes de saber o que era sexo. Tinha internet em tudo que é biblioteca. Tinha em tudo que é escola.

Assim como dá pra mudar de cidade em cidade e sempre encontrar uma igreja católica e a mesma missa que rezam em qualquer lugar, não interessava o lar adotivo para o qual mandassem o garoto, ele sempre achava a internet. A real era que, se Cristo tivesse rido na cruz, ou cuspido nos romanos, se ele tivesse feito outra coisa que não sofrer, o garoto teria curtido mais a igreja.

Da forma como estava, seu site favorito era praticamente não sensual. Pelo menos não pra ele. Dava pra ir lá e achar uma dúzia de fotos do atarracadão vestido de Tarzan junto com um orangotango patetão, adestrado pra meter uma coisa que parecia castanha assada no cu do sujeito.

A tanga de oncinha do cara está caída de lado, o elástico enfiado na cintura reforçada.

O macaco está lá, agachado, pronto pra mais uma castanha.

Não tem nada de sexual. Ainda assim, o contador dizia que mais de meio milhão de pessoas tinham visto o ensaio.

"Peregrinação" não é a palavra certa, mas é a primeira que me ocorre.

O macaco e as castanhas não eram o tipo de coisa que o garoto tinha como entender, mas ele meio que admirava o cara da foto. O garoto era burrinho, mas sabia que aquilo ali estava muito além dele. Na real, a maioria das pessoas não ia ficar nua pra um macaco. Teriam terror de imaginar a bunda deles, se ia estar vermelha demais ou caída demais. A maioria nunca ia ter coragem de ficar curvada na frente de um macaco, ainda mais de macaco mais câmera mais luzes, e ainda assim antes ia ter que fazer um zilhão de abdominais e bronzeamento artificial e arrumar o cabelo. Depois daquilo, ia ter que passar horas curvado na frente do espelho, tentando escolher o perfil que ficasse melhor.

E aí, mesmo que fossem só castanhas, você ia ter que parecer tranquilo.

Só a ideia de selecionar macacos já dava medo. Imagine a possibilidade de ser rejeitado por uma fila de macacos. É só pagar um monte de grana pra uma pessoa que ela vai te enfiar o que quiser ou vai tirar fotos. Mas macaco. Macaco vai ser honesto.

Sua única esperança seria agenciar o mesmo orangotango, já que ele claramente não parecia muito seletivo. Ou isso ou era excepcionalmente bem adestrado.

O caso era o seguinte: aquilo não teria nada demais se você fosse bonito ou sensual.

O caso era o seguinte: num mundo onde todos tinham que ser bonitos o tempo todo, esse cara não era. O macaco não era. O que eles faziam não era.

O caso era o seguinte: não era o sexo que fisgava o garotinho imbecil pra pornografia. Era a autoconfiança. A coragem. A falta de pudor total. O conforto e a honestidade genuína. A franqueza de conseguir ficar ali, parado, e dizer pro mundo: "Arrã, foi assim que eu quis passar meu dia de folga. Vim posar com um macaco que enfia castanhas no meu cu".

E não tô nem aí pro que parece. Nem pro que você pensa.

Então, problema seu.

Ele enfrentava o mundo enfrentando a si mesmo.

E mesmo que o cara não amasse cada segundo, a capacidade de sorrir, de fingir num momento desses, isso que seria o mais admirável.

Assim como todo filme pornô implica uma porrada de pessoas que ficam lá atrás da câmera, fazendo crochê, comendo sanduíche, olhando pro relógio, enquanto gente pelada trepa a poucos metros delas...

Pro garotinho imbecil, isso era a iluminação. Estar tão à vontade e autoconfiante no mundo, isso seria o Nirvana.

"Liberdade" não é a palavra certa, mas é a primeira que me ocorre.

Era esse orgulho e essa autoconfiança que o garotinho queria ter. Algum dia.

Se fosse ele nas fotos com o macaco, ele ia olhar pra elas e pensar: "Se eu pudesse fazer isso, eu faria qualquer coisa". Não interessa o que você tivesse que encarar, se você pudesse sorrir enquanto um macaco te enfiava castanhas num porão úmido de concreto e alguém tirava fotos disso, bom, qualquer situação seria sopa no mel.

Até o inferno.

Pro garotinho imbecil, cada vez mais a ideia era essa...

Que se tivesse bastante gente olhando, você nunca mais ia precisar da atenção de ninguém.

Que se algum dia você fosse pego, descoberto e revelado, aí você nunca mais ia poder se esconder. Não ia ter diferença entre vida pública e vida privada.

Que se você conseguisse o bastante, realizasse o bastante, você nunca ia querer ter nem fazer outra coisa.

Que se você pudesse dormir o bastante, você não ia precisar dormir nunca mais.

Que se bastante gente te amasse, você passaria a não precisar de amor.

Que se você fosse inteligente o bastante.

Que se um dia você trepasse o bastante.

Tudo isso se transformou em novas metas pro garotinho. As ilusões que ele teria pelo resto da vida. Eram essas promessas que ele via no sorriso do gordão.

Então, depois daquilo, toda vez que ele ficava com medo ou triste ou sozinho, toda vez que ele acordava em pânico num novo lar adotivo, o coração acelerado, a cama molhada, todo dia que ele começava no colégio novo num bairro novo, toda vez que a Mamãe vinha buscá-lo, mais uma vez, em todo quarto de motel nojento, em todo carro alugado, o menino pensaria nessas doze fotos do gordão se curvando. No macaco e nas castanhas. E aí o garotinho imbecil se acalmaria na mesma hora. Aquilo mostrava pra ele como uma pessoa podia ser valente e forte e feliz.

Mostrava que tortura é tortura e que humilhação é humilhação somente quando você quer sofrer.

"Salvador" não é a palavra certa, mas é a primeira que me ocorre.

E é engraçado que, quando alguém te salva, a primeira coisa que você vai querer fazer é salvar outros. Todos os outros. Todo mundo.

O garoto nunca soube o nome do homem. Mas nunca esqueceu do sorriso.

"Herói" não é a palavra certa, mas é a primeira que me ocorre.

Capítulo 6

Quando vou visitar minha mãe de novo ainda sou Fred Hastings, o antigo defensor público, e ela passa a tarde me enchendo. Até eu falar que ainda não sou casado e ela falar que isso é uma vergonha. Então ela liga a televisão, está passando uma novela, sabe, de gente de verdade fingindo que é gente de mentira com problemas de faz de conta, e quem assiste é gente de verdade pra esquecer problemas de verdade.

Quando vou lá de novo ainda sou Fred, mas casado com três filhos. Bem melhor, mas três filhos... É demais. As pessoas deviam parar em dois, no máximo.

Da outra vez, tenho dois.

A cada visita se vê menos dela por baixo da coberta.

De outro ponto de vista, existe cada vez menos Victor Mancini sentado na cadeira ao lado da cama.

No dia seguinte, eu sou eu de novo e leva minutos pra minha mãe ligar pra enfermeira me escoltar até a entrada. Ficamos lá, sentados, sem conversar, até que eu pego meu casaco e ela fala:

– Victor?

Ela fala:

– Preciso te contar uma coisa.

Ela está girando uma bolinha de fiapos entre os dedos. A bolinha fica cada vez menor e mais compacta. Quando ela finalmente olha pra mim, ela fala:

– Fred Hastings esteve aqui. Lembra do Fred, lembra?

Sim, eu lembro.

Ele está casado e com dois filhos perfeitos. É uma alegria, fala minha mãe, ver que a vida dá certo pra uma pessoa tão boa.

– Eu falei pra ele comprar terras – minha mãe fala – porque não fazem mais.

Eu pergunto a ela "quem" não "fazem" e ela aperta o botão da enfermeira de novo.

Na saída, encontro a dra. Marshall aguardando no corredor. Ela está em frente à porta da minha mãe, repassando anotações na prancheta. Ergue os olhos pra olhar nos meus, aqueles olhos cintilando por trás da lente grossa dos óculos. A mão clica e desclica a esferográfica, nervosa.

– Sr. Mancini? – ela fala.

Ela dobra os óculos, coloca no bolso do peito do jaleco e fala:

– Temos que discutir a situação da sua mãe.

O tubo estomacal.

– Você perguntou sobre outras opções – ela fala.

Do balcão das enfermeiras, na outra ponta do corredor, três atendentes nos observam, as três cabeças pendendo pro lado, juntas. Uma chamada Dina grita:

– A gente precisa ficar de olho em vocês dois aí?

E a dra. Marshall fala:

– Por favor, cuidem da vida de vocês.

Pra mim, ela sussurra:

– Nessas clínicas pequenas, as funcionárias comportam-se como se ainda estivessem no colégio.

Dina. Já peguei.

Vide: Clare, enfermeira.

Vide: Pearl, auxiliar de enfermagem.

A magia do sexo está em você adquirir algo sem o peso da posse. Não interessa quantas mulheres você leva pra casa, você nunca fica com problema de estoque.

Olhando pra dra. Marshall, com suas orelhas e mãos nervosas, eu falo:

– Eu não quero que obriguem ela a comer.

Como as enfermeiras continuam assistindo, a dra. Marshall passa uma mão por trás do meu braço e me leva para longe delas. E fala:

– Tenho conversado com sua mãe. Ela é uma grande mulher. A iniciativa política. As manifestações. Você deve amá-la muito.

E eu falo:

– Bom, eu não diria o mesmo.

Paramos, e a dra. Marshall sussurra alguma coisa que eu tenho que chegar mais perto pra conseguir ouvir. Perto demais. As enfermeiras ainda observam. Respirando contra meu peito, ela fala:

– E se pudéssemos restabelecer a mente de sua mãe por completo? – Clicando e desclicando a caneta, ela fala: – E se pudéssemos restabelecer a mulher inteligente, forte e vibrante que ela era?

Minha mãe, do jeito que ela era.

– Talvez consigamos – a dra. Marshall fala.

E sem pensar no que ela vai pensar, eu falo:

– Deus me livre.

Então, muito depressa, falo que a ideia não é das melhores.

No fim do corredor, as enfermeiras estão rindo, as mãos tapando a boca. E mesmo de tão longe, dá pra ouvir a Dina falar:

– Bem feito pra ele.

Na visita seguinte, ainda sou Fred Hastings e meus filhos só tiram dez no colégio. Naquela semana, a sra. Hastings está pintando nossa sala de jantar de verde.

– Azul é melhor – minha mãe fala – para um ambiente onde se fazem as refeições.

Depois daquela vez, a sala de jantar fica azul. Moramos na rua East Pine. Somos católicos. Nossa poupança está no City First Federal. Dirigimos um Chrysler.

Tudo por sugestão da minha mãe.

Na semana seguinte, começo a anotar todas essas coisas, esses detalhes, pra eu não esquecer quem devo ser de uma semana pra outra. Escrevo que os Hastings sempre vão passar as férias no lago Robson. Pescamos truta. Queremos que os Packers ganhem. Nunca comemos ostras. Estávamos comprando um terreno. A cada sábado, primeiro faço uma parada na sala de recreação pra estudar minhas anotações enquanto a enfermeira vai ver se minha mãe está acordada.

Sempre que eu entro no quarto e me apresento como Fred Hastings, ela aponta o controle remoto pra desligar a televisão.

Ela me fala que rodear a casa de buxos fica bem, mas que alfena seria melhor.

Eu anoto.

As pessoas que são melhores de vida bebem uísque, ela fala. Limpe as calhas em outubro, e de novo em novembro, ela fala. Coloque papel higiênico em volta do filtro do carro pra aumentar a vida útil dele. Pode as sempre-vivas só depois da primeira geada. E freixo dá a melhor lenha.

Anoto tudo. Faço um inventário do que ainda resta dela, as manchas e rugas e sua pele inchada ou vazia e as cascas e irritações, e faço lembretes pra mim mesmo.

Todo dia: usar protetor solar.

Pintar os grisalhos.

Não ficar louco.

Comer menos gordura e menos açúcar.

Fazer mais abdominais.

Não começar a se esquecer das coisas.

Cortar o pelo das orelhas.

Tomar cálcio.

Passar hidratante. Todos os dias.

Congelar o tempo e ficar num lugar só pra sempre.

Não envelhecer, porra.

Ela fala:

– Tem alguma notícia do meu filho, do Victor? Lembra dele?

Eu congelo. Sinto meu coração doer, mas esqueci o que a sensação quer dizer.

Victor, minha mãe fala, nunca vem visitar e, quando vem, não escuta. Victor é ocupado, distraído, não dá bola pra ela. Largou a faculdade de medicina e está estragando a vida que tem.

Ela pega a bolinha de fiapos na coberta.

– Ele tem um empreguinho de salário-mínimo, guia turístico, uma coisa assim – ela fala. Ela suspira, e suas feias mãos amarelas encontram o controle remoto.

Eu pergunto: Mas Victor não estava cuidando dela? Ele não tinha direito de viver a vida dele? Eu falo: quem sabe Victor anda tão ocupado porque passa as noites fora, literalmente se matando pra pagar as contas pra que você seja cuidada o tempo todo. Três mil por mês só pra ficar em dia. Deve ter sido por isso que o Victor largou a faculdade. Eu falo, só a título de argumentação, que quem sabe o Victor esteja fazendo tudo que ele pode, porra.

Eu falo: de repente Victor está fazendo mais do que os outros reconhecem.

E minha mãe sorri e fala:

– Ah, Fred, você ainda sabe defender os culpados e incorrigíveis.

Minha mãe liga a televisão, e uma mulher linda de vestido reluzente acerta uma garrafa na cabeça de outra mulher jovem e linda. A garrafa nem desarruma o cabelo da outra, mas a deixa com amnésia.

Quem sabe Victor esteja passando por problemas, eu falo.

A primeira beldade reprograma a mente da amnésica pra ela achar que é uma robô assassina que tem que fazer o que a beldade mandar. A robô assassina aceita a nova identidade tão fácil que você fica se perguntando se ela está fingindo a amnésia e estava só querendo um motivo pra sair matando geral.

Conversando com minha mãe, minha raiva e meu ressentimento meio que se esvaem enquanto ficamos sentados, assistindo àquilo.

Minha mãe costumava servir ovos mexidos com floquinhos pretos do teflon da frigideira. Ela cozinhava em panela de alumínio, tomávamos limonada em xícaras de alumínio mordendo as beiradas macias e geladas. Passávamos desodorante com sais de alumínio nas axilas. Óbvio que tinha um milhão de maneiras de chegar aqui.

Durante um comercial, minha mãe pergunta se existe pelo menos uma coisa boa na vida pessoal de Victor. Como que ele se diverte? Onde ele se via daqui a um ano? Daqui a um mês? Uma semana?

No momento, não tenho a menor ideia.

– E o que diabos você quer dizer – ela fala – com essa de que o Victor se mata toda noite?

Capítulo 7

Depois que o garçom vai embora, eu garfo metade do meu filé-mignon pra enfiar tudo na boca, e Denny fala:

– Mano.

Ele fala:

– Não faz isso aqui.

As pessoas em volta, todo mundo comendo com a melhor roupa que tem. Com as velas, com os cristais. Com os garfos superespeciais. Ninguém suspeita de nada.

Meus lábios racham tentando dar conta do naco de bife, da carne salgada e suculenta com gordura e pimentinha. Minha língua vai pra trás pra abrir espaço, e a baba empoça na boca. O suco quente e a baba escorrem pelo meu queixo.

Quem diz que comer carne vermelha é pedir pra morrer não sabe o que tá falando.

Denny olha pra nossa volta e fala entredentes:

– Cê tá ficando ganancioso, meu amigo.

Ele faz que não e fala:

– Mano, não dá pra iludir essa gente pra te amar.

Do nosso lado, um casal de aliança, cabelo grisalho, come sem erguer os olhos, os dois de cabeça baixa, lendo um programa da mesma peça ou concerto. Quando acaba o vinho da mulher, ela pega a garrafa e serve a própria taça. Ela não enche a dele. O marido usa um relógio de pulso dourado e grosso.

Denny vê que estou de olho no casal idoso e fala:

– Eu vou contar pra eles. Eu juro que conto.

Ele fica procurando garçons que possam saber do nosso esquema. Ele fica me encarando com os dentes de baixo pra fora da boca.

A bocada de bife é tão grande que minhas mandíbulas não se juntam. Minhas bochechas inflam. Meus lábios franzem forte pra se fecharem. Tenho que respirar pelo nariz enquanto tento mastigar.

Os garçons de paletós pretos, cada um com uma toalha bem dobrada sobre um dos braços. O violino. A prataria, a louça. Não é o tipo de restaurante em que a gente costuma fazer isso, mas estamos ficando sem opção. Existe um número xis de lugares pra comer numa cidade, e esse é o tipo de golpe que não se faz no mesmo lugar.

Bebo um pouco de vinho.

Em outra mesa perto da gente, um casal jovem se dá as mãos enquanto come.

Quem sabe, esta noite, serão eles.

Em outra mesa, um homem de terno come olhando pro nada.

Quem sabe, será o herói desta noite.

Bebo um pouco de vinho e tento engolir, mas o bife é demais. Fica alojado no fundo da minha garganta. Não consigo respirar.

No instante seguinte, minhas pernas se esticam tão rápido que minha cadeira sai voando detrás de mim. Minhas mãos sobem pra agarrar meu pescoço. Estou de pé e de boca aberta, olhando o teto decorado, meus olhos virados pra trás. Meu queixo começa a se projetar do meu rosto.

Denny vem se esticando do outro lado da mesa pra roubar meu brócolis com o garfo. Ele fala:

– Mano, cê tá exagerando pacas.

De repente, vai ser o auxiliar com carinha de dezoito anos ou o fulano de veludo com gola rolê. Um desses vai me estimar pelo resto da vida.

Já tem gente a meio caminho de se levantar.

Quem sabe aquela mulher com a flor no pulso.

Quem sabe o cara de pescoço comprido e óculos de armação fina.

Só este mês eu recebi três cartões de aniversário. Ainda nem chegou o dia quinze. No mês passado foram quatro. Um mês antes, recebi seis. A maioria desses eu nem lembro. Deus os abençoe, mas nunca vão se esquecer de mim.

As veias do meu pescoço incham por causa da falta de ar. Meu rosto fica vermelho, quente. O suor brota da testa. Empapa as costas da minha camisa. Seguro meu pescoço com força, sinal universal de alguém morrendo engasgado. Até hoje eu recebo cartões de gente que nem fala inglês.

Nos primeiros segundos, todo mundo fica esperando que outro tome a iniciativa de ser herói.

Denny se estica pra roubar a outra metade do meu bife.

Ainda apertando meu pescoço, começo a cambalear e dou um chute na perna dele.

Puxo minha gravata.

Arranco o botão da gola.

Denny fala:

– Ô, mano. Doeu.

O auxiliar fica onde está. Herói ele não é.

O violinista e a *sommelier* estão em páreo duro, vindo na minha direção.

Do outro lado, uma mulher num vestido curto e preto está abrindo caminho entre a multidão. Vem em meu resgate.

De outra direção, um homem larga o paletó do smoking e avança. De outro ponto, uma mulher grita.

Nunca demora. A aventura toda dura um, no máximo dois minutos. O que é bom, pois é mais ou menos o tanto que eu consigo trancar a respiração com a boca cheia de comida.

Minha primeira opção seria o cara mais velho com o relógio de pulso dourado e grossão. Salvava a noite e ainda pagava nossa conta.

Minha opção pessoal é a do vestidinho preto pelo motivo de que eu curti os peitos dela.

Mesmo que a gente tenha que pagar pelo jantar, eu falo o seguinte: você tem que gastar pra ganhar.

Engolindo tudo que pode, Denny fala:

– O porquê de você fazer isso é tão infantil.

Cambaleio e chuto ele mais uma vez.

Faço isso pra devolver aventura à vida dos outros.

Faço isso pra criar heróis. Pra testar as pessoas.

Tal mãe, tal filho.

Faço isso pra ganhar dinheiro.

Se uma pessoa salva sua vida, ela vai te amar pra sempre. É o antigo costume chinês: se alguém salva sua vida, ela se torna eternamente responsável por você. Como se agora você fosse filho dela. Essa gente vai me mandar cartas pro resto da vida. Vão me mandar cartas no aniversário do ocorrido. No meu aniversário. É uma depressão ver quanta gente bota isso na cabeça. Eles telefonam. Só pra saber se você está bem. Pra ver se você anda precisando de ânimo. Ou de grana.

Não que eu gaste minha grana com garotas de programa. Deixar a minha mãe no Centro de Atenção Especial St. Anthony's sai três mil por mês. Os Bons Samaritanos me mantêm vivo. Eu a mantenho viva. Simples assim.

Você ganha poder quando finge que é fraco. Por outro lado, faz o outro se sentir forte. Você se salva deixando os outros te salvarem.

É só você ser frágil e grato. Ser um cachorrinho indefeso.

Todo mundo precisa se sentir superior em relação a alguém. Por isso você fica oprimido.

Todo mundo precisa de alguém pra quem mandar um cheque no Natal. Por isso você fica pobre.

"Caridade" não é a palavra certa, mas é a primeira que me ocorre.

Você é a prova da coragem que eles têm. A prova de que eles foram heróis. A evidência do sucesso deles. Eu faço isso porque toda pessoa quer salvar uma vida humana com outras cem assistindo.

Com a ponta afiada da faca de carne, Denny está desenhando na toalha branca da mesa, desenhando a arquitetura do lugar, os beirais e os lambris, os frontões partidos sobre cada soleira. Tudo enquanto mastiga. Ele ergue o prato até a boca e começa a puxar toda a comida.

Pra fazer traqueostomia, você acha a saliência logo abaixo do gogó, mas acima da cartilagem cricoide. Com a faca de carne, você faz uma incisão horizontal de cerca de um centímetro, aí belisca a incisão e enfia o dedo pra ela se abrir. Aí insere um tubo de "traque": um canudo ou meia caneta já serve.

Se eu não posso ser um grande médico salvando centenas de pacientes, posso ser um grande paciente que cria centenas de metidos a médicos.

Vem chegando um homem de smoking, apressado, desviando dos espectadores, correndo com sua faca de bife e sua esferográfica.

Engasgando, você se torna parte de uma lenda dessas pessoas que elas mesmas vão amar e repetir até a morte. Elas acham que te deram a vida. Você pode ser a única boa ação, a memória no leito de morte que justificou toda a existência delas.

Por isso, seja a vítima agressiva. O grande perdedor. Um fracasso profissional.

As pessoas vão fazer de tudo se você deixá-las se sentir um deus.

O martírio de Santo Eu.

Denny raspa meu prato pro dele e continua enfiando comida na boca.

A *sommelier* chegou. A vestidinho preto está colada em mim. O homem com o relógio de ouro.

Mais um minuto e os braços vão começar a vir por trás. Um estranho vai me abraçar forte, os dois punhos enfiados por baixo da caixa torácica, respirando no meu ouvido:

– Você está bem.

No meu ouvido:

– Vai ficar tudo bem.

Dois braços te abraçam, quem sabe te levantam do chão, e um estranho fala baixinho:

– Respira! Respira, diabo!

Alguém vai te dar um tapa nas costas do mesmo jeito que o médico dá o tapa no recém-nascido, e você vai fazer sua bocada de bife mordido voar. No instante seguinte, vocês dois vão desabar no chão. Você estará chorando enquanto alguém te fala que está tudo bem. Você está vivo. Eles te salvaram. Você quase morreu. Eles vão deixar sua cabeça no peito e vão te sacudir e vão te falar:

– Todo mundo pra trás. Abram espaço. Acabou o espetáculo.

Você já virou o filho. Você é deles.

Eles vão levar um copo de água aos seus lábios e falar:

– Relaxe. Calma. Passou.

Calma.

Essa pessoa vai ligar, mandar carta, anos a fio. Você vai receber cartões, quem sabe cheques.

Seja lá quem for, essa pessoa vai te amar.

Seja lá quem for, ela vai ter orgulho. Mesmo se, quem sabe, seus próprios pais não tenham. Essa pessoa vai ter tanto orgulho de você porque você a faz sentir orgulho de si mesma.

Você vai tomar um gole da água e tossir só pro herói poder limpar seu queixo com um guardanapo.

Faça qualquer coisa pra cimentar esse novo laço. Essa adoção. Lembre-se de acrescentar detalhes. Manche as roupas dela de ranho, aí ela pode rir e te desculpar. Agarre-se, puxe. Chore pra valer pra que ela passe um lenço nos seus olhos.

Não tem problema em chorar, desde que seja de mentira.

Só não se contenha. Essa vai ser a melhor história da vida da outra pessoa.

O mais importante é que, se você não quer uma cicatriz feia de traque, é bom que esteja respirando antes que alguém chegue com uma faca de carne, um canivete, um estilete.

Outro detalhe a lembrar é quando você projetar sua bocada de meleca, seu chumaço de carne morta com baba, você precisa estar olhando direto pro Denny, que tem pais e avós, tias e tios e primos a dar com o pau, mil pessoas que ele tem pra salvá-lo de qualquer merda. Por isso que o Denny nunca vai me entender.

Todos os outros, todo mundo mais no restaurante, às vezes eles vão se levantar pra aplaudir. Tem gente que vai chorar de alívio. Todo o povo da cozinha vai vir. Em questão de minutos, um vai começar a contar a história pro outro. Todo mundo vai querer pagar um drinque pro herói. Os olhos vão brilhar, lacrimejantes.

Vão apertar a mão do herói.

Vão dar batidinhas nas costas do herói.

É muito mais o nascimento dele do que o seu. Mesmo assim, nos anos por vir essa pessoa vai te mandar um cartão de aniversário neste dia e mês. Vai tornar-se mais um membro de sua extensíssima família.

E o Denny vai só fazer que não e pedir o cardápio de sobremesa.

Por isso que eu faço o que eu faço. Por isso que me dou a esse trabalho. Pra colocar o holofote num valente estranho. Pra salvar mais uma pessoa do tédio. Não é *só* pelo dinheiro. Não é *só* pela adulação.

Se bem que essas duas coisas não fazem mal.

É muito fácil. Não se trata só de fazer bem, pelo menos não na aparência. Mas ainda assim você sai ganhando. É só se deixar ser submisso, ser humilhado. É só passar a vida inteira falando pros outros: "Desculpa." "Desculpa." "Desculpa." "Desculpa." "Desculpa"...

Capítulo 8

Eva me segue pelo corredor com os bolsos cheios de peru assado. Nos sapatos, ela tem hambúrguer mastigado. O rosto, aquele veludo craquelento que é a pele dela, tem uma centena de rugas que correm pra boca, e ela segue atrás de mim, girando as rodas e falando:

– Você. Não fuja de mim.

Com as mãos que são um crochê de veias rugosas, ela segue rodando. Arqueada na cadeira de rodas, grávida de seu baço descomunal, ela continua atrás de mim. E fala:

– Você me fez mal.

E fala:

– Não negue.

Usando um babador da cor de comida, ela fala:

– Você me machucou e eu vou contar pra Mãe.

Lá no Centro de Atenção Especial, minha mãe tem que usar um bracelete. Não tipo joia. É uma faixa de plástico grosso que é fechada em volta do pulso por um processo térmico pra ela nunca poder tirar. Não tem como cortar. Não dá pra derreter com cigarro. Teve gente que já tentou tudo isso pra sair de lá.

Quando se usa o bracelete, toda vez que você anda pelos corredores você ouve trancas se fechando. Uma tira magnética ou seja lá o que tem dentro do plástico dispara um sinal. Não deixa as portas do elevador abrirem se você quiser entrar. Tranca quase toda porta num raio de um metro. Você não pode sair do andar a que foi designado. Você não consegue ir pra rua. Você pode ir ao jardim, à sala de recreação, à capela e à sala de jantar, mas em nenhum outro lugar do mundo.

Esse é o St. Anthony's. Os tapetes, as cortinas, as camas, praticamente tudo é à prova de fogo. Tudo é à prova de mancha. Dá pra fazer praticamente de tudo que é só passar um paninho. É isso que eles chamam de Centro de Atenção Especial. Me sinto mal de contar isso. De estragar a surpresa, no caso. Você vai ver por conta própria, daqui a pouco. Quer dizer, se viver até lá.

Ou se você desistir de tudo e pirar antes do tempo.

Minha mãe, Eva, até você, uma hora todo mundo ganha um bracelete.

Não é tipo um hospício escroto. Você não sente cheiro de mijo assim que pisa na porta. Não pagando três mil por mês. Cem anos atrás era um convento, bonito, com muro, totalmente à prova de fuga.

As câmeras de segurança te observam de todos os ângulos.

No instante em que você entra pela porta, dá pra ver uma lenta e assustadora onda migratória de moradoras. Elas vão chegando perto. Todas as cadeiras de rodas, todos os andadores, todas as bengalas, é só ver um visitante que vem tudo se arrastando.

A sra. Novak, alta e chamativa, é uma pelada.

A mulher no quarto ao lado da minha mãe é uma esquilinha.

As peladas são as que tiram a roupa sempre que possível. É essa gente que as enfermeiras vestem com um troço que parece combinação de camisa e calça, mas que na verdade é um macacão. A camisa é costurada na cintura da calça. Os botões da camisa e o zíper são falsos. O único jeito de entrar ou de sair é por um zíper comprido que fica nas costas. Essa gente é velha e tem movimentos limitados, por isso a pelada, mesmo se for pelada e violenta, está três vezes encurralada. Nas roupas, no bracelete e no Centro de Atenção Especial.

Esquilinha é quem mastiga a comida e esquece o que se faz depois. Esquece como se engole. Ao invés de engolir, ela cospe tudo que come no bolso do vestido. Ou na bolsa. Não é tão fofo quanto o nome faz parecer.

A sra. Novak é colega de quarto de Mamãe. A esquilinha é a Eva.

No St. Anthony's, o primeiro andar é pras pacientes que esquecem os nomes e saem correndo peladas e põem comida mastigada no bolso, mas que fora isso estão incólumes. Aqui também tem gente nova que fritou o cérebro nas drogas ou que se ferrou num traumatismo craniano. Elas caminham, conversam, mesmo que seja só uma salada de palavras, um fluxo incessante de palavras que parece aleatório.

– Figo gente rua menor amanhece canta corda roxo véu foi – é assim que elas falam.

O segundo andar é pras acamadas. O terceiro andar é das que vão morrer.

Mamãe ainda está no primeiro andar, mas ninguém fica no primeiro andar pra sempre.

A Eva chegou aqui assim: a pessoa leva os pais idosos até um lugar público e os deixa pra trás sem identificação. São as Dorothys e as Ermas que não têm ideia de quem são. As pessoas acham que o município ou o estado ou o que for vai lá recolhê-los. Tipo lixo.

Mesma coisa que acontece quando você se livra do carro velho e tira as placas e o número de identificação e aí o município tem que rebocá-lo.

Isso tem nome e não é brincadeira: chama-se chuta-velha. O St. Anthony's tem que receber um certo número de velhas chutadas e de meninas de rua que se fritaram de ecstasy e de mendigas suicidas. Só que não chamam elas de *mendigas*, nem chamam as meninas de rua de *pirralhas de programa*. O que eu acho é que alguém parou o carro e jogou Eva pra fora e nem escorreu uma lágrima. Tipo o que certas pessoas fazem com seu bichinho de estimação quando não conseguem adestrá-lo.

Com Eva ainda na minha cola, eu chego no quarto da minha mãe e ela não está lá. Em vez da minha mãe, tem um quarto vazio com um entalhe grande e molhado afundado no colchão encharcado de urina. Hora do banho, eu imagino. Uma enfermeira te leva pelo corredor até uma sala grande de azulejos onde te soltam a mangueira.

Aqui no St. Anthony's, eles exibem o filme *Um pijama para dois* toda sexta à noite, e toda sexta as mesmas pacientes se amontoam pra assisti-lo pela primeira vez.

Tem bingo, tem artesanato, tem dia de visita dos bichinhos de estimação.

Tem a dra. Paige Marshall. Seja lá onde ela foi parar.

Tem babadores à prova de fogo que te cobrem do pescoço até o tornozelo pra você não se incendiar enquanto fuma. Tem cartazes do Norman Rockwell. Tem uma cabeleireira que vem duas vezes por semana ajeitar seu penteado. Isso cobram extra. Incontinência cobram extra. Lavagem a seco cobram extra. Monitorar a urina cobram extra. Tubo estomacal, mesma coisa.

Todo dia elas têm aula. Pra aprender a amarrar os sapatos, a abotoar botão, a fechar fecho. Prender o cinto. Vem alguém e demonstra como se usa o velcro. Alguém que te ensina a usar o zíper. Toda manhã eles te dizem teu nome. Amigas que se conhecem há sessenta anos são reapresentadas. Toda manhã.

São médicas, advogadas, referências da sua área, que, de um dia pro outro, não sabem mais usar um zíper. É menos uma aula e mais controle de danos. Valia mais a pena pintar uma casa pintando fogo.

Aqui no St. Anthony's, terça-feira quer dizer hambúrguer. Quarta é frango com cogumelos. Quinta é espaguete. Sexta, peixe cozido. Sábado, carne enlatada. Domingo, peru assado.

Eles têm quebra-cabeças de mil peças pra você fazer enquanto o relógio anda. Aqui não tem um colchão em que já não tenha morrido uma dúzia.

Eva vem rodando até a porta da minha mãe e fica lá parada, me olhando, pálida, murcha, como se fosse uma múmia que acabaram de desenrolar e aí arrumaram o cabelinho fétido. A cabecinha azul com caracóis nunca para de girar em pequenos e lentos círculos, como um boxeador.

– Não se aproxime – Eva fala toda vez que olho pra ela. – A dra. Marshall não vai deixar você me machucar.

Até a enfermeira voltar, eu fico sentado na beira da cama da minha mãe e espero.

Minha mãe tem um daqueles relógios em que a cada hora toca o canto de um pássaro diferente. Gravado. Uma hora é o tordo-americano. Seis é o corrupião-laranja.

Meio-dia é o tentilhão.

Chapim-cabeça-preta quer dizer oito horas. Pica-pau-de-peito-branco é onze.

Você já captou, né?

O problema é que associar passarinhos a determinadas horas vira confusão. Principalmente se você estiver na rua. Você passa de observador de relógio a observador de passarinho. Toda vez que ouve o lindo trinado do pardal-de-garganta-branca, você pensa: "Já são dez horas?"

Eva entra rodando no quarto da minha mãe.

– Você me machucou – ela me fala. – E eu nunca contei pra Mãe.

Esses velhos. Essas ruínas humanas.

Já são chapim-bicolor e meia e tenho que pegar meu ônibus pra chegar no trabalho à hora do gaio-azul.

Eva acha que eu sou o irmão mais velho que meteu o dedo na xaninha dela cem anos atrás. A colega de quarto da minha mãe, sra. Novak, a dos peitos e orelhas gigantes e horríveis, caindo, acha que eu sou o sócio canalha que a trapaceou na patente do descaroçador de algodão ou da caneta-tinteiro ou uma coisa assim.

Aqui eu posso ser de tudo pra todas.

– Você me fez dodói – Eva fala e vem rodando pra mais perto. – E eu nunca esqueci, nem um minuto.

Toda vez que eu visito, vem uma dessas uvas-passas com sobrancelha de doida e me chama de Eichmann. Tem outra mulher com um tubo de plástico cheio de mijo com o cano aparecendo por baixo do robe: ela fala que eu roubei o seu cachorro e que ela o quer de volta. Toda vez que eu passo por uma senhora que fica sentada na cadeira de rodas, jogada dentro de uma pilha de blusões rosa, ela sibila pra mim:

– Eu te vi – ela fala, e me olha com um olho enevoado. – Na noite da fogueira, eu te vi com eles!

Não tem como ganhar. Todo homem que já passou pela vida de Eva provavelmente já foi, de um jeito ou de outro, seu irmão mais velho. Soubesse ou não, ela passou a vida inteira esperando e esperando que os homens fossem lhe meter o dedo. Sério, mesmo mumificada nessa pelezinha enrugada, ela ainda tem oito anos. Travou. Assim como a Dunsboro Colonial e sua trupinha riponga de ferradões, todo mundo em St. Anthony's está preso ao passado.

Eu não sou exceção, e não pense que você é.

Tão travada quanto Denny no tronco, Eva parou na evolução.

– Você – Eva fala e aponta pra mim aquele dedo tremendo. – Você fez dodói na minha piriquita.

Velharia travada.

– Ah, mas aí você disse que era só brincadeirinha – ela me fala e gira a cabeça, a voz começando a ficar cantada. – Era a brincadeirinha que era só nossa, mas aí você botou seu coisão de homem dentro de mim. – O dedinho ossudo e talhado dela continua cutucando o ar, apontado pra minha virilha.

Sério, só de pensar naquilo meu coisão de homem tem vontade de sair correndo.

O problema é que em qualquer lugar do St. Anthony's vai ser a mesma coisa. Outro esqueleto acha que me emprestou cinco mil dólares. Tem outra velha bojuda que me chama de diabo.

– E você me fez dodói – fala Eva.

É difícil não vir aqui sem topar com a culpa por todos os crimes da História. Dá vontade de gritar na cara da desdentada. Sim, fui eu que raptei o filho dos Lindbergh.

Sim, o *Titanic,* fui eu.

O assassinato do Kennedy, isso, fui eu.

A engenhoca, aquela da Segunda Guerra, o esquema, aquele da bomba atômica, quer saber? Foi coisa minha.

A praga da aids? Desculpa. Eu.

O jeito de lidar com a Eva é fazê-la voltar a atenção pra outra coisa. Distraí-la, falando do almoço, do clima, de como ficou o seu cabelo. A capacidade de atenção dela é tipo um tique do relógio, e aí você a manda pra um assunto mais agradável.

Você imagina que é assim que os homens têm lidado com a hostilidade de Eva a vida toda. É só dar uma distraída. Superar o momento. Evitar o confronto. Sair correndo.

É basicamente assim que a gente passa a nossa vida. Assistindo televisão. Fumando porcaria. Se automedicando. Prestando atenção em outra coisa. Punheta. Negação.

Com o corpo inteiro prostrado, o dedinho mirrado continua tremendo e apontando pra mim.

Que se foda.

Ela já tá praticamente de data marcada com a sra. Morte.

– Sim, Eva – eu respondo. – Eu te carquei. – Bocejo. – Arrã. Sempre que dava, eu metia e dava uma esporrada aí.

Isso se chama psicodrama. Dá pra dizer que é outra variedade de chuta-velha.

O dedinho torto murcha e ela descansa os braços na cadeira de rodas. Ela fala:

– Então você finalmente admite.

– Sim, porra – eu falo. – Você sempre foi tesudinha, mana.

Ela olha pra uma mancha branca no linóleo e fala:

– Depois de todos esses anos, ele admite.

Isso se chama psicodrama, só que Eva não sabe que não é pra valer.

A cabeça dela continua girando, mas os olhos voltam pra mim.

– E você não pede desculpas?

Bom, acho que se Jesus podia morrer pelos meus pecados, eu posso pegar os de uns outros. Todo mundo tem sua chance de ser bode expiatório. Levar a culpa.

O martírio de Santo Eu.

Os pecados de todo homem na História recaem sobre minhas costas.

– Eva – eu falo. – Meu doce, minha querida, minha maninha, amor da minha vida. Claro que eu peço desculpas. Eu fui um porco.

Eu falo enquanto olho no relógio:

– É que você era tão foderosa que eu perdi o controle.

Como se eu precisasse de mais merda pra resolver. Eva fica me olhando com os olhões de hipertireoide até que uma lágrima bem grande borbolhota de um deles e corta o pó nas rugas da bochecha.

Viro os olhos pro teto e falo:

– Ok, eu machuquei tua xexeca, mas, porra, isso tem uns oitenta anos, vê se esquece. Vai viver tua vida.

Aí ela levanta aquelas mãos horrendas, gastas, veiudas como raiz de árvore ou cenoura velha, e cobre o rosto.

– Oh, Colin – ela fala atrás das mãos. – Oh, Colin.

Ela tira as mãos, e o rosto está esguichado de lágrimas.

– Oh, Colin – ela sussurra –, eu te perdoo.

E seu rosto faz sim até bater no peito, balançando com respiros e fungadas curtos. Suas mãos horrendas puxam a beira do babador pra secar os olhos.

Ficamos lá, sentados. Putz, eu queria um chiclete. Meu relógio diz que são doze e trinta e cinco.

Ela seca os olhos e funga e ergue um pouco o olhar.

– Colin – ela fala. – Você ainda me ama?

Velharada do caralho. Nossa Senhora da pê-quê-pê.

Caso você esteja se perguntando, eu não sou um monstro.

Como se fosse coisa de livro, eu falo sério:

– Arrã, Eva. – Eu falo: – Arrã, claro, acho que eu ainda vou te amar, sim.

Eva começa a soluçar, o rosto pendendo sobre o colo, o corpo inteiro tremendo.

– Fico muito feliz – ela fala com as lágrimas pingando retas, coisas cinza do nariz pingando na mão vazia.

Ela fala:

– Estou tão feliz. – E continua chorando, e dá pra sentir o cheiro do hambúrguer meio mordido que ela parece ter escondido no sapato como uma esquila, o frango com cogumelo mastigado no bolso do avental. Isso tudo e aquela enfermeira maldita nunca traz a minha mãe do chuveiro, e eu tenho que estar no serviço, lá no século dezoito, à uma da tarde.

Já é difícil lembrar do meu passado pra fazer o passo quatro. Agora ele se mistura com o passado de toda essa gente. Que advogado que eu sou hoje eu não lembro. Olho as minhas unhas.

Pergunto pra Eva:

– Acha que a dra. Marshall está aqui hoje?

Pergunto:

– Sabe se ela é casada?

A verdade sobre mim, quem eu realmente sou, meu pai e tudo, se minha mãe sabe, ela está muito cagada de culpa pra contar.

Pergunto pra Eva:

– Você pode ir chorar em outro lugar?

Aí é tarde demais. O gaio-azul começa a cantar.

E Eva ainda não calou a boca, chorando e balançando, o babador apertado no rosto, o bracelete de plástico tremendo em volta do pulso, ela fala:

– Eu te perdoo, Colin. Eu te perdoo. Eu te perdoo. Ah, Colin, eu te perdoo...

Capítulo 9

Foi numa tarde em que nosso garotinho imbecil e a mãe temporária estavam num shopping center que eles ouviram o comunicado. Era verão, e eles estavam fazendo as compras da volta às aulas, o ano em que ele ia entrar na quinta série. O ano em que você tinha que usar camisa com listras pra estar na moda. Faz anos, muitos anos. Foi só a primeira mãe temporária.

Listras verticais, ele falava pra ela, e aí eles ouviram.

O comunicado:

– Dr. Paul Ward – a voz falou pra todo mundo –, favor encontrar sua esposa no departamento de cosméticos da Woolworth's.

Foi a primeira vez que Mamãe voltou pra resgatá-lo.

– Dr. Ward, favor encontrar sua esposa no departamentc de cosméticos da Woolworth's.

Era o código secreto.

Então o garoto mentiu que precisava ir no banheiro e em vez disso foi na Woolworth's, e lá estava a Mamãe abrindo caixas de tintura de cabelo. Ela tinha uma perucona loira que deixava seu rosto bem pequeno e cheirava a cigarro. Ela abria cada caixa com as unhas e tirava de dentro a garrafinha marrom-escura de tintura. Depois abria outra caixa e tirava outra garrafinha. Ela colocava a primeira garrafinha na segunda caixa e devolvia pra prateleira. Aí abria outra caixa.

– Essa é bonita – disse Mamãe, olhando a foto de uma mulher sorrindo na caixa. Trocou a garrafinha de dentro por outra garrafinha. Todas as garrafinhas eram do mesmo vidro marrom-escuro.

Abrindo outra caixa, ela falou:

– Você acha essa bonita?

E o garoto era tão imbecil que perguntou:

– Quem?

– Você sabe quem – Mamãe falou. – Ela também é nova. Acabei de ver vocês dois olhando roupas. Você estava de mão dada com ela. Não minta.

E o garotinho era tão imbecil que não sabia que era só sair correndo. Ele não conseguia nem começar a pensar nos termos bem restritos da condicional nem na medida liminar nem por que ela tinha passado três meses na cadeia.

Colocando garrafinhas de tintura loira nas caixas de ruiva e garrafinhas de morena nas caixas de loira, Mamãe falava:

– Você gosta dessa?

– Da sra. Jenkins, é isso? – perguntava o garoto.

Sem fechar as caixas perfeitamente, a Mamãe as devolvia à prateleira um pouco amassadas, um pouco com pressa, e falava:

– Gostou dela?

E, como se isso fosse ajudar, nosso patetinha respondia:

– Ela é só mãe temporária.

Sem olhar pro garoto, ainda fitando a mulher sorrindo na caixa que tinha na mão, a Mamãe falava:

– Perguntei se você gostou dela.

Um carrinho de compras veio se sacudindo perto deles no corredor e uma loira se esticou pra pegar uma caixinha com foto de loira, mas com garrafa de outra cor dentro. A moça botou a caixa no carrinho e foi embora.

– Ela se acha loira – a Mamãe falou. – Nós precisamos sacudir os paradigmas de identidade das pessoas.

O que a Mamãe costumava chamar de "Terrorismo na Indústria Cosmética".

O garotinho ficou olhando pra moça até ela estar longe demais pra ser ajudada.

– Você já tem a mim – disse a Mamãe. – Como você chama essa temporária?

– Sra. Jenkins.

– E você gosta dela? – a Mamãe perguntou, e pela primeira vez se virou pra olhar pra ele.

E o garotinho fingiu que tinha se decidido e falou:

– Não?

– Ama ela?

– Não.

– Odeia ela?

E a minhoquinha débil respondeu:

– Sim?

E a Mamãe falou:

– Respondeu bem.

Ela se abaixou pra olhá-lo nos olhos e falou:

– Quanto você odeia a sra. Jenkins?

E o bocozinho respondeu:

– Um montão de montão?

– Mais montão de montão de montão – a Mamãe falou.

Ela estendeu a mão pra que ele a segurasse e falou:

– Temos que ser rápidos. Temos que pegar um trem.

Então, conduzindo-o pelos corredores, puxando seu bracinho desossado rumo à luz do dia do outro lado das portas de vidro, a Mamãe falou:

– Você é meu. Meu. Agora e pra sempre, e não vá se esquecer disso.

Puxando-o porta afora, ela falou:

– E caso a polícia ou alguém te perguntar, eu vou te contar tudo de nojento e de horrível que essa metida a mãe temporária fazia contigo sempre que ficavam só vocês dois.

Capítulo 10

No lugar onde eu moro agora, na casa antiga da minha mãe, fico remexendo os papéis dela, seus históricos da faculdade, as escrituras, extratos, contas. Registros do tribunal. O diário, ainda trancado. A vida inteira dela.

Na semana seguinte, eu sou o sr. Benning, que a defendeu daquela microacusação de sequestro depois do incidente com o ônibus escolar. Na outra semana, sou o defensor público Thomas Welton, que negociou a confissão pra receber uma sentença de seis meses depois que ela foi acusada de atacar os bichos do zoológico. Depois dele, eu sou o advogado especialista em liberdades civis que a representou na acusação de ato danoso que surgiu da confusão no balé.

Existe um oposto do *déjà vu*. Chamam de *jamais vu*. É quando você encontra a mesma pessoa ou visita lugares, várias vezes, mas toda vez parece a primeira. Todo mundo é sempre estranho. Nada é familiar.

– Como vai o Victor? – minha mãe me pergunta na visita seguinte.

Quem quer que eu seja. Seja qual for o defensor público do dia.

Victor *quem?*, tenho vontade de responder.

– Você nem vai querer saber – eu falo. Ia partir o coração dela. Pergunto: – Como Victor era quando criancinha? O que ele queria do mundo? Ele tinha uma grande meta que queria alcançar na vida?

Nesse momento, a minha vida começa a parecer a de um ator de novela, sendo observado por gente numa novela, sendo assistido por gente numa novela, sendo assistido por gente de verdade de sei lá onde. Toda vez que venho visitar, eu procuro nos corredores alguma chance de conversar com a médica com o microcérebro de cabelo negro, as orelhas e os óculos.

A dra. Paige Marshall com sua prancheta e sua pose. Com seus sonhos tenebrosos de ajudar minha mãe a viver mais dez ou vinte anos.

Dra. Paige Marshall, mais uma dose potencial de anestésico erótico.

Vide: Nico.

Vide: Tanya.

Vide: Leeza.

Cada vez mais parece que estou fazendo uma imitação barata de mim mesmo.

Minha vida faz quase tanto sentido quanto um koan zen.

Uma corruíra canta, mas se é um passarinho de verdade ou quatro horas eu não sei.

– Minha memória não é nada boa – minha mãe fala. Ela está coçando as têmporas com o dedão e o indicador de uma mão. – Fico pensando se eu devia contar a verdade pro Victor.

Escorada na sua pilha de travesseiros, ela fala:

– Antes que seja tarde demais, fico pensando se Victor tem o direito de saber quem ele realmente é.

– Então conta pra ele – eu falo. Trago comida, uma tigela de pudim de chocolate, e tento levar a colher até sua boca. – Eu posso ir ali ligar e Victor chega daqui a alguns minutos.

O pudim é marrom-claro e fedido quando se passa da nata marrom-escura.

– Ah, mas não posso – ela fala. – A culpa é tanta que eu não consigo olhar ele de frente. Não sei como ele vai reagir.

Ela fala:

– Talvez seja melhor que Victor não descubra nunca.

– Então conte pra mim – eu falo. – Tire esse peso dos ombros – falo e prometo que não vou contar a Victor, a não ser que ela não se importe.

Ela aperta os olhos, sua pele velha cilhando forte em volta dos olhos. Com pudim de chocolate manchando as rugas em volta da boca, ela fala:

– Mas como vou saber se posso confiar em você? Nem tenho certeza de quem você é.

Eu sorrio e falo:

– Claro que pode confiar em mim.

E enfio a colher na sua boca. O pudim negro fica parado na língua. Melhor que tubo estomacal. Bem melhor: mais barato.

Tiro o controle remoto de perto dela e falo:

– Engula.

Falo pra ela:

– Você tem que me ouvir. Você tem que confiar em mim.

Falo:

– Eu sou ele. Sou o pai de Victor.

E seus olhos leitosos se enchem me olhando, enquanto o resto do rosto, as rugas e a pele parecem deslizar pra gola da camisola. Com a horrível mão amarela, ela faz o sinal da cruz e sua boca fica caída no peito.

– Ah, você é ele, você voltou – ela fala. – Ah, abençoado seja Ele. Pai do Céu – ela fala. – Oh, me perdoe, por favor.

Capítulo 11

Agora estou conversando com o Denny, prendendo-o de novo no tronco, dessa vez porque ele está com um carimbo nas costas da mão, depois de ir a uma balada, e eu falo:

– Mano.

Eu falo:

– É muito estranho.

Denny fica com as duas mãos estendidas pra que eu as prenda. A camisa está bem pra dentro da calça. Ele sabe como é que se dobra os joelhos pra tirar o peso das costas. Ele lembra de ir ao banheiro antes de se trancar. Nosso Denny virou um especialista em sofrer castigo corporal. Na boa e velha Dunsboro Colonial, o masoquismo é uma habilidade muito valorizada no emprego.

Assim como é na maioria dos empregos.

Ontem no St. Anthony's, eu conto pra ele, tava passando aquele filme velho que tem um cara e um quadro, e o cara vive fazendo festa e vive uns cem anos e nunca muda a aparência. O quadro dele vai ficando cada vez mais feio, lixento, com umas manchas de alcoólatra, e o nariz dele cai por causa de sífilis e de gonorreia.

Todas as residentes do St. Anthony's ficam de olhos fechados e começam a fazer "hmmm". Todo mundo sorrindo, honrado, certinho.

Fora eu. Eu sou aquele quadro.

– Me dá os parabéns, mano – Denny fala. – De tanto ficar no tronco, eu somei quatro semanas sóbrio. Com toda a certeza isso é quatro semanas a mais do que eu já consegui ficar, desde que eu tinha treze anos.

Eu falo pra ele que a colega de quarto da minha mãe, a sra. Novak, agora só fica fazendo sim com a cabeça e está contente depois que eu finalmente confessei o roubo da pasta de dente que ela inventou.

Outra velha fica lá, tagarela e feliz que nem papagaio, desde que eu admiti que toda noite mijava na cama dela.

Sim, conto pra todas elas que fui eu. Eu que botei fogo na tua casa. Eu que bombardeei tua vila. Eu que deportei tua irmã. Fui eu, lá em 1968, que te vendi um Nash Rambler azul, aquela bosta de carro. E, sim, fui eu que matei teu cachorro.

E vê se esquece! Passou!

Eu falo que elas podem despejar tudo em mim. Que deixem eu ser o passivo no *gang bang* da culpa. Todo mundo goza em mim.

E depois que todo mundo esporra na minha cara, elas ficam lá sorrindo e fazendo "hmmm". Rindo pro teto, um monte delas à minha volta, passando a mão na minha e dizendo que está tudo bem, que elas me perdoam. Estão ganhando peso. Um galinheiro inteiro de bate-papo comigo, e aí entra uma enfermeira grandona que fala:

– Mas olha só o sr. Famoso.

Denny funga. Eu falo:

– Quer um lencinho, mano?

A parte estranha é que minha mãe não melhora. Não interessa o quanto eu me faça de Flautista de Hamelin e leve a culpa pra longe dessa gente. Não importa quanto malfeito eu absorva, minha mãe não acredita mais que eu sou eu, que eu sou Victor Mancini. Por isso ela não vai liberar seu grande segredo. Por isso ela vai precisar do troço do estômago.

– Ser sóbrio não é nada ruim – o Denny fala –, mas um dia eu quero ter uma vida que seja baseada em fazer o bem, em vez de simplesmente não fazer o mal. Tá me entendendo?

Eu falo pra ele que o mais bizarro é que estou descobrindo um jeito de transformar minha nova popularidade em um bate-estaca ligeiro no depósito de produto de limpeza com a enfermeira alta, quem sabe com meu cão na boca dela. Uma enfermeira acha que você é um cara carinhoso e atencioso e paciente com essa velharada desesperada, e você tá a meio caminho de meter nela.

Vide: Caren, enfermeira.

Vide: Nanette, técnica de enfermagem.

Vide: Jolene, técnica de enfermagem.

Mas não interessa com quem eu estou, minha cabeça está sempre em outra menina. Na dra. Paige Seilaoquê. Marshall.

Não interessa quem eu estou carcando, eu tenho que pensar em bichos doentes, num guaxinim gigante atropelado, inchado, reatropelado pelos caminhões na rodovia em um dia de sol borbulhante. Ou isso ou eu gozo na hora, de tão foda que a dra. Marshall está na minha cabeça.

Engraçado que você nunca pensa nas mulheres que tem. As que você não esquece são sempre aquelas que caíram fora.

– É que meu viciado interno é tão forte – Denny fala – que tenho medo de não ficar preso aqui. Minha vida precisa ser mais do que *não* bater punheta.

Outras mulheres, eu falo, não importa quais, você se imagina metendo. Sabe, montando no banco do motorista, o ponto G, o verso da esponja uretral, só batendo lá com o escorregão picante. Ou você imagina ela dobrada na beira da banheira, levando atrás. Você conhece ela na vida privada.

Mas parece que essa dra. Paige Marshall está além da carcação.

Tem uns abutres, ou coisa do tipo, dando voltas no céu. Segundo a hora-passarinho, deve ser duas da tarde. Uma rajada de vento faz as caudas do colete do Denny subirem pelos ombros, e eu abaixo.

– Às vezes – Denny fala e funga – parece que eu quero ser espancado, castigado. Tudo bem que não existe mais Deus, mas eu queria uma coisa pra respeitar. Não queria ser o centro do meu universo.

Com Denny no tronco a tarde toda, eu tenho que separar toda a lenha. Tenho que moer o milho por minha conta. Salgar a carne de porco. Conferir se os ovos estão frescos com a luz de uma vela. A nata precisa ser coada. Os porcos precisam da lavagem. Você não imaginava que o século dezoito ia ser tão agitado. Como eu pego tanto serviço que é dele, falo pras costas curvadas do Denny, o mínimo que ele podia fazer era visitar minha mãe e fingir que sou eu. Ouvi-la se confessar.

Denny suspira pro chão. A uns cinquenta metros de altura, um dos abutres solta um petardo branco nas costas dele.

Denny fala:

– Meu, eu tô precisando é de uma missão.

Eu falo:

– Então faz uma coisa. Ajuda essa senhora.

E Denny fala:

– Como é que tá indo teu passo quatro? – Ele fala: – Mano, eu tô com uma coceira aqui do lado, me ajuda?

Com cuidado pra não encostar na merda do pássaro, eu começo a coçar.

Capítulo 12

A lista telefônica tem cada vez mais caneta vermelha. Mais e mais restaurantes riscados pela ponta de feltro. Todos os lugares onde eu quase morri. Italianos. Mexicanos. Chineses. Falando sério, a cada noite eu tenho menos opções pra ir, se eu quiser ganhar dinheiro. Se eu quiser iludir alguém para que me ame.

A pergunta de sempre é: "Com o que você quer se engasgar hoje?"

Tem cozinha francesa. Cozinha maia. Cozinha indiana.

O lugar onde eu moro, a casa que era da minha mãe: imagine um antiquário, antiquário dos sujinhos. Daqueles que você tem que andar de lado, como se fosse um hieróglifo egípcio, de tão lotado que é. Todos os móveis esculpidos em madeira: a mesa de jantar comprida, as cadeiras, os baús, os armários com rosto entalhado, os móveis lambuzados com um verniz que parece um xarope, que aí ficou preto e rachou um milhão de anos antes de Cristo. Sofás bojudos cobertos com aqueles tapetes meio à prova de balas, onde nunca que você ia se sentar pelado.

Toda noite, depois do trabalho, primeiro eu repasso os cartões de aniversário. Somo os cheques. Deixo espalhada, pelo hectare negro da mesa de jantar, minha base de operações. Aqui vai o comprovante de depósito de amanhã, a preencher. Hoje, só um mísero cartão. Chega pelo correio um cartão furreca com cheque de cinquenta mangos. Ainda tenho que escrever um bilhete agradecendo. Ainda tem a próxima geração bajulante de cartas de coitado a enviar.

Não que eu seja um ingrato, mas se tudo que você tem pra me dar é cinquenta mangos, da próxima vez deixa que eu morra. Pode ser? Melhor ainda: nem se mexa e deixe que um rico seja o herói.

Claro que eu não posso escrever essas coisas em um bilhete de agradecimento, mas enfim.

A casa da minha mãe, imagine os móveis de um castelo enfurnados numa casa de recém-casados com dois quartos. Os sofás, os quadros, os relógios eram pra ser o dote que ela recebeu da terrinha. Da Itália. Minha mãe veio pra faculdade, aí me teve e não voltou mais.

Não tem como ver que ela é italiana. Ela não tem cheiro de alho nem cabelo no sovaco. Ela veio pra fazer faculdade de medicina. Maldita faculdade de medicina. Em Iowa. A real é que imigrante tende a ser mais americano que quem nasce aqui.

A real é que eu sou mais ou menos o *green card* da minha mãe.

Revendo a lista telefônica, o que eu tenho que fazer é levar meu esquema pra um público mais grã-fino. Tem que ir onde a grana está e fazer acontecer. Não vai se engasgar com nuggets de galinha nesses lugarezinhos que são só fritura.

Gente rica comendo cozinha francesa quer ser herói tanto quanto os outros.

O que eu tô dizendo é: discriminação.

Meu conselho é: identifique seu mercado-alvo.

Na lista telefônica, ainda tenho que testar os restaurantes de peixe. Os *grills* mongóis.

O nome no cheque de hoje é de uma mulher que salvou minha vida num café colonial em fins de abril. Um desses bufês liberados. "O que que eu tinha na cabeça?" Engasgar em restaurante barato é falsa economia. Tudo acertado, todos os detalhes, no livrão que eu guardo. Ali fica tudo, desde quem me salvou, onde e quando, até quanto gastaram até o momento. A doadora de hoje é Brenda Munroe, assinado no fim do cartão de aniversário, com amor.

"Espero que esse pouquinho ajude", ela escreveu no canto do cheque.

Brenda Munroe, Brenda Munroe. Tento, mas o rosto não me vem. Nada. Não tem como você lembrar toda experiência de quase morte. Claro que eu devia fazer mais anotações, pelo menos cabelo e cor dos olhos, mas, sério, olha isso aqui. Do jeito que está, já estou atolado de papel.

As cartas de agradecimento do mês passado só trataram da minha dificuldade em pagar sei lá o quê.

Eu disse praquela gente que precisava fechar o aluguel, ou de tratamento odontológico. Pagar o leite, o advogado. Depois que eu envio umas centenas de cartas iguais, nunca mais quero ler.

É a versão caseira desses programas de caridade pra criança estrangeira. Aqueles que, pelo preço de uma xícara de café, você salva a vida de uma criança. Seja um apoiador. A sacada é que você não pode salvar a vida de uma pessoa só com uma doação. Essa gente tem que me salvar várias vezes. Assim como na vida real, não existe felizes pra sempre.

Assim como é na faculdade de medicina, tem um limite de vezes que dá pra salvar uma pessoa até não dar mais. É o Princípio de Peter da Medicina.

Essa gente que manda dinheiro está pagando por heroísmo em prestações.

Dá pra engasgar com a cozinha marroquina. Com a siciliana. Cada noite uma.

Depois que eu nasci, minha mãe fincou pé nos Estados Unidos. Não nessa casa. Ela só morou aqui depois que a soltaram pela última vez, depois da acusação com o ônibus escolar. Roubo de veículo e sequestro. Essa aqui não é uma casa qualquer que eu lembro da infância, nem esses móveis. Isso é tudo que os pais dela mandaram da Itália. Acho. De repente ela ganhou num programa de TV, vou eu lá saber.

Foi só uma vez que eu perguntei pra ela sobre a família, sobre meus avós na Itália.

E aí ela falou, disso eu lembro, ela falou:

– Eles não sabem que você existe, então não vá criar encrenca.

E se eles não sabem do neto bastardo, aposto que não sabem da prisão por indecência, da prisão por tentativa de assassinato, por imprudência deliberada, por maus-tratos a animais. Também aposto que eles são doidos. Olha os móveis deles. Devem ser malucos e já devem ter morrido.

Eu vou e volto na lista telefônica.

A real é que custa três mil mangos por mês para deixar minha mãe no Centro de Atenção Especial St. Anthony's. No St. Anthony's, cobram cinquenta mangos para uma troca de fralda.

Vai saber quantas mortes eu vou ter que quase morrer pra pagar um tubo estomacal.

A real é que até agora o grande livro de heróis registra pouco mais de trezentos nomes, e eu ainda não tiro nem três mil por mês. Fora isso, tem a conta que o garçom ainda me traz, toda noite. E a gorjeta. O que me mata é o custo operacional.

Assim como qualquer pirâmide financeira, você tem que alistar gente pra ficar na base. Assim como na previdência social, é uma massa de gente legal que paga pelos outros. Tirar uma moedinha dos Bons Samaritanos é só minha rede de segurança pessoal.

"Pirâmide financeira" não é o termo certo, mas é o primeiro que me ocorre.

A desgraça real é que, toda noite, eu ainda tenho que folhear a lista telefônica e achar um lugar bom pra quase morrer.

Estou coordenando o Teleton Victor Mancini.

Não é pior que o governo. Só que no estado do bem-estar de Victor Mancini, quem paga a conta não reclama. Fica orgulhoso. Chega a se gabar pros amigos.

É o golpe da doação, que tem apenas a mim no topo e novos integrantes fazem fila pra entrar, sempre me abraçando por trás. Toda essa boa gente, benemerente, sangrando um troco.

E outra: não é pra eu gastar em drogas nem no jogo. Eu nem consigo terminar o jantar. A meio caminho do prato principal, já tenho que trabalhar. Faço meu sufoco e dou minha esperneada. Mesmo assim, tem gente que nunca me passa dinheiro nenhum. Tem gente que nunca se lembra do que aconteceu. Depois de um tempo até o cara mais generoso para de mandar cheque.

A parte do choro, quando eu sou abraçado por alguém, ofegante e chorando, essa parte fica cada vez mais fácil. Cada vez mais o mais difícil de chorar é quando eu não consigo parar.

O que ainda não está riscado na lista telefônica é: fondue. Tailandesa. Grega. Etíope. Cubana. Ainda tem uns mil lugares em que eu não fui morrer.

Pra melhorar o fluxo de caixa, você tem que criar dois ou três heróis por noite. Às vezes você tem que ir a três ou quatro lugares pra fechar uma refeição completa.

Eu sou artista performático. Faço jantar-teatro, três apresentações por noite. Senhoras e senhores, por favor, um voluntário da plateia.

– Obrigado, mas não, obrigado – gostaria de dizer a todos os meus parentes falecidos. – Mas eu faço a minha família.

Peixe. Carne. Vegano. Hoje, assim como em todas as noites, o mais fácil é simplesmente fechar os olhos.

Deixar o dedo cair sobre a lista telefônica.

Tomem a dianteira e sejam heróis, senhoras e senhores. Deem um passo à frente e salvem uma vida.

É só estenderem a mão que o destino decide por vocês.

Capítulo 13

Por conta do calor, Denny tira o casaco e depois o blusão. Sem abrir os botões, nem dos punhos nem da gola, ele puxa a camisa por cima da cabeça, vira-a do avesso, e seu cabelo e suas mãos ficam ensacados na flanela xadrez vermelha. A camiseta de baixo começa a subir em volta dos sovacos enquanto ele briga com a camisa presa na cabeça. Dá pra ver sua barriga cheia de brotoejas. Pelos compridos e crespos brotam em volta das pontinhas de mamilo. Mamilos rachados, parecem doloridos.

– Mano – Denny fala, ainda brigando dentro da camisa. – É roupa demais. Por que aqui dentro é tão quente?

Porque é tipo um hospital. É um centro de atenção especial.

Por cima do jeans e do cinto dá pra ver o cós de uma cueca feia. Marcas de ferrugem no elástico frouxo. Na frente brotam uns caracóis de pelos. Marca amarelada de suor, de verdade, na pele das axilas.

A menina da recepção fica ali, sentada, assistindo com a cara franzida em volta do nariz.

Tento puxar a camiseta dele pra baixo. O Denny tem uma quantidade incrível de flunfa no umbigo. No vestiário do serviço, já o vi puxar a calça do avesso e ficar com a cueca. Que nem eu fazia quando era criança.

Ainda com a cabeça enrolada na camisa, Denny fala:

– Mano, dá pra me ajudar aqui? Tem um botão que tá sei lá onde.

A menina da recepção me dá aquela olhada. Ela está com o gancho do telefone a meio caminho da orelha.

Com a maioria das roupas caídas no chão, a seu lado, Denny vai ficando mais pele e osso até que acaba só com a camiseta azeda e o jeans com sujeira nos dois joelhos. Os tênis têm nó duplo, e os nós e os buraquinhos estão eternamente grudados de lama.

Faz quase quarenta graus neste lugar porque a maioria do pessoal não tem circulação nenhuma. É uma velharada.

O lugar cheira bem, o que significa que você só está sentindo o odor de produto químico, de limpeza ou perfume. Esse cheiro de pinho só pode ser pra cobrir merda. De limão é porque vomitaram. De rosas é urina. Depois de uma tarde no St. Anthony's, você vai passar o resto da vida sem querer sentir cheiro de rosas.

O saguão tem móveis estofados, plantas e flores falsas.

A parte decorada vai se esgotando depois que você passa das portas com tranca.

Denny fala pra menina da recepção:

– Alguém vai mexer nos meus trecos se eu deixar aqui? – Ele se refere à pilha de roupa velha.

Ele fala:

– Eu sou Victor Mancini – ele olha pra mim. – E vim ver minha mãe?

Eu falo pro Denny:

– Meu, qual é, *ela* não é ruim da cabeça.

Pra menina da recepção, eu falo:

– *Eu* que sou o Victor Mancini. Venho toda hora aqui ver minha mãe, Ida Mancini. Ela está no Quarto 158.

A menina aperta um botão do telefone e fala:

– Chamando enfermeira Remington. Enfermeira Remington à recepção, por favor. – A voz dela sai do teto, bem alta.

Você começa a se perguntar se a enfermeira Remington é uma pessoa de verdade.

Você começa a se perguntar: quem sabe essa menina acha que o Denny é exibicionista crônico, e dos violentos.

Denny chuta suas roupas pra baixo de uma cadeira estofada.

Um gordo vem correndo pelo corredor com uma mão apertada contra um bolso de peito cheio de canetas sacolejando. A outra mão fica no coldre com um spray de pimenta. As chaves tilintam na outra coxa. Ele fala pra menina da recepção:

– O que temos?

E Denny fala:

– Posso usar um banheiro? Tipo, de civil.

O que temos é o Denny.

Pra ouvir a confissão dela, ele precisa conhecer o que sobrou da minha mãe. Meu plano é apresentá-lo como se fosse Victor Mancini.

Assim Denny pode descobrir quem eu sou de verdade. Assim minha mãe consegue ter alguma paz. Ganhar peso. Me economizar esse tubo. Não morrer.

Quando Denny volta do banheiro, o guarda nos acompanha até a parte habitada do St. Anthony's, e Denny fala:

– Aqui não tem como trancar o banheiro. Eu tava cagando sossegado e uma velha me interrompeu.

Pergunto se ela quis transar.

E Denny fala:

– Como é que é?

Passamos por várias portas que o guarda tem que abrir, depois mais. Enquanto caminhamos, suas chaves balançam contra a coxa. Até a nuca dele tem uma bola de gordura.

– A sua mãe... – Denny fala. – Ela é parecida contigo?

– Pode ser – eu falo. – Fora que, sabe...

– Fora que deixam ela com fome e não tem mais cérebro, né?

– Para com isso – eu falo. – Ok, ela foi uma mãe de merda, mas é a única que eu tenho.

– Desculpa, mano. – E o Denny também fala: – Mas ela não vai notar que eu não sou você?

Aqui no St. Anthony's, eles têm que fechar as cortinas antes que escureça, já que se uma interna vir seu reflexo na janela vai achar que é alguém a espiando. Isso se chama "baixar o sol". Toda a velharada pira com o pôr do sol.

Dava pra colocar a maioria na frente do espelho e falar pra elas que era um programa especial sobre gente velha morrendo que elas iam passar horas assistindo.

O problema é que minha mãe não fala comigo quando eu sou o Victor, e não fala comigo quando eu sou advogado. Minha única esperança é ser o defensor público enquanto o Denny se passa por mim. Eu posso ficar instigando. Ele fica ouvindo. Quem sabe assim ela fala.

Pensa que eu sou tipo um ataque Gestalt.

Pelo caminho, o guarda pergunta se não fui eu que estuprei o cachorro da sra. Field.

Não, respondo. Falo: longa história. Uns oitenta anos de longa.

Encontramos Mamãe na sala de recreação, sentada a uma mesa com um quebra-cabeça despedaçado na frente. Deve ter mil peças, mas não tem caixa com foto pra mostrar como tem que ficar. Pode ser qualquer coisa.

Denny fala:

– Essa que é ela?

Ele fala:

– Meu, ela não tem nada a ver contigo.

Minha mãe está mexendo e remexendo as pecinhas, algumas de cabeça pra baixo, com o papelão cinza aparecendo, e mesmo assim ela tenta encaixar.

– Mano – Denny fala. Ele vira uma cadeira e senta pra se apoiar no encosto da cadeira. – Pelo que eu sei, quebra-cabeça é melhor se antes você acha todas as peças do contorno.

Os olhos da minha mãe se arrastam por Denny, pelo rosto dele, pelos lábios ressecados, pela cabeça calva, pelos buracos que se abriram nas costuras da camiseta.

– Bom dia, sra. Mancini – eu falo. – É o seu filho, Victor, que veio te visitar. É ele.

Eu falo:

– Você não tem nada de importante a contar pra ele?

– Arrã – Denny fala, fazendo que sim. – Eu sou o Victor. – Ele começa a buscar pecinhas do contorno do quebra-cabeça. – Esta aqui azul é pra ser céu ou água? – ele fala.

E os velhos olhos azuis da minha mãe começam a se encher de água.

– Victor? – ela fala.

Ela limpa a garganta. Olhando pro Denny, ela fala:

– Você veio.

E Denny continua a espalhar as pecinhas do quebra-cabeça, selecionando as da borda pra deixar de lado. Nos restolhos de pelo na cabeça raspada, tem fiapos vermelhos da camisa xadrez.

E a mão velha da minha mãe vem rangendo pela mesa e se fecha na mão de Denny.

– É tão bom te ver – ela fala. – Como você está? Faz tanto tempo – uma lagriminha transborda pelo canto de um olho e segue as rugas até o canto da boca.

– Xi – Denny fala, e ele puxa a mão pra trás. – Sra. Mancini, suas mãos estão geladas.

Minha mãe fala:

– Desculpe.

Dá pra sentir o cheiro de comida de refeitório, repolho ou feijão, que eles cozinham até virar papa.

Esse tempo todo eu fico ali parado.

Denny junta alguns pedacinhos da borda. Pra mim, ele fala:

– Então, quando é que vamos conhecer a sua doutora?

Minha mãe fala:

– Você não vai embora já, vai? – Ela olha pro Denny, os olhos encharcados e as moitas de sobrancelha velha se beijando em cima do nariz. – Senti tanta saudade – ela fala.

Denny fala:

– Ô, mano, a gente deu sorte. Olha um dos cantos!

A mão velha e trêmula da minha mãe, com jeito de pele fervida, sobe tremendo e tira uns fiapos vermelhos da cabeça de Denny.

E eu falo:

– Com licença, sra. Mancini. – Eu falo: – Não tinha uma coisa que você queria contar pro seu filho?

Minha mãe só me olha, depois olha pro Denny.

– Pode ficar, Victor? – ela fala. – Precisamos conversar. Tem tanta coisa que eu quero explicar.

– Então explique – eu falo.

Denny diz:

– Acho que isso aqui é um olho.

Ele fala:

– Então é pra ser um rosto de pessoa?

Minha mãe deixa a mão trêmula aberta pra mim, e ela fala:

– Fred, o assunto é entre mim e meu filho. É uma questão de família, muito importante. Vá para outro lugar. Vá assistir televisão e deixe-nos a sós.

E eu falo:

– Mas.

Mas minha mãe fala:

– Vá.

Denny fala:

– Olha só, outro canto. – Denny seleciona as pecinhas azuis e as deixa de lado. Todas as pecinhas têm o mesmo formato básico, umas cruzes com bolhas. Suásticas derretidas.

– Vá ver se salva alguém – minha mãe fala sem me olhar. Olhando pro Denny, ela prossegue:

– Victor vai te encontrar assim que terminarmos.

Ela fica me olhando até eu chegar no corredor. Depois ela começa a falar uma coisa pro Denny que eu não consigo ouvir. Sua mão trêmula chega pra tocar o escalpo brilhoso de Denny, depois atrás da orelha. Onde acaba a manga do pijama, seu pulso velho é fibroso, fino, amarronzado, parece pescoço de peru cozido.

Ainda entretido com o quebra-cabeça, Denny estremece.

Chega um cheiro, um cheiro de fralda, e uma voz rasgada atrás de mim fala:

– Foi você que jogou todos os meus livros da escola na lama, na segunda série.

Ainda olhando pra minha mãe, tentando ver o que ela diz, eu falo:

– Sim, acho que foi.

– Ora, veja só, pelo menos ele é sincero – diz a voz. Uma mulher que parece um minicogumelo seco passa o braço esquelético pelo meu. – Venha comigo – ela fala. – A dra. Marshall gostaria muito de conversar contigo. A sós, em outro lugar.

Ela está com a camisa xadrez vermelha do Denny.

Capítulo 14

Inclinando a cabeça pra trás, seu cerebrinho preto, Paige Marshall aponta pro teto bege abobadado.

– Antes tinha anjinhos – ela fala. – Dizem que eram muito lindos, que tinham asinhas azuis e halos com ouro de verdade.

A velha me leva até a grande capela de St. Anthony's, imensa e vazia desde que deixou de ser um convento. Uma parede inteira é uma janela de vitral com uns cem tons diferentes de ouro. A outra parede é só um crucifixo de madeira grande. Entre os dois está Paige Marshall com o jaleco branco, dourada pela luz, sob o cérebro negro do cabelo. Ela está com os óculos escuros e olha pra cima. Toda dourada e preta.

– Seguindo os ditames do Concílio Vaticano II – ela fala –, eles pintaram por cima dos murais de igreja. Dos anjos e dos afrescos. Extirparam a maioria das estátuas. Todos os mistérios da fé. Tudo se foi.

Ela olha pra mim.

A velha se foi. A porta da capela se fecha atrás de mim.

– É patético – Paige fala. – A gente não poder viver com o que não entende. Patético que, se não conseguimos explicar uma coisa, neguemos que ela exista.

Ela fala:

– Descobri como salvar a vida da sua mãe.

Ela fala:

– Mas pode ser que você não aprove.

Paige Marshall começa a abrir os botões do jaleco, e cada vez se vê mais pele por dentro.

– Talvez você considere a ideia absolutamente repugnante – ela fala.

Ela abre o jaleco.

Não tem nada por baixo. Ela está nua, um branco pálido como a pele que fica embaixo do cabelo. Branca de nua e a uns quatro passos de mim. E extremamente comível. Ela mexe os ombros pro jaleco cair, mas ele fica pendurado nos cotovelos. Os braços ainda estão nas mangas.

Lá estão aquelas sombrinhas peludas e apertadinhas que você está louco pra conhecer.

– Temos pouco tempo – ela fala.

E ela vem na minha direção. Ainda de óculos. Seus pés ainda estão nos sapatos náuticos, brancos, só que aqui eles parecem dourados.

Eu tinha razão sobre as orelhas. Claro que lembram demais. Mais um buraquinho que ela não consegue fechar, escondido e franzido com pele. Emoldurado pelo cabelo macio.

– Se você ama sua mãe – ela fala –, se você quer que ela viva, você tem que transar comigo.

Agora?

– É a minha vez – ela fala. – Minha mucosa está tão grossa que dava pra tirar com colher.

Aqui?

– Não posso vê-lo fora daqui – ela fala.

Seu dedo anelar é tão lisinho quanto ela inteira. Pergunto: ela é casada?

– Você tem problemas com isso? – ela fala. À distância do meu braço fica a curva da sua cintura descendo pelo traçado da bunda. À mesma distância fica a saliência de cada seio, que oferecem mamilos em botões negros. A um braço fica o espaço cálido e gostoso onde se juntam as pernas.

Eu falo:

– Não. Necas. Problema nenhum.

Suas mãos se unem em volta do botão de cima da minha camisa, depois do outro, depois do outro. Suas mãos abrem a camisa por cima dos meus ombros pra ela cair atrás de mim.

– Só quero que você saiba – eu falo –, já que você é médica e tal – eu falo –, que eu sou um viciado em sexo em reabilitação.

As mãos dela abrem a fivela do meu cinto, e ela fala:

– Faça o que te parecer natural.

O cheiro dela não é de rosas nem de pinho nem de limão. Não é de nada, nem de pele.

O cheiro dela é úmido.

– Você não entendeu – eu falo. – Estou sóbrio há quase dois dias.

A luz dourada a faz ficar quente, reluzente. Ainda assim, a sensação que dá é que se eu a beijasse meus lábios iam ficar grudados, como se ela fosse metal gelado. Pra retardar o negócio, eu penso em carcinoma basocelular. Fico imaginando impetigo, infecção bacteriana da pele. Úlcera de córnea.

Ela puxa meu rosto pro ouvido dela. Sussurra no meu ouvido:

– Tudo bem. É muito nobre da sua parte. Mas que tal você começar sua recuperação amanhã...?

Ela puxa minha calça pra baixo só com o dedão e fala:

– Preciso que você bote sua fé em mim.

E suas mãos macias e geladas se fecham em volta de mim.

Capítulo 15

Se você estiver num desses saguões grandes de hotel e começarem a tocar "Danúbio azul", caia fora. Nem pense duas vezes. Corra.

No mais, nada é garantido.

Se você estiver em um hospital e chamarem pelo interfone: "Enfermeira Flamingo na oncologia", nem chegue perto do lugar. Não existe enfermeira Flamingo. Se chamarem o dr. Fulgor, também: não existe dr. Fulgor.

Num hotel grande, a "Danúbio" quer dizer que eles têm que evacuar o prédio.

Na maioria dos hospitais, enfermeira Flamingo quer dizer incêndio. Dr. Fulgor quer dizer fogo. Dr. Grama quer dizer suicídio. Dr. Púrpura quer dizer que alguém parou de respirar.

Era isso que Mamãe contava pro garotinho imbecil quando eles estavam parados no tráfego. Já naquela época ela estava ficando doida.

Naquele dia, o garoto estava na sala de aula quando uma moça da secretaria veio contar que sua consulta no dentista tinha sido desmarcada. Um minuto depois, ele levantou a mão e pediu pra ir ao banheiro. A consulta nunca existiu. Claro que alguém tinha ligado, dizendo que era do dentista, mas essa era a mensagem secreta. Ele saiu por uma porta lateral do refeitório e lá estava ela, esperando num carro dourado.

Foi a segunda vez que Mamãe voltou pra buscá-lo.

Ela baixou o vidro do carro e falou:

– Sabe por que a Mamãe foi pra cadeia dessa vez?

– Por mudar a cor das tinturas? – ele disse.

Vide: Ato danoso.

Vide: Agressão em segundo grau.

Ela se inclinou pra abrir a porta e não parava de falar. Não parou durante dias.

Se você estiver no Hard Rock Café, ela falou, e anunciarem: "Elvis desceu do palco", quer dizer que todos os garçons têm que ir à cozinha pra saber qual prato especial do dia esgotou.

É esse tipo de coisa que as pessoas te contam quando não te dizem a verdade.

Num teatro da Broadway, se anunciarem: "Elvis desceu do palco", é porque está havendo um incêndio.

Num supermercado, se chamarem o Sr. Tostão é porque precisam de segurança armado. Se falarem "Checar carga na seção feminina" é porque tem furto naquela seção. Outras lojas chamam uma mulher fictícia de nome Sheila. "Sheila na recepção" quer dizer que alguém está furtando na frente da loja. Sr. Tostão, Sheila, enfermeira Flamingo: nunca é coisa boa.

A Mamãe desligou o motor e ficou sentada com uma mão no alto do volante, a outra mão estalando os dedos pro garoto repetir o que ela tinha dito. Por dentro do nariz dela se via o escuro de sangue coagulado. Tinha lencinhos manchados de sangue no assoalho do carro. Tinha sangue no painel, de quando ela havia espirrado. Tinha um pouco mais no para-brisa.

– Nada que você vá aprender no colégio é mais importante que isso – ela falou. – O que você está aprendendo aqui vai salvar sua vida.

Ela estalou os dedos.

– Sr. Amond Silvestiri? – ela falou. – Se chamarem ele, você faz o quê?

Em alguns aeroportos, chamar o Sr. Amond Silvestiri quer dizer terrorista com bomba.

– Sr. Amond Silvestiri, favor localizar sua comitiva no portão dez do terminal D quer dizer que as equipes da Swat vão achar o cara.

Sra. Pamela Rank-Mensa quer dizer terrorista no aeroporto que tem só uma arma.

– Sr. Bernard Wellis, favor localizar sua comitiva no terminal F quer dizer que tem alguém com faca na garganta de refém.

A Mamãe puxou o freio de mão e estalou os dedos de novo.

– Rapidinho, como um coelhinho. O que quer dizer Srta. Terrilynn Mayfield?

– Arma química? – falou o garoto.

A Mamãe fez que não.

– Não diz – o garoto falou. – Cão com raiva?

A Mamãe fez que não.

Do lado de fora do carro, o mosaico de automóveis em volta deles estava lotado. Helicópteros massacravam o ar sobre a rodovia.

O garoto bateu na testa e disse:

– Lança-chamas?

A Mamãe respondeu:

– Você não está se esforçando. Quer uma pista?

– Suspeita de tráfico? – ele falou, e depois: – Tá, pode ser, uma pista.

E a Mamãe falou:

– Senhorita Terrilynn Mayfield... pense em vacas, cavalos.

E o garoto berrou:

– Antraz! – Ele bateu na testa com os punhos: – Antraz. Antraz. Antraz. – Ele bateu na cabeça. – Como que eu me esqueci?

Com a mão livre a Mamãe mexeu no cabelo e falou:

– Você está indo bem. Se lembrar metade desses códigos, você vai viver mais que a média.

Aonde quer que eles fossem, a Mamãe caía no engarrafamento. Ficava ouvindo o rádio dizer aonde não ir e achava os trancaços. Achava a via congestionada. Encontrava as tranqueiras. Saía à procura de carros pegando fogo e pontes abertas. Não gostava de dirigir rápido, mas queria passar a aparência de que estava ocupada. No tráfego, ela não podia fazer nada e a culpa não era dela. Estavam presos. Escondidos. Seguros.

A Mamãe falou:

– Vou te dar uma fácil. – Ela fechou os olhos e sorriu, depois os abriu de novo. – Em qualquer loja, o que quer dizer quando pedem moedas de vinte e cinco no caixa cinco?

Os dois estavam com as mesmas roupas do dia em que ela foi buscá-lo depois do colégio. Independentemente do motel em que iam, quando ele se arrastava pra cama, a Mamãe estalava os dedos e pedia a calça, a camiseta, as meias e a cueca, até que ele entregasse tudo por baixo das cobertas. De manhã ela as devolvia, às vezes lavadas.

Quando um caixa pede moedas de vinte e cinco, o garotinho falou, quer dizer que tem uma mulher bonita com ele e todo mundo devia ir lá ver.

– Bom, não é só isso – falou a Mamãe. – Mas é isso.

Às vezes a Mamãe dormia colada na porta do carro e os outros carros saíam de perto. Se o motor estivesse ligado, às vezes as luzes vermelhas do painel se acendiam e avisavam emergências de todo tipo. Nessas vezes, saía fumaça da fenda do capô, e o motor parava sozinho. Os carros atrás buzinavam. O rádio falava de uma outra tranqueira, um carro parado na faixa central da rodovia, travando o tráfego.

Com gente buzinando e olhando pra eles pela janela, e por estarem falando deles no rádio, o garotinho imbecil imaginava que aquilo significava ser famoso. Até as buzinas do carro a acordarem, o garotinho só acenava. Ficava pensando no Tarzan gordo com o macaco e com as castanhas. Que o homem ainda conseguia sorrir. Que humilhação só é humilhação quando você resolve sofrer.

O garotinho sorria de volta pra todos os rostos em fúria que o encaravam.

E mandava beijos.

Quando um caminhão soou sua buzina, a Mamãe deu um pulo e acordou. Aí, devagar, ela parou um instante pra tirar o cabelo do rosto. Levou um tubinho branco até uma narina e inspirou. Mais um minuto de nada se passou antes de ela tirar o tubinho e olhar com os olhos cerrados pro garotinho sentado ao lado dela no banco da frente. Ela apertou os olhos pras luzes vermelhas do painel.

O tubinho era menor que seu batom, com um buraco pra cheirar em uma ponta e uma coisa que fedia lá dentro. Depois que ela cheirava, sempre ficava sangue no tubinho.

– Você tá em qual? – ela falou. – Primeira? Segunda série?

Quinta, disse o garoto.

– E nessa fase seu cérebro pesa o quê? Dois quilos?

Ele só tirava dez no colégio.

– Então você tem, o quê? – ela falou. – Sete anos?

Nove.

– Então, Einstein, tudo que esses pais adotivos temporários te disseram – a Mamãe fala –, pode esquecer.

Ela fala:

– Família temporária não sabe o que é importante nessa vida.

Bem acima deles havia um helicóptero voando em algum lugar, e o garoto se inclinou pra poder olhar direto pra ele pela parte azul no alto do para-brisa.

O rádio falava em um Plymouth Duster dourado trancando a faixa central da via circular. Aparentemente, o motor do carro tinha superaquecido.

– História que se foda. É só gente falsa, e ainda dizem quem você tem que conhecer – fala a Mamãe.

Srta. Pepper Haviland é o vírus Ebola. Sr. Turner Anderson quer dizer que alguém acabou de vomitar.

O rádio diz que equipes de emergência estavam sendo despachadas pra ajudar a retirar o carro enguiçado.

– Tudo aquilo que estavam te ensinando de álgebra e macroeconomia, pode esquecer – ela falou. – Me diz: de que adianta saber a raiz quadrada de um triângulo se vem um terrorista e te dá um tiro na cabeça? Nada! Você precisa aprender é isso.

Outros carros passavam perto deles e saíam correndo, sumindo pra outros lugares.

– Quero que você saiba de mais coisas, além do que os outros acham que é seguro te contar – ela falou.

O garoto perguntou:

– Tipo o quê?

– Tipo, quando você está pensando no resto da sua vida – ela disse, e colocou a mão sobre os olhos –, você nunca pensa mais que uns poucos anos à frente.

E a outra coisa que ela disse foi:

– Quando você tiver trinta anos, seu pior inimigo vai ser você mesmo.

E a outra coisa que ela disse foi:

– O Iluminismo acabou. Estamos vivendo o Des-Iluminismo.

O rádio disse que a polícia já fora informada sobre o carro parado.

A Mamãe colocou o rádio no último volume.

– Merda – ela falou. – Diz que não é a gente.

– Ele falou um Duster dourado – o garoto falou. – É o nosso carro.

E a Mamãe falou:

– Pra ver como você não sabe quase nada.

Ela abriu a porta e disse pra ele passar por cima do banco e sair pela porta dela. Ela ficou vendo os carros velozes quase acertarem o deles, passando rente.

– Esse carro nem é nosso – ela falou.

O rádio berrou que parecia que os ocupantes estavam abandonando o veículo.

A Mamãe fez sinal pra que ele pegasse na mão dela.

– Eu não sou sua mãe – ela falou. – Não é nada disso. – Embaixo das unhas tinha mais sangue escorrido do nariz.

O rádio berrou. A motorista do Duster dourado e uma criança agora tinham virado um perigo, tentando atravessar quatro faixas movimentadas da rodovia.

Ela falou:

– Imagino que temos uns trinta dias pra acumular uma vida inteira de aventuras. Até meus cartões de crédito estourarem o limite.

Ela falou:

– Trinta dias se não nos pegarem antes.

Os carros buzinavam e desviavam. O rádio berrava lá atrás. Os helicópteros rugiam, cada vez mais baixo.

E a Mamãe falou:

– Agora, que nem no "Danúbio azul", segura forte na minha mão. – Ela falou: – E não pense.

Ela falou:

– Só corra.

Capítulo 16

A paciente seguinte é uma mulher, de uns vinte e nove anos, com uma verruga no alto da parte interna da coxa que não parece legal. Com essa luz não dá pra dizer, mas parece muito grande, assimétrica, com sombras azuis e marrons. As bordas são irregulares. A pele em volta está gasta.

Pergunto se ela anda coçando ali.

E se existe histórico de câncer de pele na família dela.

Sentado ao meu lado na mesa com seu bloquinho de papel amarelo, Denny segura a ponta de uma rolha sobre o isqueiro, girando a rolha até que a ponta fique preta de queimada, e ele fala:

– Mano, sério.

Ele fala:

– Hoje você tá estranho, hostil. Cê aprontou?

Ele fala:

– Você sempre fica com ódio do mundo depois que trepa.

A paciente fica de joelhos, seus joelhos se abrem. Ela pende pra trás e começa a se oferecer pra gente em câmera lenta. Só contraindo os glúteos, ela projeta os ombros, os seios, o púbis. O corpo inteiro dá ondas de estocadas.

Pra lembrar dos sintomas do melanoma você segue o ABCD.

Assimétrico.

Borda irregular.

Cor com variação.

Diâmetro maior que uns seis milímetros.

Ela está depilada. Bronzeada, cremosa, tão suave, tão perfeita, parece menos uma mulher e mais um buraquinho pra passar o cartão de crédito. Enquanto ela se oferece na nossa cara, a mistura lúgubre de luz vermelha e preta a faz parecer melhor do que ela é de verdade. As luzes vermelhas apagam cicatrizes e machucados, espinhas, algumas tatuagens, estrias e picadas de agulha. As luzes negras fazem seus olhos e dentes brilharem brancos.

É engraçado que a beleza da arte tem muito mais a ver com a moldura do que com a obra em si.

A combinação de luzes faz até Denny parecer saudável, seus bracinhos de galinha saindo pela camiseta branca. Seu bloquinho brilha amarelo. Ele encrespa o lábio de baixo, puxa pra dentro, mordendo-o enquanto passa os olhos da paciente pro desenho, depois pra paciente de novo.

Se jogando em nosso rosto, falando alto pra ganhar da música, ela fala:

– Que foi?

Ela parece loira natural, alto fator de risco, então eu pergunto: ela teve perda de peso recente e inexplicada?

Sem olhar pra mim, Denny fala:

– Mano, sabe quanto que ia custar uma modelo de verdade?

De costas pra ele, eu falo:

– Mano, não esquece de desenhar o cabelinho encravado.

Pra paciente, eu pergunto: percebeu mudanças no ciclo menstrual ou no movimento intestinal?

Ajoelhada na nossa frente, esticando suas unhas com esmalte preto pros dois lados e inclinando-se pra trás, olhando pra nós por cima do arco do torso, ela fala:

– Hã?

Câncer de pele, eu berro, é o câncer mais comum em mulheres entre os vinte e nove e os trinta e quatro anos.

Eu berro:

– Preciso apalpar seus linfonodos.

E Denny fala:

– Mano, quer saber o que tua mãe me disse ou não quer?

Eu berro:

– Deixa eu apalpar seu baço.

Desenhando depressa com a rolha queimada, ele fala:

– Isso é o cheiro do círculo vicioso da culpa?

A loira prende os cotovelos atrás dos joelhos e curva a coluna pra trás, torcendo um mamilo entre o dedão e o indicador de cada mão. Esticando a boca pra abrir, ela enrosca a língua pra gente e fala:

– Daiquiri.

Ela fala:

– Meu nome é Cherry Daiquiri. Não toca em mim – ela fala –, mas onde é essa verruga que você tava falando?

Pra lembrar cada passo da anamnese você vai de QPAR HDFAPC. Na faculdade chamam de *regra mnemônica*. As letras querem dizer:

Queixa principal.

Histórico de doenças *pregressas*.

Alergias.

Remédios.

Histórico médico.

Drogas.

História *familiar*.

Álcool.

Psicossocial.

Cigarro.

Você só avança na faculdade de medicina com ajuda da mnemônica.

A menina que veio antes, outra loira com aquele silicone duro das antigas, que dava pra apoiar o queixo, essa última ficou fumando como se fosse parte do show, então perguntei se ela tinha dor persistente no abdômen ou nas costas. Ela teve falta de apetite ou alguma enfermidade crônica? Se era assim que ela ganhava a vida, perguntei, era melhor que fizesse o papanicolau com regularidade.

– Se você fuma mais que um maço por dia – eu falei. – Nesse caso, eu quero dizer.

Conização não seria má ideia, eu falo. No mínimo, uma D e C.

Ela fica de quatro, girando a bunda aberta, o alçapão rosa e enrugado dançando em câmera lenta, nos olha por cima do ombro e fala:

– Qual é a dessa "conização"?

Ela fala:

– Vocês tão provando coisa nova, é? – e solta fumaça no meu rosto.

Meio que solta.

É quando se corta uma amostra em cone do seu colo do útero, eu falo.

E ela fica pálida, pálida até embaixo da maquiagem, até embaixo da camada de luz vermelha e preta, e fecha as pernas. Ela apaga o cigarro na minha cerveja e fala:

– Você é doente com mulher – e segue pro próximo cara no palco.

Eu berro pra ela:

– Cada mulher é um problema.

Ainda segurando a rolha, Denny pega a minha cerveja e fala:

– Mano, desperdício não... – depois derrama tudo no copo dele, menos a bituca afogada.

Ele fala:

– Sua mãe fala muito de um tal dr. Marshall. Que ele prometeu que ia deixar ela jovem de novo, mas só se você cooperar.

E eu falo:

– É ela. Dra. Paige Marshall. É mulher.

Outra paciente se apresenta. Uma morena de cabelos encaracolados, uns vinte e cinco anos, apresentando possível deficiência de ácido fólico, língua vermelha e lustrosa, abdômen levemente distendido, olhos vítreos. Pergunto: posso ouvir seu coração? Quero ver se tem palpitação. Batimento acelerado. Teve náusea ou diarreia?

– Mano? – Denny fala.

As perguntas a se fazer sobre dor são ILICIDAS: *Início* do sintoma, *Localização*, *Intensidade*, *Caráter*, *Irradiação*, *Duração*, *Alívio*/ Piora e *Sintomas* associados.

Denny fala:

– Mano?

A bactéria chamada *Staphylococcus aureus* é a que dá STAPHEIO: *Síndrome* do choque *tóxico, Abscessos, Pneumonia, Hemólise, Endocardite, Infecções* de pele e *Osteomielite*.

– Mano? – Denny fala.

As doenças que a mãe pode passar pro bebê são TORCH: *Toxoplasmose, Outras* (que quer dizer sífilis e HIV), *Rubéola, Citomegalovírus* e *Herpes*. Se ajudar, você imagina a mãe *passando a tocha* pro filho.

Tal mãe, tal filho.

Denny estala os dedos na minha cara.

– Que que você tem? Por que cê tá assim? – ele fala.

Porque é verdade. É nesse mundo que a gente vive. Eu já tive lá, já fiz o vestibular para o curso de medicina. Fiz o suficiente da faculdade de medicina da USC pra saber que uma verruga nunca é só uma verruga. Que uma simples dor de cabeça quer dizer tumor no cérebro, quer dizer visão dupla, dormência, vômito acompanhado de convulsões, sonolência, morte.

Uma contraçãozinha muscular quer dizer hidrofobia, quer dizer cãibras, sede, atordoamento e salivação excessiva, seguida de convulsões, coma, morte. Acne quer dizer cistos no ovário. Sentir-se um pouco cansado quer dizer tuberculose. Olhos injetados querem dizer meningite. Sonolência é o primeiro sinal de febre tifoide. Essas coisinhas flutuantes que você vê passando nos olhos quando faz sol querem dizer que sua retina está descolando. Você vai ficar cego.

– Veja como estão suas unhas – eu falo pro Denny –, isso é sinal evidente de câncer do pulmão.

Se você estiver confuso, quer dizer paralisia renal, insuficiência grave dos rins.

Você aprende tudo isso em Propedêutica, no segundo ano de faculdade. Você aprende tudo isso, e aí não tem como voltar atrás.

Ignorância *era* bênção.

Hematoma quer dizer cirrose do fígado. Arroto quer dizer câncer colorretal ou câncer do esôfago, ou, no mínimo, úlcera péptica.

Parece que a mínima brisa sussurra carcinoma de células escamosas.

Os passarinhos gorjeiam: histoplasmose.

Todo mundo que você vê nu, você enxerga como paciente. Uma dançarina pode ter lindos olhos e mamilos durinhos e marrons, mas se o hálito dela for ruim, ela tem leucemia. A dançarina pode ter cabelos compridos, grossos e limpos, mas se ela coçar o couro cabeludo, é porque tem linfoma de Hodgkin.

Página a página, Denny enche seu bloquinho com estudos do corpo, lindas mulheres sorrindo, magrinhas, mandando beijos, mulheres com os rostos caídos, mas os olhos voltados pro alto, em direção a ele, entre os cabelos.

– Perder o sentido de gustação – eu falo pro Denny – quer dizer câncer de boca.

E sem olhar pra mim, indo e voltando entre o desenho e a nova dançarina, Denny fala:

– Então, mano, você pegou esse câncer faz um tempão.

Mesmo se minha mãe morresse, não sei bem se eu ia querer voltar e me rematricular, antes que meus créditos comecem a expirar. Já sei mais do que me deixa tranquilo com as coisas do jeito que estão.

Depois que você descobre tudo que pode dar errado, sua vida passa a ser menos viver e mais esperar. Pelo câncer. Pela demência. A cada olhada no espelho, você fica vasculhando se não tem erupções vermelhas, que querem dizer herpes.

Vide: Micose.

Vide: Sarna.

Vide: Doença de Lyme, meningite, febre reumática, sífilis.

A paciente seguinte que se apresenta é outra loira, magra, talvez magra demais. Provável tumor da medula. Se ela tiver dor de cabeça, febre baixa, dor de garganta, ela tem poliomielite.

– Fique assim – Denny fala alto pra ela e cobre os óculos com as mãos abertas.

A paciente faz o que ele diz.

– Lindo – Denny fala, desenhando um estudo rápido. – Que tal abrir a boca um pouquinho?

E ela abre.

– Mano – ele fala. – Modelo de aula *nunca* é esse tesão aí.

Eu só vejo que ela não é muito boa como dançarina, e que é certo que essa falta de coordenação significa esclerose lateral amiotrófica.

Vide: Doença de Lou Gehrig.

Vide: Paralisia total.

Vide: Respiração dificultosa.

Vide: Cólicas, cansaço, choro.

Vide: Morte.

Com a lateral da mão, Denny borra as linhas da rolha pra dar sombras e profundidade. É a mulher no palco com as mãos sobre os olhos, a boca levemente aberta, e Denny capta aquilo rápido, os olhos voltando à mulher pra mais detalhes, o umbigo, a curva do ilíaco. Minha única queixa é que o jeito como o Denny desenha mulheres não é o jeito como elas são de verdade. Na versão do Denny, as coxas queijentas de algumas ficam duras que nem rocha. Aquelas bolsas embaixo dos olhos que outras têm ficam claras e firmes.

– Tem um troco sobrando, mano? – Denny fala. – Eu não quero que ela se mexa ainda.

Mas estou duro, e a menina passa pro cara seguinte no palco.

– Deixa eu ver, Picasso – eu falo.

Denny coça embaixo do olho, deixando uma manchona de fuligem. Aí ele vira o bloquinho só o suficiente pra eu ver uma mulher nua com as mãos na frente dos olhos, tensionando cada músculo, nenhum olhar estragado pela gravidade ou pela luz ultravioleta ou pela desnutrição. Ela é lisa, mas macia. Flexionada, mas relaxada. Ela é total impossibilidade física.

– Mano – eu falo –, você deixou ela muito nova.

A paciente seguinte é Cherry Daiquiri de novo, voltando, dessa vez sem sorrir, chupando forte a parte de dentro da bochecha e me perguntando:

– Essa verruga aqui? Cê tem certeza que é câncer? Porque, tipo, sei lá, é pra eu ficar com medo...?

Sem olhar pra ela, eu ergo um dedo. Sinal universal de "Espere, por favor. O médico vai atendê-la em seguida".

– Não tem como os tornozelos serem tão finos – eu falo pro Denny. – E a bunda dela é muito maior do que isso aí.

Eu me inclino pra ver o que Denny está fazendo, depois volto os olhos pro palco e pra última paciente.

– Você precisa deixar os joelhos mais pra frente – eu falo.

A dançarina no palco me faz um olhar de nojo.

Denny continua a desenhar. Os olhos dela ficam gigantes. Ele conserta as pontas duplas. Ele faz tudo errado.

– Mano – eu falo. – Tipo, cê não é bom artista.

Eu falo:

– É sério, mano, não tô vendo nada disso aí.

Denny fala:

– Antes que você saia dizendo merda do mundo todo, você precisa ligar pro teu padrinho, e rápido.

Ele fala:

– E se cê ainda quer saber, sua mãe disse que você tem que ler o que tá no dicionário dela.

Pra Cherry, acocorada na nossa frente, eu falo:

– Se você quer sinceramente salvar sua vida, vou ter que falar com você num lugar privado.

– Não, não *dicionário* – Denny fala. – No *diário*. Se quiser saber de onde cê veio, tá tudo no diário dela.

E Cherry puxa uma perna pra fora da beirada e começa a descer do palco.

Pergunto pra ele: o que tem no diário da mamãe?

E desenhando seus desenhinhos, enxergando o que não existe, Denny fala:

– Isso aí, o diário. Não dicionário, mano. O lance do teu pai de verdade tá no diário.

Capítulo 17

No St. Anthony's, a mocinha da recepção cobre o bocejo, e quando eu pergunto se ela não quer tomar um café ela me olha de lado e fala:

– Não contigo.

Pô, sério, não tô paquerando. Eu cuido da recepção enquanto ela vai pegar um café. Não é azaração.

Sério.

Eu falo:

– Seus olhos parecem cansados.

Tudo que a mocinha faz é escrever o nome de quem entra e quem sai. Ela assiste ao monitor que mostra o St. Anthony's por dentro, cada corredor, a sala de recreação, a sala de jantar, o jardim, a tela muda de um lugar pra outro a cada dez segundos. A tela chuviscada em preto e branco. No monitor, a sala de jantar aparece dez segundos, vazia, todas as cadeiras de cabeça pra baixo em cada mesa, pernas cromadas pro ar. Nos outros dez segundos aparece um corredor comprido com alguém jogado num banco contra a parede.

Aí nos dez segundos seguintes de preto e branco chuviscado, Paige Marshall está empurrando minha mãe numa cadeira de rodas por um corredor comprido.

A menina da recepção diz:

– Eu vou ali só um minuto.

Ao lado do monitor tem um alto-falante dos antigos. É tipo um rádio antigo, forrado com lã de cabra e com um seletor cercado de números. Cada número é uma sala do St. Anthony's. Na mesa fica um microfone que você pode usar pra fazer comunicados. Girando o seletor até tal número, dá pra ouvir cada sala do prédio todo.

Por um instante, a voz da minha mãe sai do alto-falante e diz:

– Eu sempre me defini, a minha vida inteira, por aquilo a que eu me opunha...

A mocinha gira o seletor do comunicador até o nove, e aí se ouvem um rádio em espanhol e o barulho de panelas de metal na cozinha, lá onde fica o café.

Eu falo pra mocinha:

– Fique à vontade.

E também falo:

– Eu não sou o monstro que as mais rancorosas daqui devem ter te contado.

Mesmo eu sendo gentil, ela põe a bolsa em cima da mesa e a fecha. Ela fala:

– Vou lá só uns minutinhos. Tá bem?

Tá bem.

Então ela passa as portas da segurança e eu vou sentar na mesa de recepção. Assisto no monitor: à sala de recreação, ao jardim, a um corredor, cada um por dez segundos. Procurando Paige Marshall. Com uma mão, eu mudo o seletor de número em número, ouvindo cada sala, procurando a dra. Marshall. Procurando a minha mãe. Em preto e branco, quase ao vivo.

Paige Marshall e sua pele.

Outra pergunta do questionário do viciado em sexo:

"Você corta o interior dos bolsos de sua calça para poder se masturbar em público?"

Na sala de recreação tem uma cabecinha grisalha enfiada num quebra-cabeça.

No alto-falante só se ouve estática. Ruído branco.

Dez segundos depois, na sala de artesanato tem uma mesa de velhas. Mulheres pra quem eu confessei que destruí seus carros, que destruí suas vidas. Assumi a culpa.

Eu aumento o volume e colo minha orelha no tecido do alto-falante. Sem saber que número equivale a que quarto, eu mudo de número em número e ouço.

A outra mão eu enfio no que era o bolso dos meus culotes.

De número em número, alguém chora no número três. Seja lá onde for. Alguém no número cinco fala palavrão. No oito, reza. Seja o que for. A cozinha de novo no nove, a música em espanhol.

O monitor mostra a biblioteca, outro corredor, depois me mostra, um eu preto e branco chuviscado, espiando o monitor. Eu com uma mão agarrada ao controle do seletor do interfone. Minha outra mão embaçada, atolada nos meus culotes até o cotovelo. Assistindo. Uma câmera no teto do saguão me observando.

Eu observando Paige Marshall.

Ouvindo. Onde encontrá-la.

"Voyeur" não é a palavra certa, mas é a primeira que me ocorre.

O monitor exibe uma velha atrás da outra. Depois, por dez segundos, Paige está empurrando minha mãe numa cadeira de rodas por outro corredor. Dra. Paige Marshall. E eu fico girando o seletor até ouvir a voz da minha mãe.

– Sim – ela fala. – Eu lutei *contra* tudo, mas cada vez mais me pergunto por que nunca fui *a favor* de nada.

O monitor mostra o jardim, velhas encurvadas sobre os andadores. Atoladas na brita.

– Ah, eu posso ficar criticando, reclamando, julgando tudo. Mas isso me dá o quê? – minha mãe fica falando em off, enquanto o monitor faz o ciclo das outras salas.

O monitor mostra a sala de jantar, vazia.

O monitor mostra o jardim. Mais velharada.

Podia ser um site superdeprê. Câmera da Morte.

Tipo documentário em preto e branco.

– Provocar não é a mesma coisa que criar – minha mãe fala em off. – Rebeldia não é reconstruir. Ridicularizar não é substituir... – E a voz no alto-falante começa a sumir.

O monitor mostra a sala de recreação, a mulher com a cara no quebra-cabeça.

E eu mudo o seletor de número em número, procurando.

No número cinco, a voz dela volta.

– Nós desmontamos o mundo – ela fala –, mas não temos a menor ideia do que fazer com as pecinhas... – E a voz some de novo.

O monitor mostra um corredor vazio depois do outro, se estendendo até a escuridão.

No número sete, a voz volta:

– A minha geração, toda nossa tiração de sarro não deixou o mundo nem um pouco melhor – ela fala. – Passamos tanto tempo julgando o que os outros criavam que nós mesmos acabamos criando muito pouco.

Pelo alto-falante, a voz fala:

– Eu usei a rebeldia como forma de me esconder. Usamos crítica como falsa participação.

A voz em off fala:

– Parece que conseguimos alguma coisa, mas é só aparência.

A voz em off fala:

– Nunca contribuí com nada de significativo pro mundo.

E, por dez segundos, o monitor mostra minha mãe e Paige no corredor logo em frente à sala de artesanato.

Pelo alto-falante, arranhado e distante, a voz de Paige fala:

– E o seu filho?

Meu nariz fica apertado no monitor, de tão perto.

E agora o monitor me mostra com o ouvido apertado no alto-falante, uma mão balançando uma coisa, com pressa, dentro da perna da calça.

Na voz em off, Paige fala:

– E o Victor?

Sério, estou pronto pra gozar.

E a voz da minha mãe fala:

– Victor? Não pense que o Victor não tem como fugir do jeito dele.

Então a voz em off ri e fala:

– Ser pai é o ópio das massas!

E agora, no monitor, a mocinha da recepção está atrás de mim com uma xícara de café.

Capítulo 18

Na minha visita seguinte, mamãe está mais magra, se é que é possível. O pescoço dela parece da grossura do meu pulso, a pele amarelada cai em buracos entre as cordas vocais e a garganta. O rosto não esconde o crânio que tem lá dentro. Ela gira a cabeça de lado pra poder me ver à porta, e percebo uma gosma cinza embolada nos cantos dos seus olhos.

As cobertas estão frouxas, formando uma tenda vazia entre as duas pontas do ilíaco. Os únicos outros marcos identificáveis são os joelhos.

Ela entrelaça um braço horrendo pelo apoio cromado da cama, horrendo e magro como um pé de galinha se aproximando de mim, e engole em seco. Suas mandíbulas fazem esforço, seus lábios estão colados de baba, e então ela fala, se esforçando, ela fala:

– Morty – ela fala –, eu não sou cafetina.

Ela levanta e sacode as mãos fechadas, e fala:

– O que estou fazendo é minha afirmação feminista. Como chamar de prostituição se todas as mulheres morreram?

Estou aqui com um belo buquê e um cartão que deseja melhoras. Logo depois do trabalho, por isso estou de culotes e colete. Meus sapatos de fivela e as meias bordadas, as que ressaltam minhas panturrilhas mirradas, estão salpicados de lama.

E minha mãe fala:

– Morty, você não pode deixar esse caso chegar ao tribunal. – E ela suspira e volta pra pilha de travesseiros. A baba da sua boca deixou azul-clara a fronha branca onde a lateral do seu rosto está encostada.

O cartão desejando melhoras não vai melhorar isso.

Sua mão agarra o nada. Ela fala:

– Ah, Morty, outra coisa: você precisa chamar o Victor.

O quarto dela está com aquele cheiro, o mesmo cheiro dos tênis do Denny em setembro, depois de ele os usar o verão inteiro sem meias.

Um buquê bonito não vai fazer nem cosquinha.

No bolso do meu colete está o diário dela. No meio do diário tem uma conta atrasada do Centro de Atenção Especial. Eu enfio as flores na comadre enquanto procuro um vaso e alguma coisa pra ela comer. Todo o pudim de chocolate que eu conseguir. Alguma coisa que eu consiga colocar na sua boca, de colher, fazê-la engolir.

Do jeito que ela está eu não tenho como ficar aqui e não tenho como não ficar aqui. Quando eu saio, ela fala:

– Você vai ter que dar um jeito de achar o Victor. Você precisa convencer ele a ajudar a dra. Marshall. Por favor. Ele tem que ajudar a dra. Marshall a me salvar.

Como se alguma coisa nesse mundo acontecesse por acidente.

No corredor está Paige Marshall, de óculos, lendo alguma coisa na prancheta.

– Achei que você ia gostar de saber – ela fala. Está encostada no corrimão que percorre o corredor. – Esta semana sua mãe chegou aos trinta e oito quilos.

Ela passa a prancheta pras costas, agarrando a prancheta e o corrimão com as duas mãos. Fica projetando os peitos. Inclina a pélvis na minha direção. Paige Marshall passa a língua pela parte interna do lábio inferior e fala:

– Já pensou em tomar uma atitude?

Aparelhos, alimentação intravenosa, respirador artificial. Na medicina, eles chamam esses troços de "medidas heroicas".

Sei lá, eu falo.

Ficamos lá, parados, um esperando que o outro ceda um centímetro que seja.

Duas senhoras sorridentes passam por nós, uma aponta e fala pra outra:

– Foi desse rapaz que eu falei. Foi ele que estrangulou meu gatinho.

A outra senhora, com o casaco abotoado errado, diz:

– Não me diga. Foi ele que espancou e quase matou a minha irmã.

Elas vão embora.

– Muito querido – a dra. Marshall fala – isso que você está fazendo. Você está dando uma conclusão aos maiores problemas que essa gente tem na vida.

Do jeito como ela está me olhando, você não tem como não pensar em um engavetamento com uma pilha de carros. Imaginar dois ônibus de doação de sangue colidindo de frente. Do jeito que ela está, você tem que pensar em valas comuns. Pra aguentar trinta segundos que seja sem cair da sela.

Pense em ração de gato estragada e carcinomas com ulceração e órgãos doados com a validade expirada.

De tão linda que ela é.

Se ela me der licença, preciso achar o pudim.

Ela fala:

– É porque você tem namorada? É por isso?

O motivo pelo qual não transamos na capela naquele dia. O motivo pelo qual, com ela nua e a fim, eu não consegui. O motivo pelo qual eu saí correndo.

Pra saber a lista completa de outras namoradas, favor consultar meu passo quatro.

Vide: Nico.

Vide: Leeza.

Vide: Tanya.

A dra. Marshall inclina sua pélvis pra mim e fala:

– Sabe como morre a maioria dos pacientes iguais à sua mãe?

De fome. Eles esquecem como se engole e aí sem querer puxam comida e bebida pros pulmões. Os pulmões se enchem de sólido e líquido podre, eles ficam com pneumonia e morrem.

Falo que sei disso.

Falo que se faz coisa pior no mundo do que deixar uma velha morrer.

– Não é apenas uma velha – Paige Marshall fala. – É a sua mãe.

E ela tem quase setenta anos.

– Ela tem sessenta e dois – Paige fala. – Se tem algo que você pode fazer pra salvá-la, e não faz, você vai matá-la por negligência.

– Em outras palavras – eu falo –, era pra eu te *comer*?

– Já ouvi falar da sua ficha com as outras enfermeiras – Paige Marshall fala. – Sei que você não tem problema nenhum com sexo por recreação. Então é comigo? Eu não sou seu tipo? É isso?

Nós dois ficamos em silêncio. Uma auxiliar de enfermagem passa por nós empurrando um carrinho de lençóis enrolados e toalhas úmidas. Seus sapatos têm sola de borracha e o carrinho tem rodas de borracha. O assoalho é de cortiça velha com polimento escuro do tráfego, por isso ela passa sem fazer som, só o fedor de urina que se arrasta junto.

– Não me entenda mal – eu falo. – Eu *quero* te comer. Quero muito te comer.

Do fim do corredor, a auxiliar para e olha pra nós. Ela fala:

– Ô, Romeu, por que você não dá uma chancezinha pra dra. Marshall?

Paige fala:

– Está tudo bem, srta. Parks. Este assunto é entre mim e o sr. Mancini.

Nós dois ficamos encarando até que ela dá um sorrisinho de canto de boca e dobra a esquina com o carrinho. O nome dela é Irene, Irene Parks, e sim, tudo bem, a gente trepou no carro dela, no estacionamento, por volta desta época no ano passado.

Vide: Caren, enfermeira.

Vide: Jenine, auxiliar de enfermagem.

Na época, achei que cada uma ia ser alguém especial pra mim. Só que, sem roupa, elas podiam ser qualquer uma. Agora a bunda dela me apetece tanto quanto um apontador de lápis.

Eu falo pra dra. Paige Marshall:

– Nisso que você se engana, e muito.

Eu falo:

– Eu quero te comer tanto que sinto até o gostinho.

Eu falo:

– E não, eu não quero que ninguém morra, mas eu não quero minha mãe de volta do jeito que ela sempre foi.

Paige Marshall solta o ar. Ela suga a boca até fazer um nozinho apertado e fica me encarando. Ela segura a prancheta contra o peito, os braços cruzados.

– Então – ela fala –, não tem nada a ver com sexo. Você simplesmente não quer que sua mãe fique melhor. Você não consegue lidar com mulheres fortes, e acha que se ela morrer seu problema morre com ela.

Do quarto, minha mãe grita:

– Morty, eu te pago pra quê?

Paige Marshall fala:

– Pode mentir pras minhas pacientes e resolver os conflitos que elas têm na vida, mas não minta pra si mesmo.

Depois ela fala:

– E não minta pra mim.

Paige Marshall fala:

– Você prefere vê-la morta a recuperada.

E eu falo:

– Sim. Quer dizer, não. Quer dizer, não sei.

Toda a vida eu fui menos filho e mais refém da minha mãe. A cobaia dos experimentos sociopolíticos. O ratinho de laboratório particular. Agora ela é minha, e ela não vai fugir, nem morrendo nem ficando boa. Só quero uma pessoa que eu consiga resgatar. Quero uma pessoa que precise de mim. Que não possa viver sem mim. Eu quero ser herói, mas não uma vez só. Mesmo que eu tenha que deixá-la aleijada, eu quero ser o salvador constante de uma pessoa.

– Eu sei, eu sei, eu sei que isso soa horrível – falo –, mas sei lá... É isso que eu penso.

Nesse ponto eu devia dizer pra dra. Paige Marshall o que eu realmente penso.

Quer dizer: estou cansado de estar errado o tempo todo só por ser um cara.

Quer dizer: quantas vezes vão te falar que você é o inimigo opressor e preconceituoso até você desistir e virar o inimigo? Quer dizer: um porco chauvinista não nasce, ele se constrói, e cada vez mais eles são construídos pelas mulheres.

Depois de muito tempo, você topa tudo e aceita que é machista, que é preconceituoso, insensível, bronco, um cretino cretinista. As mulheres têm razão. Você não tem. Você se acostuma. Você se submete ao esperado.

Mesmo que o sapato não caiba, você encolhe o pé pra caber.

Quer dizer, num mundo sem Deus, as mães não são o novo deus? O último cargo sagrado e inexpugnável. Ser mãe é o último milagre mágico e perfeito? Mas um milagre impossível pros homens.

E quem sabe os homens fiquem felizes em não dar à luz, com tanto sofrimento, tanto sangue, mas na real isso é só dor de cotovelo. É óbvio que os homens não iam conseguir fazer um negócio tão incrível. Força nos membros superiores, pensamento abstrato, o falo – todas as supostas vantagens do homem são só simbólicas.

Não dá nem pra martelar um prego com um falo.

As mulheres nascem muito na frente em termos de capacidade. No dia em que os homens derem à luz, aí a gente fala de direitos iguais.

Não conto tudo isso pra Paige.

Em vez disso, falo só que quero ser anjo da guarda de uma pessoa.

"Vingança" não é a palavra certa, mas é a primeira que me ocorre.

– Então salve ela me comendo – fala a dra. Marshall.

– Mas eu não quero ela totalmente salva – eu falo. Morro de medo de perder minha mãe. Mas se não perder, eu me perco.

O diário vermelho da minha mãe ainda está no bolso do meu colete. Ainda tenho que buscar o pudim de chocolate.

– Você não quer que ela morra – Paige fala – e você não quer que ela se recupere. Então você quer o quê?

– Eu quero alguém que saiba italiano – eu falo.

Paige fala:

– O que de italiano?

– Toma – eu falo e mostro o diário. – É da minha mãe. Está em italiano.

Paige pega o livro e começa a folhear. Suas orelhas estão vermelhas e excitadas.

– Fiz quatro anos de italiano na graduação – ela fala. – Eu te falo o que ela anotou.

– Eu só quero manter o controle – eu falo. – Só dessa vez, eu quero ser adulto.

Ainda folheando o livro, a dra. Paige Marshall fala:

– Você quer que ela fique fraca pra você ficar sempre no comando.

Ela ergue o olhar pra mim e fala:

– Parece que você quer ser Deus.

Capítulo 19

Galinhas preto e branco se arrastam pela Dunsboro Colonial. Galinhas de cabeça achatada. Galinhas sem asas, sem uma pata. Tem galinhas sem as duas patas, que usam as asas esfarrapadas pra nadar na lama em frente ao celeiro. Galinhas sem olhos. Sem bicos. Elas nasceram assim. Nasceram com os cerebrinhos de galinha prejudicados.

Tem uma linha invisível entre a ciência e o sadismo, mas aqui ela fica evidente.

Não que meus miolos vão se dar melhor. Olha só a minha mãe.

A dra. Paige Marshall devia ver como elas se esforçam. Não que ela fosse entender.

O Denny está aqui comigo, ele enfia a mão pela parte de trás da calça e puxa uma página de classificados do jornal que tinha dobrado toda até virar um quadradinho. Claro que é contrabando. Se o Grão--Nobre Governador vê isso, Denny vai ser despachado pro desemprego. Mas sério, bem ali no quintal, em frente ao estábulo, Denny me entrega a página do jornal.

Fora o jornal, somos tão autênticos que nada do que vestimos foi lavado nesse século.

Tem gente tirando fotos, tentando levar uma parte nossa pra casa, um suvenir. Gente que aponta câmeras de vídeo, tentando prender você eternamente nas férias delas. Todas clicando você, clicando galinha aleijada. Todo mundo quer fazer cada minuto do presente durar pra sempre. Preservar cada segundo.

Dentro do estábulo, dá pra ouvir o gorgolejo de alguém chupando um bong. Não dá pra ver, mas tem aquele silêncio, aquela tensão de um bando de gente curvada, em círculo, tentando trancar a respiração. Uma menina tosse. Ursula, a ordenhadeira. Tem tanto bagulho no ar que até uma vaca tosse.

É nessa hora que a gente devia estar colhendo a bosta seca, sabe, o esterco, e o Denny fala:

– Lê isso aqui, mano. Esse aqui circulado. – Ele abre a página pra eu ver. – Esse anúncio aí – ele fala. Tem um classificado pequeninho circulado com tinta vermelha.

Com a ordenhadeira em volta. Os turistas. Tem só um trilhão de chances de nos pegarem. Sério, não tinha como o Denny dar mais na pinta.

Ainda sinto o papel quentinho de ficar colado na bunda do Denny, aí eu falo – Aqui não, mano – e tento devolver o jornal...

Quando eu faço isso, o Denny fala:

– Desculpa, eu não queria, tipo, te incriminar nem nada. Se quiser eu leio procê.

As excursões de colégio que vêm aqui, tipo, pra eles é o máximo ir no galinheiro e ver um ovo chocando. Mas um pintinho não é tão interessante quanto, digamos, uma galinha com um olho só ou uma galinha sem pescoço ou uma galinha com perna atrofiada, por isso as crianças ficam sacudindo os ovos. Sacodem forte e colocam de volta pra chocar.

E daí se o que nascer dali vier deformado ou amalucado? Tudo pelo bem da educação.

Os pintinhos de mais sorte são os natimortos.

Curiosidade ou crueldade. Certamente, eu e a dra. Marshall ficaríamos sem rumo nesse assunto.

Eu meto a pá numas pilhas de esterco, tendo cuidado pra elas não se partirem. Pra parte molhadinha de dentro não feder. Com tanta bosta de vaca na mão, eu não tenho como roer as unhas.

Do meu lado, Denny lê:

– Doa-se para bom lar, vinte e três anos, homem, onanodependente em recuperação, renda limitada e sociável, adestrado. – Aí ele lê um número de telefone. O telefone dele.

– É dos meus velhos, mano, é o telefone deles – Denny fala. – Parece que eles tão me dando uma dica.

Ele encontrou aquilo na sua cama na noite passada.

Denny fala:

– Tão falando de mim.

Eu falei que tinha entendido aquela parte. Eu ainda estou juntando os cocôs com uma pá de madeira, empilhando numa coisona cheia de camadas. Sabe qual é. Tipo um cesto.

Denny pergunta: ele pode morar comigo?

– Mas isso é plano Z, tá ligado? – Denny fala. – Só peço porque é último recurso.

Porque ele não quer me incomodar ou porque ele não é doido de morar comigo? Não pergunto.

Dá pra sentir o cheiro de salgadinho no hálito do Denny. Outro sacrilégio com o personagem histórico. Ele só atrai merda. A ordenhadeira, Ursula, sai do estábulo e olha pra gente com olhos de chapada, injetados.

– Se tivesse uma menina que você curte – eu falo pra ele – e ela quisesse transar só pra ficar grávida. Cê comia?

Ursula levanta as saias e vem pisando a bosta de vaca com os tamancos. Ela chuta uma galinha cega que parou no caminho. Tiram uma foto do chute. Um casal começa a pedir pra Ursula segurar o bebê pra uma foto, mas aí eles veem os olhos dela.

– Sei lá – Denny fala. – Bebê não é que nem ter cachorro. Tipo, bebê vive *muito* tempo, mano.

– Mas e se ela não tivesse planos de ficar com o bebê? – eu falo.

Os olhos de Denny sobem depois descem, olhando pro nada, aí ele olha pra mim.

– Não entendi – ele fala. – Tipo vender?

– Tipo pra sacrifício – eu falo.

E Denny fala:

– Mano.

– É só supondo – eu falo – que ela vai bater os miolinhos do fetinho não nascido, aí sugar tudo com uma agulhona pra depois injetar na cabeça de alguém que tem, sei lá, lesão cerebral, porque é a cura.

Os lábios de Denny abrem só uma fenda.

– Mano, cê não tá falando de *mim*, né?

Estou falando da minha mãe.

Chama-se transplante neural. Tem quem chame de enxerto neural, e é o único jeito que tem pra reconstruir o cérebro da minha mãe nesse estágio avançado. Seria um troço mais comum se não tivesse problemas, tipo, sabe, o ingrediente principal.

– Bebê moído – Denny fala.

– Um feto – eu falo.

Tecido fetal, falou Paige Marshall. A dra. Marshall, com aquela pele e aquela boca.

Ursula para do nosso lado e aponta pro jornal na mão de Denny. Ela fala:

– Se a data nisso aí não for 1734, cê tá fudido. Isso é deturpação da personagem.

O cabelo da cabeça do Denny tá tentando voltar a nascer, mas tem uma parte que fica encravada debaixo de espinhas vermelhas ou brancas.

Ursula sai andando, aí dá meia-volta.

– Victor – ela fala –, se precisar de mim, vou lá bater manteiga.

Eu falo: até mais. E ela sai de pé na lama.

Denny fala:

– Mano, então é tipo escolher entre tua mãe e teu primogênito?

Não é grande coisa, na visão da dra. Marshall. É um procedimento normal. Matar os não nascidos pra salvar os velhos. No banho de luz dourada da capela, soprando seus motivos no meu ouvido, ela perguntou: toda vez que a gente queima um litro de gasolina ou um hectare de floresta tropical, não estamos matando o futuro pra preservar o presente?

O esquema em pirâmide que é a previdência social.

Ela falou, com os peitos socados entre nós, ela disse, eu só faço isso porque me importo com a sua mãe. O mínimo que você podia fazer é sua partezinha.

Não perguntei o que ela quis dizer com *partezinha*.

E Denny fala:

– Então me conta a verdade da tua vida.

Eu não sei. Eu não consegui. Não consegui a bosta da partezinha.

– Não – Denny fala. – Quer dizer, você já leu o diário da tua mãe?

Não, eu não consigo. Tô meio travado nesse troço de matar bebê.

Denny me olha forte nos olhos e diz:

– Cê é tipo ciborgue? Esse que é o segredo da tua mãe?

– Sou o quê? – eu pergunto.

– Cê sabe – ele fala –, humanoide artificial criado pra uma vida planejada, mas implantado com memórias de infância pra achar que é pessoa de verdade, só que na verdade você vai morrer logo?

Aí eu olho sério pro Denny e falo:

– Então, mano, minha mãe te contou que eu sou tipo um *robô?*

– Isso que diz no diário dela? – Denny fala.

Duas mulheres chegam perto, segurando uma câmera, e uma fala:

– Você pode tirar pra gente?

– Digam xis – eu falo pra elas e tiro a foto delas sorrindo em frente ao estábulo, aí elas vão embora com mais uma memória passageira que quase escapuliu. Mais um momento petrificado a guardarem.

– Não, eu não li o diário – eu falo. – Eu não comi Paige Marshall. Eu não consigo fazer porra nenhuma até eu decidir isso.

– Tá bom, tá bom – Denny fala, e fala pra mim –, então você é só um cérebro dentro de um recipiente qualquer que é estimulado com produtos químicos e eletricidade pra achar que tem uma vida real?

– Não – eu falo. – Com certeza não sou um cérebro. Não é isso.

– Tá bom – ele fala. – Quem sabe você é um programa de computador com inteligência artificial que interage com outros programas numa realidade simulada.

E eu falo:

– E aí você é o quê?

– Eu seria outro computador – Denny responde.

Depois ele fala:

– Eu te entendo, mano. Eu não sei nem calcular o troco pro ônibus.

Denny estreita o olhar e pende a cabeça pra trás, me encarando com uma sobrancelha levantada.

– Aí vai meu último chute – ele fala. – Tá bom, eu vejo assim: você é só a cobaia de uma experiência e todo este mundo que você conhece é uma fabricação artificial habitada por atores que fazem os papéis de todo mundo na tua vida, e o clima é só efeitos especiais e o céu é pintado de azul e toda a paisagem é só cenário. É isso?

E eu falo:

– Hã?

– E na real eu sou um ator de incrível talento – Denny fala – e só finjo que sou seu melhor amigo imbecil viciado em masturbação.

Alguém tira uma foto minha rangendo os dentes.

E eu olho pro Denny e digo:

– Mano, você não tá fingindo que é nada.

Do meu lado aparece um turista sei lá de onde sorrindo pra mim.

– Victor, oi – ele fala. – Então é aqui que você trabalha.

De onde ele me conhece, eu não tenho a mínima ideia.

Da medicina. Da faculdade. Outro emprego. Outro maníaco por sexo do meu grupo. Que engraçado. Ele não tem cara de viciado em sexo. Mas quem é que tem?

– Ó, Maude – ele fala e cutuca a mulher que o acompanha. – É desse cara que eu sempre falo. Eu salvei a vida dele.

E a mulher diz:

– Minha nossa senhora. É sério? – Ela enfia a cabeça nos ombros e revira os olhos. – O Reggie tá sempre me falando disso. Achei que fosse invenção.

– Ah, isso – eu falo. – Grande Reggie, sim, salvou minha vida.

E Denny fala:

– E outra: quem não salvou?

Reggie fala:

– Você tem andado bem? Eu tentei mandar toda a grana que dava. Ajudou pra tirar aquele siso que tinha que tirar?

E Denny fala:

– Ah, meu Deus do céu.

Uma galinha cega com meia cabeça e sem asas, toda suja de merda, tropeça na minha bota, e quando eu me abaixo pra fazer um carinho a coisa começa a tremer as penas. Ela faz um cacarejo suave, uma arrulhada que parece um ronronar.

É bom ver uma coisa mais patética do que o quanto me sinto agora.

Aí eu vejo que estou com a unha na boca. Bosta de vaca. Bosta de galinha.

Vide: Histoplasmose.

Vide: Tênias.

E eu falo:

– Arrã, a grana.

Eu falo:

– Valeu, meu.

E cuspo. Depois cuspo de novo. Aí tem o clique do Reggie tirando minha foto. Só mais um momento idiota que esse povo quer guardar pra sempre.

E o Denny olha pro jornal na mão dele e fala:

– Então, mano, posso ir morar na casa da tua mãe? Sim ou não?

Capítulo 20

O compromisso das três horas da Mamãe apareceu agarrado a uma toalha de banho amarela, e com uma ranhura branca em volta do dedo onde devia ficar uma aliança de casamento. Assim que a porta se fechou, ele tentou dar a grana para ela. Começou a tirar a calça. Seu nome era Jones, ele falou. Seu primeiro nome era Senhor.

Os caras que vinham ver a Mamãe pela primeira vez eram sempre iguais. Ela falava: pague depois. Não venha com tanta pressa. Continue vestido. A gente tem tempo.

Ela dizia que a agenda de consultas estava cheia de srs. Jones, srs. Smith, Fulanos da Silva e Bobs Whites, então melhor ele inventar outro apelido. Ela lhe dizia pra deitar no sofá. Fechar as persianas. Diminuir a luz.

Era assim que ela fazia montes de dinheiro. Não ia contra os termos da condicional, mas só porque o comitê da condicional era sem imaginação.

Ela dizia pro homem no sofá:

– Podemos começar?

Mesmo que o cara dissesse que não estava a fim de sexo, a Mamãe ainda assim dizia pra ele trazer uma toalha. Você é que tinha que trazer uma toalha. E pagamento só em dinheiro. Nada de pedir a ela pra mandar a conta nem cobrar de seguradora, porque ela não queria amolação. Se pagar em dinheiro, você entra com o pedido de reembolso.

Eram só cinquenta minutos. O cara tinha que chegar lá sabendo o que queria.

Ou seja, a mulher, as posições, o cenário, os apetrechos. Não podia inventar um pedido extravagante no último minuto.

Ela dizia pro sr. Jones se deitar. Fechar os olhos.

Deixar toda a tensão no rosto se dissipar. Primeiro a testa; deixe-a solta. Relaxe o ponto entre os olhos. Imagine sua testa lisa e relaxada. Depois os músculos em volta dos olhos, lisos e relaxados. Depois os músculos em volta da boca. Lisos e relaxados.

Mesmo que os caras fossem lá dizendo que só queriam perder peso, eles queriam sexo. Se queriam parar de fumar. Tratar do estresse. Parar de roer as unhas. Acabar com soluço. Parar de beber. Clarear a pele. Qualquer que fosse o caso, era porque o que eles queriam mesmo era trepar. O que quer que dissessem que queriam, ali eles tinham era sexo e problema resolvido.

Se a Mamãe era uma gênia da compaixão ou uma vagabunda, não se sabe.

Sexo cura praticamente tudo.

Ela era a melhor terapeuta do mercado, ou era uma puta que fodia com a tua cabeça. Ela não gostava de pegar pesado com os clientes, mas não tinha planos de ganhar a vida daquele jeito.

Aquele tipo de sessão, a de sexo, começou por acidente. Um cliente que queria parar de fumar pediu para fazer uma regressão ao dia em que tinha onze anos e deu sua primeira tragada. Pra lembrar que o gosto era ruim. Pra voltar lá e nunca começar. Essa era a ideia principal.

Na segunda sessão, o cliente queria conhecer o pai, que tinha morrido de câncer de pulmão, só pra conversar. Isso ainda é normal. O tempo todo tem gente que quer conhecer morto famoso, pra se orientar, pra tirar conselhos. Foi tão real que, na terceira sessão, o cliente queria conhecer Cleópatra.

A Mamãe falava pra cada cliente: deixe toda a tensão sair do seu rosto pro seu pescoço, do pescoço pro peito. Relaxe os ombros. Deixe-os caírem pra trás e se recostarem no sofá. Imagine algo bem pesado apertando seu corpo, ajustando sua cabeça e braços cada vez mais fundo nas almofadas do sofá.

Relaxe os braços, os cotovelos, as mãos. Deixe a tensão escorrer pros seus dedos, depois relaxe e imagine a tensão se esvaindo pela ponta de cada um deles.

O que ela fazia era deixar o cara em transe, em indução hipnótica, e aí o guiava. Ele não ia voltar no tempo. Nada ali era real. O mais importante era ele querer que aquilo acontecesse.

A Mamãe, ela só dava a narrativa passo a passo. A descrição tintim por tintim. O comentário picante. Imagine você ouvindo um jogo de beisebol pelo rádio. Imagine como parece real. Agora imagine-o de dentro de um transe pesado, nível teta, um transe profundo, em que você consegue ouvir, cheirar. Com gosto, com tato. Imagine Cleópatra saindo do seu tapete, nua e perfeita e tudo que você sempre quis.

Imagine Salomé. Imagine Marilyn Monroe. Se você pudesse voltar a qualquer período da História e pegar qualquer mulher, mulheres que fariam tudo que você imagina. As incríveis. As famosas.

O teatro da mente. O bordel do subconsciente.

Foi assim que começou.

Óbvio que o que ela fazia era hipnose, mas não regressão de verdade. Era mais tipo meditação guiada. Ela dizia ao sr. Jones pra focar a tensão no peito e fazê-la recuar. Deixe-a fluir pra cintura, pras coxas, pras pernas. Imagine a água descendo pelo cano. Relaxe cada pedaço do corpo, deixe a tensão fluir pros seus joelhos, pras suas canelas, pros seus pés.

Imagine a fumaça se esvaindo. Deixe-a se difundir. Veja-a sumir. Desaparecer. Dissolver.

Na agenda de consultas, ao lado do nome dele dizia Marilyn Monroe, o mesmo da maioria que vem pela primeira vez. Ela podia viver só de ser Marilyn. Ela podia viver pra sempre só sendo a princesa Diana.

Pro sr. Jones ela falou: imagine que você está vendo um céu azul, e imagine um aviãozinho minúsculo escrevendo no céu a letra Z. Aí deixe o vento apagar a letra. Depois imagine o avião escrevendo a letra Y. Deixe o vento apagar. Depois a letra X. Apague. Depois a letra W.

Deixe o vento apagar.

Tudo que ela fazia era armar o palco. Ela simplesmente introduzia os homens ao seu ideal. Ela armava um encontro com o subconsciente deles. Porque nada é tão bom quanto o que se imagina. Ninguém é tão bonito quanto é na sua mente. Nada empolga mais que fantasia.

Ali você ia transar de um jeito que só existe na imaginação. Ela armava o palco e fazia as apresentações. No resto da sessão, ela ficava olhando o relógio e quem sabe lia um livro ou fazia palavras cruzadas.

Você nunca saía decepcionado.

Profundo no transe, o cara ficava lá sentado, tremendo, corcoveando, um cão sonhando que caça coelho. De vez em quando tinha um gritão, uma gemeção, um suspirão. Vai saber o que os vizinhos achavam. Os caras na sala de espera ouviam o alvoroço e ficavam pirados.

Depois da consulta, o cara saía encharcado de suor, a camisa molhada, grudada no corpo, a calça manchada. Tinha os que saíam com o sapato cheio de suor. Dava pra tirar suor do cabelo. O sofá do escritório dela era impermeabilizado, mas nunca teve chance de secar. Agora está lacrado numa embalagem de plástico transparente, mais pra guardar os anos de porcaria lá dentro do que pra proteger do mundo externo.

Então cada cara tinha que trazer uma toalha, nas suas maletas, em sacolas de papel, em suas bolsas de ginástica com uma muda de roupas. Entre cada cliente, ela borrifava um desorizador de ar. Abria as janelas.

Pro sr. Jones, ela falava: faça a tensão do seu corpo ir pros dedões do pé, depois esvazie. Toda a tensão. Imagine todo o seu corpo solto. Relaxado. Desabado. Relaxado. Pesado. Relaxado. Vazio. Relaxado.

Respire com o estômago em vez de respirar com o peito. Entra, depois sai.

Entra, depois sai.

Inspire.

Depois expire. Suave, constante.

Suas pernas estão cansadas, pesadas. Seus braços estão cansados, pesados.

No início, o que o garotinho imbecil lembra é que a Mamãe fazia purificação de casas. Não era faxina. Era uma limpeza espiritual, um exorcismo. A parte mais difícil foi fazer o pessoal das Páginas Amarelas rodar o anúncio dela na rubrica "Exorcista". Tem que queimar sálvia. Dizer o pai-nosso e dar uma volta. Quem sabe bater tambor de argila. Declarar que a casa está limpa. Os clientes pagam só pra ter isso.

Zonas de frio, cheiro ruim, sensação estranha – a maioria nem precisa de exorcista. Precisam é de aquecedor novo, de encanador, de decorador de interiores. A questão é que não importa o que você pensa. O importante é eles terem certeza que têm um problema. A maioria dos serviços vinha por corretor imobiliário. Como a cidade tem uma lei que exige transparência em negociação imobiliária, tem gente que admite os defeitos mais imbecis. Não só amianto e tanques de diesel enterrados, mas fantasmas e *poltergeists*. Todo mundo quer uma vida mais empolgante do que a que vai ter. Compradores prestes a fechar negócio precisam de mais uma garantiazinha. O corretor liga, você faz um showzinho, queima sálvia e todo mundo sai ganhando.

Eles ganham o que querem, mais uma história pra contar. Uma experiência.

Aí apareceu o *feng shui*, lembra o garoto, e os clientes queriam um exorcismo *e também* que ela dissesse onde botar o sofá. Os clientes perguntavam onde a cama tinha que ficar pra não cortar o *chi* do canto da penteadeira. Onde pendurar espelhos pra fazer o fluxo do *chi* ir pro andar de cima ou fugir das portas abertas. O serviço virou esse. É isso que faz quem se forma em Letras.

Só o currículo dela já era prova da reencarnação.

Com o sr. Jones, ela fez todo o alfabeto ao contrário. Ela dizia pra ele: você está num prado, em meio à grama, mas as nuvens estão descendo, descendo mais, cada vez mais, se assentando sobre você até ficarem à sua volta, um denso nevoeiro. Um denso e forte nevoeiro.

Imagine ficar estático num nevoeiro. O futuro está ao seu lado direito. O passado, ao esquerdo. O nevoeiro gelado e úmido no seu rosto.

Vire pra esquerda e comece a caminhar.

Imagine, ela diria ao sr. Jones, uma forma bem à sua frente no nevoeiro. Continue caminhando. Sinta o nevoeiro se esvair. Sinta o sol forte e quente nos ombros.

A forma está mais perto. A cada passo, a forma fica mais e mais evidente.

Aqui, na sua mente, você tem privacidade total. Aqui não existe diferença entre o que é e o que pode ser. Você não vai pegar nenhuma doença. Nem chato. Nem desrespeitar lei nenhuma. Nem aceitar qualquer coisa menor que o melhor de tudo que se possa imaginar.

Você pode fazer tudo que imagina.

Ela dizia pra cada cliente: inspire. Depois expire.

Você pode ter quem quiser. Onde quiser.

Inspire. Depois expire.

Do *feng shui* ela passou pra canalização espiritual. Deuses ancestrais, guerreiros iluminados, bichinhos de estimação falecidos, ela fazia de tudo. A canalização levou à hipnose e à regressão a vidas passadas. Regredir as pessoas a trouxe aqui, a nove clientes por dia, a duzentas pratas por cabeça. Caras que passavam o dia na sala de espera. Esposas ligando e berrando com o garotinho:

– Eu sei que ele tá aí. Não sei o que que ele disse, mas ele é casado.

As esposas que ficavam no carro, lá fora, ligando do telefone do carro pra falar:

– Não pensem que eu não sei o que acontece aí. Eu segui ele.

Não foi a Mamãe que começou com a ideia de invocar as mulheres mais poderosas da História pra bater punhetinha, boquete, meio--a-meio e volta-ao-mundo.

Foi uma bola de neve. O primeiro cara entregou. Um amigo dele ligou. Um amigo do segundo cara ligou. No início todo mundo queria ajuda pra curar uma coisa que fosse admissível. Fumar ou mascar tabaco. Cuspir em público. Cleptomania. Depois só queriam sexo. Queriam Clara Bow e Betsy Ross e Elizabeth Tudor e a Rainha de Sabá.

E todo dia ela corria na biblioteca pra pesquisar as mulheres do dia seguinte: Eleanor Roosevelt, Amelia Earhart, Harriet Beecher Stowe.

Inspire. Depois expire.

Os caras ligavam pra carcar Helen Hayes, Margaret Sanger e Aimee Semple McPherson. Queriam meter na Edith Piaf, na Sojourner Truth e na imperatriz Teodora. No início Mamãe ficou incomodada. Os caras maníacos por mortas. E nunca pediam a mesma mulher duas vezes. E não interessava quanto detalhe ela investia na consulta, eles só queriam saber era de carcar e meter, bater e traçar, enfiar, encaçapar, torcer, enroscar, afogar o ganso, arrancar o caroço e montar aqui e montar lá.

E às vezes eufemismo não é eufemismo.

Às vezes eufemismo é mais verdade do que o que esconde.

E na verdade o negócio não era sexo.

Os caras falavam sério o que queriam.

Eles não queriam bate-papo nem figurino nem precisão histórica. Queriam Emily Dickinson pelada de salto alto com um pé no chão e outro em cima da mesa, curvada e mexendo uma pena enfiada no cu.

Pagavam duzentos mangos pra entrar em transe e ver Mary Cassatt usando um sutiã com bojo.

Não era todo homem que tinha grana, então ela repetia o tipo várias vezes. Eles estacionavam as minivans a seis quadras e vinham correndo, próximos aos prédios, arrastando suas sombras. Eles vinham tropeçando, de óculos escuros, aí esperavam atrás de jornais e revistas abertos até chamarem o seu nome. Ou o apelido. Se a Mamãe e o garotinho imbecil os vissem em público, os homens fingiam que não os conheciam. Em público, eles tinham esposas. No supermercado, eles tinham filhos. No parque, o cachorro. Tinham nomes de verdade.

Eles pagavam com notas de vinte e cinquenta, úmidas, que saíam de carteiras encharcadas cheias de fotos suadas, cartões da biblioteca, cartões de débito, do clube, licenças, troco. Obrigações. Responsabilidade. Realidade.

Imagine, ela dizia a cada cliente, o sol na sua pele. Sinta o sol ficando cada vez mais quente a cada respiração que você solta. O sol forte e quente no seu rosto, seu peito, seus ombros.

Inspire. Depois expire.

Pra dentro. Pra fora.

Os fregueses aí começaram a querer shows de menina com menina, queriam as duas juntas, Indira Gandhi com Carole Lombard. Margaret Mead com Audrey Hepburn e Dorothea Dix. Nem os fregueses queriam ser reais. Os carecas pediam uma cabeleira grossa. Os gordos queriam músculos. Os pálidos, bronze. Depois de muitas consultas, todo homem pedia uma ereção empertigada de meio metro.

Então não era regressão a vidas passadas. E não era amor. Não era história, não era realidade. Não era televisão, mas acontecia na sua mente. Era uma transmissão, e era ela quem transmitia.

Não era sexo. Ela era só a guia turística de um sonho molhado. Uma hipnótica dança erótica.

Todos os caras ficavam com as calças, pra controle de danos. Contenção. A sujeira ia muito além de marca de porra. E rendia uma fortuna.

O sr. Jones recebia sua experiência padrão com Marilyn. Ele ficava rígido no sofá, suando e respirando pela boca. Seus olhos iam pra trás. Sua camisa ficava escura nas axilas. Sua virilha formava uma tenda.

Aqui está, a Mamãe dizia ao sr. Jones.

O nevoeiro some e temos um dia brilhante, quente. Sinta o ar na sua pele exposta, seus braços e pernas ao léu. Sinta-se mais quente a cada respiração que exala. Sinta-se mais comprido, mais grosso. Você já está mais duro, mais pesado, mais roxo e mais pulsante do que já se sentiu na vida.

O relógio dizia que ela tinha mais ou menos quarenta minutos até o cliente seguinte.

O nevoeiro se foi, sr. Jones, e a forma que está bem à sua frente é Marilyn Monroe num vestido justo de cetim. Dourada, sorrindo, os olhos semicerrados, a cabeça caída pra trás. Ela está num campo de minúsculas flores e ergue seus braços, e quando você se aproxima o vestido cai no chão.

Pro garotinho imbecil, a Mamãe costumava falar que aquilo não era sexo. Não eram mulheres de verdade, mas símbolos. Projeções. Símbolos sexuais.

O poder da sugestão.

Pro sr. Jones, a Mamãe falava:

– Pode se servir.

Ela falava:

– Ela é toda sua.

Capítulo 21

Na primeira noite, o Denny chega na porta de entrada segurando uma coisa enrolada num cobertorzinho rosa. Vejo tudo pelo olho mágico da porta da minha mãe: Denny no casaco xadrez extragrande, Denny segurando um bebê no peito, o nariz dilatado, os olhos dilatados, tudo dilatado por causa da lente do olho mágico. Tudo distorcido. As mãos que agarram a trouxinha ficam brancas de tanto esforço.

O Denny berra:

– Abre aí, mano!

Eu abro a porta até onde a correntinha pega-ladrão deixa. Eu falo:

– O que você trouxe aí?

Denny dobra o cobertor em volta da trouxinha e fala:

– O que te parece?

– Parece um bebê, mano – eu falo.

E o Denny fala:

– Que bom.

Ele sopesa a trouxinha rosa e fala:

– Deixa eu entrar, mano. Tá ficando pesado.

Então eu solto a corrente. Dou licença, e Denny vem correndo com tudo até um canto da sala de estar, onde joga o bebê num sofá envolto em plástico.

O cobertor rosa se desenrola e dele sai uma pedra, cor de granito, esfregada, aspecto de bem lisinha. Não é um bebê, sério, é só um pedregulho.

– Valeu pela ideia do bebê – Denny fala. – Se te veem com um bebê, todo mundo fica superquerido – ele fala. – Se te veem carregando uma pedrona, ficam numa tensão só. Ainda mais se você carregar no ônibus.

Ele enfia uma ponta do cobertor rosa embaixo do queixo, começa a dobrar pela frente e fala:

– E outra: com bebê sempre te dão lugar. E se você esquece o dinheiro não te mandam embora. – Denny passa o cobertor dobrado por cima do ombro. – Esta que é a casa da sua mãe?

A mesa da sala de estar está tomada pelos cartões de aniversário e cheques de hoje, minhas cartas de agradecimento, o livrão do quem e de onde. Do lado tem a máquina de calcular antiga da mãe, dez teclas, aquelas com uma alavanca de caça-níqueis do lado. Voltando pro meu lugar, eu começo a fazer o comprovante de depósito de hoje e falo:

– Arrã, a casa é dela até que apareça o pessoal do imposto predial pra me dar um pé na bunda.

Denny fala:

– Bom que você tem uma casa legal, porque os meus velhos querem que eu saia de lá com todas as pedras.

– Mano – eu falo. – Quantas pedras você tem?

O Denny fala que tem uma pedra pra cada dia de sóbrio. É isso que ele faz de noite, pra se ocupar. Ele procura pedras. Lava as pedras. Ele carrega as pedras até em casa. É assim que vai ser essa reabilitação, fazer uma coisa grande e boa em vez de não fazer um monte de coisinha ruim.

– É pra eu não aprontar, mano – ele fala. – Cê não tem ideia de como é difícil achar pedra boa nessa cidade. Tipo, não esses nacos de concreto ou essas de plástico que as pessoas usam pra esconder chave da casa.

O total dos cheques de hoje é de setenta e cinco pratas. Todos de estranhos que vieram com a manobra de Heimlich pra cima de mim nos restaurantes. Não chega nem perto do que eu acho que custa um tubo estomacal.

Eu falo pro Denny:

– Então, quantos dias você já fechou?

– Cento e vinte e sete pedras de dias – Denny fala.

Ele vem na mesa na minha volta, olha os cartões de aniversário, olha os cheques e fala:

– Então, onde está o famoso diário da mãe?

Ele pega um cartão de aniversário.

– Você não pode ler – eu falo.

Denny fala:

– Desculpa, mano – e começa a soltar o cartão.

Não, eu falo. O diário. Tá em outra língua. Por isso que não dá pra ele ler. Eu não consigo ler. Na cabeça da minha mãe ela deve ter escrito assim pra eu não bisbilhotar nele quando era garoto.

– Mano – eu falo –, eu acho que é italiano.

E o Denny fala:

– Italiano?

– Isso – eu falo –, sabe, tipo espaguete?

Ainda com o casacão xadrez, Denny fala:

– Cê já comeu?

Ainda não. Eu fecho o envelope do depósito.

Denny fala:

– Cê acha que amanhã vão expulsar a gente de lá?

Sim, não, provavelmente. Ursula o viu com o jornal.

O comprovante de depósito está pronto pra ser levado ao banco amanhã. Todas as cartas de agradecimento, as cartas do coitadismo, assinadas e seladas e prontas pro correio. Pego meu casaco no sofá. Do lado dele, a pedra de Denny, comprimindo as molas.

– Então, qual é a das pedras? – eu pergunto.

Denny já abriu a porta da frente e fica lá enquanto eu apago as luzes. Da porta, ele fala:

– Não sei. Mas pedras são, tipo, sabe, como a *terra*. Parece que essas rochas são um kit para montar. É terra, mas tem que montar. Ser dono de terra, sabe, mas por enquanto é dentro de casa.

Eu falo:

– Captei.

A gente sai e eu tranco a porta. O céu noturno recoberto de estrelas. Tudo fora de foco. Não tem lua.

Na calçada, Denny levanta a cabeça, olha para aquela bagunça toda e fala:

– O que eu acho que aconteceu foi que quando Deus quis fazer a terra do caos a primeira coisa que ele fez foi juntar um monte de pedra.

Enquanto a gente caminha, sua nova compulsão obsessiva faz meus olhos percorrerem terrenos baldios e outros lugares que tenham pedras que a gente possa pegar.

Caminhando até o ponto de ônibus comigo, ainda com o cobertorzinho rosa dobrado no ombro, Denny fala:

– Eu só pego as pedras que ninguém quer.

Ele fala:

– Só pego uma pedra por noite. Aí eu penso que vou ver a seguinte, sabe... na seguinte.

É uma ideia tenebrosa. Nós levando pedras pra casa. Estamos juntando terra.

– Sabe aquela menina, a Daiquiri? – Denny fala. – A que dançou, a que tem a verruga de câncer.

Ele fala:

– Cê não comeu ela, né?

Estamos roubando propriedade imobiliária. Assaltando *terra firme.*

E eu falo:

– Por que não?

Não passamos de uma dupla de foras da lei. Ladrões de terra.

E Denny fala:

– O nome dela de verdade é Beth.

Do jeito que é a cabeça do Denny, provavelmente ele tem planos de criar um planeta só dele.

Capítulo 22

A dra. Paige Marshall estica o fio de uma coisa branca entre as duas mãos enluvadas. Ela está de pé em frente a uma velha afundada numa poltrona reclinável. A dra. Marshall fala:

– Sra. Wintower? Preciso que abra sua boca o máximo que puder.

Luvas de látex, o jeito como elas deixam a mão amarelada, igual a pele de cadáver. Os cadáveres do primeiro ano de anatomia, de cabeça raspada, mas com pelos pubianos. Restolhos de pelo. A pele podia ser pele de galinha, de franguinho barato pra ir na sopa, que fica amarela e enrugada por causa dos folículos. Penas, cabelo, é tudo a mesma coisa: queratina. Os músculos da coxa humana são iguais à carne escura do peru. Durante o primeiro ano de anatomia, não dá pra olhar uma galinha ou um peru e não achar que você está comendo um cadáver.

A velha pende a cabeça pra trás pra mostrar os dentes enfiados na curva amarronzada. A língua revestida de branco. Os olhos estão fechados. É assim que essas velhas entendem a comunhão, na missa católica, quando você é coroinha e tem que seguir o padre colocando a hóstia numa sucessão de línguas velhas. A igreja diz que você pode receber a hóstia na mão e depois comer. Mas a velharada não topa. Na igreja, é só você olhar pela lateral do comulgatório que tem duzentas bocas abertas, duzentas velhas esticando a língua pra pedir a salvação.

Paige Marshall se inclina e força o fio entre os dentes da velha. Ela puxa, o fio sai da boca raspando, salpicam uns pedacinhos de coisa cinza. Ela passa o fio entre outros dentes e o fio sai vermelho.

Gengiva sangrando.

Vide: Câncer de boca.

Vide: Gengivite ulcerativa necrosante.

A única coisa legal de ser coroinha é que você pode segurar a pátena embaixo do queixo de cada um que recebe a comunhão. A pátena é um pratinho dourado num pau que você usa pra pegar a hóstia se cair. Mesmo que a hóstia caia no chão, ainda assim você tem que comer. Naquele momento ela está abençoada. Virou o corpo de Cristo. A carne encarnada.

Fico olhando de trás enquanto Paige Marshall põe o fio sangrento de volta na boca da mulher, várias vezes. Pedacinhos cinza e brancos de sujeira se juntam na frente do jaleco de Paige. Pedacinhos de rosa.

Uma enfermeira se mete pela porta e fala:

– Todo mundo bem por aí?

Pra velha na cadeira, ela fala:

– A Paige não está te machucando, né?

A velha gorgoleja uma resposta.

A enfermeira fala:

– Como é?

A velha engole e fala:

– A dra. Marshall é muito carinhosa. Mais do que você quando limpa meus dentes.

– Estou quase terminando – fala a dra. Marshall. – Está indo muito bem, sra. Wintower.

A enfermeira dá de ombros e vai embora.

O legal de ser coroinha é quando você acerta a pátena na garganta da pessoa. Quem está de joelhos, com as mãos unidas, orando, aquela carinha de engasgado que eles fazem no momento em que estão sendo tão devotos. Eu amava isso.

Quando o padre põe a hóstia na boca, ele fala:

– Corpo de Cristo.

E a pessoa ajoelhada pra comunhão fala:

– Amém.

O melhor é bater na garganta na hora do "amém", que aí sai um chorinho de bebê. Ou um pato grasnando. Galinha cacarejando. Mas tem que ser por acidente. E você não pode rir.

– Tudo pronto – fala a dra. Marshall. Ela se ajeita e, quando vai levar o fio dental para jogar no lixo, me vê.

– Não quis interromper – eu falo.

Ela está ajudando a velha a sair da poltrona e fala:

– Sra. Wintower? Pode pedir pra Sra. Tsunimitsu entrar?

A sra. Wintower faz que sim. Pelas bochechas, dá pra ver a língua da mulher se esticando por dentro da boca, tocando os dentes, chupando os lábios pra fazer beicinho. Antes de sair no corredor, ela olha pra mim e fala:

– Howard, eu já te perdoei por ter me traído. Não precisa vir todo dia.

– Lembre-se de avisar a sra. Tsunimitsu – a dra. Marshall fala.

E eu falo:

– E então?

Paige Marshall fala:

– E então que eu vou passar o dia em higiene bucal. Você precisa do quê?

Eu preciso saber o que diz no diário da minha mãe.

– Ah, isso – ela fala. Ela começa a tirar as luvas de látex e enfia numa lata de resíduos tóxicos. – A única coisa que aquele diário prova é que sua mãe delira desde antes de você nascer.

Delira no quê?

Paige Marshall olha o relógio na parede. Faz sinal pra poltrona, a reclinável, que parece de vinil, da qual a sra. Wintower acabara de sair, e fala:

– Sente-se.

Ela calça um novo par de luvas de látex.

Ela vai passar fio dental em mim?

– Vai ajudar com o seu hálito – ela fala.

A dra. Marshall puxa um pedaço de fio dental do carretel e fala:

– Sente-se que eu conto o que tem no diário.

Então eu me sento e meu peso faz uma nuvem de fedor se levantar da poltrona.

– Não fui eu – eu falo. – Esse fedor. Não fui eu que fiz.

E Paige Marshall fala:

– Antes de você nascer, sua mãe passou um tempo na Itália, não foi?

– O segredo é esse? – eu falo.

E Paige fala:

– O quê?

Que eu sou *italiano?*

– Não – Paige fala. Ela se inclina pra entrar na minha boca. – Mas a sua mãe é católica, não é?

O fio dói quando ela o faz estalar entre dois dentes.

– Espero que você esteja de sacanagem – eu falo. Entre os dedos dela, eu falo: – Não tem como eu ser italiano *e* católico! Eu não ia aguentar.

Depois falo que já sabia de tudo.

E Paige fala:

– Fica quieto. – Ela volta pra minha boca.

– Então quem é meu pai? – eu pergunto.

Ela se inclina pra minha boca e o fio estala entre dois dentes do fundo. O gosto de sangue se junta na base da minha língua. Ela está estreitando os olhos pra focar dentro de mim e fala:

– Bom, se você acredita na Santíssima Trindade, você é seu próprio pai.

Eu sou meu pai?

Paige fala:

– O que eu quero dizer é que a demência da sua mãe parece que remonta a antes de você nascer. De acordo com o que ela escreveu no diário, ela está delirando pelo menos desde os trinta e tantos anos.

Ela repuxa o fio pra fora e pedacinhos de comida pulam pro jaleco.

E eu pergunto: o que ela quis dizer com *Santíssima Trindade?*

– Você sabe – Paige fala. – O Pai, o Filho, o Espírito Santo. Três em um. São Patrício e o trevo de quatro folhas. – Ela fala. – Pode abrir só um pouquinho mais?

Então me conta, diabo, fala na minha cara, eu imploro, o que o diário da minha mãe diz de mim?

Ela olha pro fio ensanguentado que acabou de arrancar da minha boca, olha os pedacinhos de sangue e comida que salpicaram pro jaleco dela e fala:

– É um delírio muito comum entre as mulheres.

Ela se inclina com o fio e dá a volta em mais um dente.

Pedacinhos de outras coisas semidigeridas que eu não sabia que havia lá, tudo se parte e começa a sair. Do jeito que ela puxa minha cabeça com o fio, eu podia ser um cavalo arreado na Dunsboro Colonial.

– Sua pobre mãe – Paige Marshall fala, me olhando através do sangue salpicado nas lentes dos seus óculos –, ela delira tanto que acredita que você é Cristo reencarnado.

Capítulo 23

Sempre que alguém de carro novo oferecia carona pra eles, a Mamãe respondia pro motorista:

– Não.

Eles ficavam na beira da estrada e viam o Cadillac, o Buick ou o Toyota novinho sumir, e a Mamãe falava:

– Cheiro de carro novo é cheiro de morte.

Essa foi na terceira ou quarta vez que ela voltou pra buscá-lo.

A cola e o cheiro de resina nos carros novos são formaldeído, ela falava, a mesma coisa que usam pra conservar cadáver. Tem em casa nova e móvel novo. Chamam de desgaseificação. Dá pra inalar formaldeído de roupas novas. Depois de inalar bastante, você vai ter cólica estomacal, vômitos e diarreia.

Vide: Insuficiência hepática.

Vide: Choque.

Vide: Morte.

Se você está em busca de iluminação, fala a Mamãe, carro novo não é a solução.

Pela beira da estrada se viam as dedaleiras em flor, talos altos de flores roxas e brancas.

– Dedaleira – falou a Mamãe – também não funciona.

Se você comer dedaleira, vai ficar com náusea, delírio e visão borrada.

Acima deles, uma montanha projetava-se contra o céu, capturando nuvens, coberta de pinheiros, um pouquinho de neve bem no topo. Era tão grande que não importava o quanto andassem, ainda era o mesmo lugar.

A Mamãe tirou o tubinho branco da bolsa. Beliscou o ombro do garotinho imbecil pra se equilibrar e fungou forte com o tubo enfiado na narina. Então soltou o tubo na beira da estrada e ficou lá, parada, olhando a montanha.

Era uma montanha tão grande que eles iam passar a vida atravessando.

Quando a Mamãe soltou o tubo, o garotinho imbecil o pegou do chão. Limpou o sangue com a aba da camisa e o devolveu a ela.

– Tricloroetano – disse a Mamãe e estendeu pra que ele visse. – Fiz vários experimentos que demonstraram que esse é o melhor tratamento pro excesso danoso de conhecimento.

Ela enfiou o tubo de volta na bolsa.

– A montanha, por exemplo – ela falou. A Mamãe pegou o queixo imbecil do garoto imbecil entre o dedão e o indicador e o fez olhar com ela. – Essa grande e imponente montanha. Por um brevíssimo instante, acho que eu vi como ela realmente é.

Outro carro diminuiu a marcha, um troço marrom com quatro portas, uma coisa muito último-modelo, então Mamãe o mandou ir embora.

Por um lampejo, a Mamãe havia visto a montanha sem pensar em desmatamento e resorts de esqui e avalanches, vida selvagem controlada, placas tectônicas, microclimas, zona de sombra de chuva ou pontos de *yin-yang*. Ela olhou a montanha sem a armação da linguagem. Sem a gaiola de associações. Ela a viu sem olhar pela lente de tudo que ela sabia sobre montanhas.

O que ela viu nesse lampejo não foi nem uma "montanha". Não foi um recurso natural. Ela não tinha nome.

– Este que é o grande objetivo – ela falou. – Descobrir uma cura pro conhecimento.

Pra educação. Pra viver dentro das nossas cabeças.

Os carros passavam na rodovia, e a Mamãe e o garotinho continuavam andando com a montanha lá, parada.

A Mamãe falou que desde a história de Adão e Eva a humanidade se acha mais esperta do que realmente é. Desde que comeram a maçã. Seu objetivo era descobrir, se não uma cura, pelo menos um tratamento que devolvesse a inocência pras pessoas.

Formaldeído não deu certo. Dedaleira não deu certo.

Nenhuma daquelas chapações naturais dava conta, nem fumar casca de noz-moscada, nem noz-moscada em si, nem casca de amendoim. Nem endro, nem folha de hortênsia, nem suco de alface.

À noite, a Mamãe costumava fazer o garotinho andar pelos quintais dos outros. Ela bebia a cerveja que deixavam nas armadilhas de lesma e caracol. Comia figueira-do-diabo, erva-moura e cataria. Ela se espremia pra chegar num carro estacionado e cheirava o tanque de gasolina. Desatarraxava a tampa no quintal e cheirava o óleo do aquecedor.

– Eu penso que, se Eva nos meteu nessa, eu consigo nos tirar – falou a Mamãe. – Deus gosta de proatividade.

Outros carros diminuíram a marcha, carros com famílias, lotados de bagagens e cães, mas a Mamãe fazia sinal pra seguirem.

– O córtex cerebral, o cerebelo – ela falou –, é ali que mora o problema.

Se ela conseguisse começar a usar só o tronco encefálico, estaria curada.

Seria algum ponto entre a felicidade e a tristeza.

Não se vê um peixe em agonia porque seu humor está instável.

Esponja do mar nunca teve dia ruim.

O cascalho esmagado se revolvia sob seus pés. Os carros passavam, deixando o vento quente.

– Meu objetivo – a Mamãe falou – não é descomplicar minha vida.

Ela falou:

– Meu objetivo é *me* descomplicar.

Ela falou pro garotinho imbecil: semente de ipomeia não tem como. Ela já tinha tentado. Os efeitos não duravam. Folhas de batata-doce também não. Nem o píretro, que se extrai de crisântemo. Nem cheirar propano. Nem folha de ruibarbo, nem de azaleia.

Depois de passar a noite no quintal de alguém, a Mamãe deixava uma mordida em cada planta pra que os outros vissem.

Essas drogas cosméticas, ela falava, esses estabilizadores de humor, esses antidepressivos, eles só tratam sintomas de um problema que é maior.

Todo vício, ela falou, era só um jeito de tratar o mesmo problema. Drogas ou gula ou álcool ou sexo, era tudo só outra forma de encontrar paz. Fugir do que sabemos. Da nossa instrução. Nossa mordida da maçã.

A linguagem, ela disse, era só o jeito que temos de explicar a maravilha e a glória do mundo. Desconstruir. Desconsiderar. Ela disse que as pessoas não têm como lidar com toda a beleza do mundo. Com sua inexplicabilidade, sua incompreensibilidade.

Mais à frente deles na estrada se viam um restaurante e um monte de caminhões estacionados, caminhões maiores que o próprio restaurante. Alguns dos carros novos que Mamãe recusou estavam estacionados lá também. Dava pra sentir o cheiro de vários tipos de comida fritando no mesmo óleo. Dava pra sentir os motores dos caminhões parados.

– Não vivemos mais no mundo real – ela falou. – Vivemos num mundo de símbolos.

A Mamãe parou pra colocar a mão na bolsa. Ela segurou o ombro do garoto e ficou parada, olhando a montanha.

– Só uma última espiada na realidade – ela disse. – Depois vamos almoçar.

Então ela colocou o tubinho branco no nariz e o aspirou.

Capítulo 24

Segundo Paige Marshall, minha mãe chegou da Itália grávida de mim. Isso foi no ano em que alguém arrombou uma igreja no norte daquele país. Está tudo no diário da minha mãe.

Segundo Paige Marshall.

Minha mãe tinha apostado num novo tipo de tratamento de fertilidade. Ela tinha quase quarenta anos. Não era casada e não queria marido, mas aí alguém prometeu um milagre pra ela.

Esse mesmo alguém conhecia alguém que tinha roubado uma caixa de sapato que estava debaixo da cama de um padre. Nessa caixa de sapato estavam os últimos restos mortais de um homem. De alguém famoso.

Era o prepúcio do famoso.

Era uma relíquia religiosa, o tipo de isca que se usava pra atrair multidões pras igrejas na Idade Média. É só um de vários pênis de famosos que andam por aí. Em 1977, um urologista americano comprou o pênis ressequido e de menos de três centímetros de Napoleão Bonaparte por uns quatro mil dólares. O pênis de trinta centímetros de Rasputin supostamente está sobre o veludo de uma caixinha de madeira envernizada, em Paris. Os cinquenta centímetros monstruosos de John Dillinger supostamente estão engarrafados no formaldeído no Centro Médico Militar Walter Reed.

Segundo Paige Marshall, está no diário da minha mãe que ofereceram a seis mulheres gerar embriões a partir desse material genético. Cinco desses não vingaram.

O sexto sou eu. Era o prepúcio de Jesus Cristo.

Essa era a piração da minha mãe. Vinte e cinco anos atrás ela já era desmiolada.

Paige riu e se curvou pra limpar os dentes de outra velha.

– Tem que reconhecer a originalidade da sua mãe – ela falou.

Segundo a Igreja Católica, Jesus foi reunido com seu prepúcio em sua ressurreição e ascensão. Segundo a história de Santa Teresa d'Ávila, quando Jesus apareceu pra ela e tomou-a como esposa, ele usou seu prepúcio como aliança.

Paige estalou o fio entre os dentes da mulher e sangue e comida salpicaram nas lentes de seus óculos de armação preta. O cerebrinho negro no cabelo se inclinou de um lado pro outro enquanto ela tentava ver a arcada superior da mulher.

Ela falou:

– Mesmo que a história da sua mãe seja verdade, não existe prova de que o material genético veio de uma figura histórica. É mais provável que seu pai fosse um judeuzinho qualquer.

A velha na poltrona, com a boca escancarada pras mãos da dra. Marshall, girou os olhos pra me ver.

E Paige Marshall falou:

– Agora era pra você ajudar e cooperar.

Cooperar?

– Com o tratamento que sugeri pra sua mãe – ela falou.

Pra matar um bebê que ainda não nasceu. Eu falei: mesmo que eu não fosse ele, ainda acho que Jesus não ia aprovar.

– Claro que ia – Paige falou. Ela estala o fio pra salpicar um pedaço de melequinha de dente em mim. – Deus não sacrificou o próprio filho pra salvar seu povo? Não é essa a história?

Lá vem de novo, a tênue fronteira entre ciência e sadismo. Entre crime e sacrifício. Entre assassinar seus próprios filhos e o que Abraão quase fez com Isaac na Bíblia.

A velha tirou o rosto de perto da dra. Marshall, tocando com a língua o fio e pedacinhos de comida ensanguentada da boca. Ela olhou pra mim e falou com aquela voz rangente:

– Eu te conheço.

Tão automático quanto um espirro, eu falei: desculpe. Desculpe ter transado com o seu gato. Desculpe ter pisado no seu jardim. Desculpe ter derrubado o caça do seu marido. Desculpe ter jogado o seu hamster pela privada. Dei um suspiro e falei:

– Esqueci alguma coisa?

Paige falou:

– Sra. Tsunimitsu, preciso que você abra bem a boca.

E a sra. Tsunimitsu falou:

– Eu estava com a família do meu filho, jantando, e você quase morreu engasgado.

Ela falou:

– Meu filho salvou sua vida.

Ela falou:

– Fiquei orgulhosa. Ele ainda conta essa história pra todo mundo.

Paige Marshall olha pra mim.

– Cá entre nós – disse a sra. Tsunimitsu –, eu acho que meu filho, Paul, se achava meio covarde até aquele dia.

Paige sentou-se e ficou olhando da velha pra mim, indo e voltando.

A sra. Tsunimitsu uniu as mãos embaixo do queixo, fechou os olhos e sorriu. Ela falou:

– Minha nora estava querendo se divorciar, mas depois que viu o Paul te salvar, ela se apaixonou de novo.

Ela falou:

– Eu sabia que você estava fingindo. Os outros viram o que quiseram ver.

Ela falou:

– Você tem um potencial incrível para amar.

A velha ficou lá sentada, sorrindo, e falou:

– Dá para ver que você tem um coração generoso.

E tão rápido quanto um espirro, eu falei:

– Você é uma lunática, uma pirada cheia de ruga.

E Paige estremece.

Eu falo pra todo mundo: tô cansado de ser jogado de um lado pro outro. Ok? Chega de fingimento. Eu não tenho coração nenhum, porra. Não vem com essa de me fazer ter emoção. Não vão me pegar.

Eu sou um canalha, um imbecil, um insensível. Eu sou traiçoeiro. Fim de papo.

A velha sra. Tsunimitsu. Paige Marshall. Ursula. Nico, Tanya, Leeza. Minha mãe. Tem dias em que a vida parece ser eu contra toda mulherzinha imbecil que existe nessa porra deste mundo.

Com uma mão, eu pego Paige Marshall pelo braço e a puxo pra porta.

Ninguém vai me engrupir a me sentir Cristo.

– Me ouve – eu falo.

Eu grito:

– Se eu quisesse sentir alguma coisa, eu ia ver um filme, caralho!

E a velha sra. Tsunimitsu sorri e fala:

– Você não tem como negar a bondade que é sua verdadeira natureza. Ela brilha e todo mundo vê.

Pra ela eu falo: cala essa boca. Pra Paige Marshall eu falo: qual é?

Eu vou provar pra ela que não sou Jesus Cristo porra nenhuma. Verdadeira natureza da pessoa: isso é conversa. Não existe alma humana. Emoção é conversa. Amor é conversa. E vou arrastando Paige pelo corredor.

A gente vive e a gente morre e o resto é puro delírio. Esse negócio de ter emoções, ser sensível, é só papo de mulherzinha. Balela emotiva, subjetiva, invencionice. Alma não existe. Não existe Deus. Só existem decisão, doença e morte.

Eu sou é um sexólatra nojento, imundo, indefeso, e não vou mudar, e não tenho como parar, e é isso que eu vou ser pra todo o sempre.

E vou provar.

– Aonde você tá me levando? – Paige fala, tropeçando, os óculos e o jaleco ainda manchados de comida e sangue.

Já começo a imaginar porcaria pra não gozar rápido, tipo bichinhos embebidos em gasolina pegando fogo. Imagino o Tarzan atarracado e o chimpanzé adestrado. Penso: só mais um capítulo imbecil pro meu passo quatro.

Fazer o tempo parar. Fossilizar o momento. Fazer a trepada durar pra sempre.

Vou levar você pra capela, falo pra Paige. Sou filho de uma lunática. Não sou filho de Deus.

Que Deus me prove que não. Ele que me atinja com um raio.

Eu vou comer você no altar, caralho.

Capítulo 25

Daquela vez tinha sido imprudência danosa, ou abandono imprudente, ou negligência dolosa. Eram tantas lei que o garotinho não conseguia dar conta.

Foi assédio em terceiro grau, ou negligência em segundo grau, desprezo em primeiro grau, ou incômodo em segundo grau, e chegou num ponto que o garotinho burro tinha medo de fazer qualquer coisa que não fosse o que todo mundo fazia. Qualquer coisa nova, diferente ou original provavelmente era ilegal.

Qualquer coisa arriscada ou empolgante te botava na cadeia.

Por isso que todo mundo queria tanto conversar com a Mamãe.

Dessa vez ela estava fora da cadeia havia poucas semanas, e as coisas já tinham começado a acontecer.

Eram tantas leis e inúmeros jeitos de se ferrar.

Primeiro a polícia perguntou dos cupons.

Alguém tinha ido numa gráfica expressa do centro e usado um computador pra desenhar e imprimir centenas de cupons que prometiam refeição grátis de setenta e cinco dólares, pra duas pessoas, sem prazo de validade. Cada cupom vinha dentro de uma carta que agradecia à pessoa por ser um cliente tão especial e dizia que o cupom anexo era parte de uma promoção.

Era só você ir jantar no restaurante Clover Inn.

Quando o garçom trouxesse a conta, era só pagar com o cupom. Gorjeta incluída.

Alguém fez isso. Mandou centenas de cupons pelo correio.

Tinha todas as marcas de golpe da Ida Mancini.

A Mamãe tinha sido garçonete do Clover Inn na primeira semana depois da casa de condicional, mas foi demitida porque contava pras pessoas tudo que elas não queriam saber sobre a comida.

Aí ela simplesmente sumiu. Alguns dias depois, uma mulher não identificada havia passado correndo e gritando pelo corredor principal de um teatro durante a parte silenciosa e chata de um desses balés chiques e importantes.

Foi por isso que um dia a polícia buscou o garotinho imbecil no colégio e o levou ao centro da cidade. Pra ver se ele sabia alguma coisa dela. Da Mamãe. Se ele por acaso sabia onde ela andava escondida.

Mais ou menos na mesma época, centenas de clientes muito furiosos entupiram uma loja de casacos de pele com cupons de cinquenta por cento de desconto que tinham recebido pelo correio.

Mais ou menos nessa época, mil pessoas muito assustadas chegaram na clínica pra doenças sexualmente transmissíveis do condado, exigindo um teste, depois de receberem cartas com timbre oficial avisando que um ex-parceiro sexual delas fora diagnosticado com uma doença contagiosa.

Os investigadores da polícia levaram o panaquinha pro centro num carro à paisana e aí subiram num prédio feio e sentaram com ele e sua mãe adotiva temporária, e perguntaram: Ida Mancini vinha tentando entrar em contato com você?

Você tem ideia de como ela está se bancando?

Por que, na sua opinião, ela tem feito essas coisas?

E o garotinho ficou esperando.

A ajuda chegaria em breve.

A Mamãe costumava pedir desculpas pra ele. As pessoas vinham dando duro há tanto tempo pra fazer do mundo um lugar seguro, organizado. Ninguém percebeu como ele ia ficar sem graça. Porque o mundo inteiro ia ser demarcado e ter sua velocidade limitada e rezoneado e tributado e coordenado, e todo mundo ia ser testado e registrado e endereçado e gravado. Ninguém tinha deixado espaço livre pras aventuras, fora as que se compram. Montanha-russa. Cinema. Ainda assim ia ser aquela coisa de empolgação falsa. Você sabe que os dinossauros não vão comer as criancinhas. Nesses testes de exibição, o público votou contra qualquer chance de desastre, mesmo que seja falso. E já que não existe possibilidade de um desastre real, de risco real, ficamos sem chance de salvação real. De júbilo real. De empolgação real. De alegria real. De descoberta. De invenção.

As leis que nos dão segurança são as mesmas leis que nos condenam ao tédio.

Sem ter acesso ao verdadeiro caos, nunca teremos paz de verdade.

A não ser que tudo fique pior, nada vai ficar melhor.

Era isso que a Mamãe costumava contar pra ele.

Ela falava:

– A única fronteira que ainda se tem é o mundo dos intangíveis. Todo o resto está amarrado, bem amarrado.

Enjaulado por leis demais.

Por intangíveis ela queria dizer a internet, os filmes, a música, as histórias, a arte, os boatos, os softwares, tudo que não era de verdade. Realidades virtuais. Os faz de conta. A cultura.

O irreal é mais poderoso que o real.

Porque nada é tão perfeito quanto se imagina.

Porque a única coisa que dura são as ideias intangíveis, os conceitos, as crenças, as fantasias. Pedra se esfarela. Madeira apodrece. Gente, bom: gente morre.

Mas coisas frágeis como um pensamento, um sonho, uma lenda, essas duram e perduram.

Se você mudar o jeito de as pessoas pensarem, ela falava. Como elas se veem. Como elas veem o mundo. Se fizer isso, você muda como elas vivem. E essa é a última coisa durável que você pode criar.

Além disso, em algum momento, a Mamãe dizia, suas memórias, suas histórias e aventuras serão as únicas coisas que vão te restar.

No último julgamento, antes da última vez que ela foi pra cadeia, a Mamãe sentou perto do juiz e falou:

– Meu objetivo é ser o impulso do entusiasmo na vida dos outros.

Ela olhou fundo nos olhos do garotinho imbecil e falou:

– Meu propósito é dar histórias fabulosas pros outros contarem.

Antes de os guardas a levarem de volta, algemada, ela gritou:

– Me condenar é uma redundância. Nossa burocracia e nossas leis transformaram o mundo em um campo de trabalho forçado limpo e seguro.

Ela gritou:

– Estamos criando uma geração de escravos.

E então Ida Mancini voltou pra prisão.

"Incorrigível" não é a palavra certa, mas é a primeira que me ocorre.

A mulher sem identificação, a que saiu correndo pelo teatro durante o balé, gritava:

– Estamos ensinando nossos filhos a serem indefesos.

Correndo pelo corredor até chegar na saída de incêndio, ela berrava:

– Somos tão estruturados e subgerenciados que isso não é mais um mundo, é um cruzeiro.

Sentado, aguardando os investigadores da polícia, o bostinha encrenqueiro imbecil perguntou se o advogado de defesa Fred Hastings podia aparecer lá.

E um investigador disse um palavrão, mas baixinho.

E aí, naquele instante, soou um alarme de incêndio.

E mesmo com o alarme tocando, os investigadores ainda perguntaram:

– VOCÊ TEM ALGUMA IDEIA DE COMO ENTRAR EM CONTATO COM SUA MÃE?

Gritando pra se fazerem ouvir com o alarme, eles perguntaram:

– PODE NOS DIZER PELO MENOS QUEM SERÁ O PRÓXIMO ALVO DELA?

Gritando pra se ouvir com o alarme, a mãe adotiva perguntou:

– VOCÊ NÃO QUER QUE NÓS A AJUDEMOS?

E o alarme parou.

Uma moça enfiou a cabeça pela porta e disse:
– Sem pânico, pessoal. Parece que foi outro alarme falso.
Alarme de incêndio nunca é de incêndio, não mais.
E aí o garotinho, o panacão, fala:
– Posso ir no banheiro?

Capítulo 26

A meia-lua nos observa lá de baixo, refletida numa fôrma de alumínio cheia de cerveja. Denny e eu estamos de joelhos no quintal de alguém, e Denny fica afastando os caracóis e as lesmas com toquinhos do seu indicador. Denny levanta a forminha, cheia até a borda, fazendo seu reflexo e seu rosto de verdade ficarem cada vez mais próximos até que seus lábios de mentira encontram os lábios de verdade.

Denny toma quase metade da cerveja e fala:

– É assim que eles bebem cerveja na Europa, mano.

Em armadilhas de lesmas?

– Não, mano – Denny fala.

Ele me passa a forminha e fala:

– Quente e choca.

Eu beijo meu reflexo e bebo, a lua me olhando por cima do ombro.

Na calçada, nos esperando, está um carrinho de bebê com as rodas se abrindo mais na traseira que na dianteira. A parte de baixo do carrinho se arrasta no chão, e ali, enrolada no cobertor rosa de bebê, está a pedra de arenito, grande demais pra Denny ou eu carregar. Uma cabeça de bebê de borracha rosa está firmada na parte de cima do cobertor.

– Sobre a trepada na igreja – Denny fala –, me diz que você não fez isso.

Não é bem que eu não fiz. É que eu não consegui.

Não consegui carcar, não consegui enfiar, não consegui fincar, afogar, meter. Todos os eufemismos que não são eufemismos.

Denny e eu somos só dois carinhas normais levando o bebê pra passear à meia-noite. Só uma dupla de carinhas legais nessa vizinhança cheia de casonas, cada uma cercada por seu jardim. Todas essas casas com a ilusão de que são fechadas em si, de clima controlado, presunçosas na sua segurança.

Denny e eu, inocentes como um tumor.

Inofensivos como um cogumelo de psilocibina.

É uma vizinhança tão legal que até a cerveja que eles deixam pros bichos é importada da Alemanha ou do México. Pulamos a cerca pra outro quintal, bisbilhotando embaixo das plantas atrás da próxima rodada.

Abaixando pra olhar sob folhas e arbustos, eu falo:

– Mano.

Eu falo:

– Você não acha que eu tenho um coração bom, acha?

E Denny fala:

– Claro que não, mano.

Passadas algumas quadras, vários quintais e várias cervejas, eu sei que Denny está sendo sincero. Eu falo:

– Você não acha que oculto minha sensibilidade e sou uma manifestação do amor perfeito à moda de Cristo?

– De jeito nenhum, mano – Denny fala. – Você é um babaca.

E eu falo:

– Valeu. Só pra confirmar.

E o Denny se levanta usando só as pernas, em câmera lenta, e ele tem uma fôrma nas mãos com outro reflexo da noite, e ele fala:

– Bingo, mano.

Quanto a eu na igreja, eu falo, estou mais decepcionado com Deus do que comigo. Ele não devia ter me fulminado com um raio. Quer dizer, Deus é deus. Eu sou só um babaca aí. Nem cheguei a tirar a roupa da Paige Marshall. Ainda com o estetoscópio no pescoço, pendendo entre as tetas, eu a empurrei pro altar. Nem cheguei a tirar o jaleco dela.

Com o estetoscópio contra o peito, ela falou:

– Vai rápido.

Ela falou:

– Quero que você sincronize com meu coração.

Não é justo que a mulher nunca tenha que ficar pensando merda pra não gozar.

E eu, eu simplesmente não consegui. Essa ideia de Jesus já tava matando minha paudurescência.

O Denny me passa a cerveja e eu bebo. O Denny cospe uma lesma morta e fala:

– Acho que é melhor beber cerrando os dentes, mano.

Mesmo numa igreja, mesmo deitada num altar, sem roupa, Paige Marshall, a Dra. Paige Marshall, eu não queria que ela virasse só um pedaço de carne.

Porque nada é tão perfeito quanto é na imaginação.

Porque nada é tão empolgante quanto a fantasia.

Inspire. Depois expire.

– Mano – Denny fala. – Essa vai ter que ser minha saideira. Vamos pegar a pedra e ir pra casa.

E eu falo: Só mais uma quadra, pode ser? Só mais uma rodada de quintal. Ainda não bebi o suficiente pra esquecer meu dia.

Esse bairro é muito bonito. Pulo a cerca pro quintal seguinte e caio de cabeça numa roseira. Tem um cachorro latindo sei lá onde.

O tempo todo que a gente passou no altar, eu tentando deixar o cão duro, a cruz, de madeira clara e envernizada, ficava nos olhando lá de cima. Não tinha homem torturado. Não tinha coroa de espinhos. Não tinha moscas rodeando nem suor. Não tinha fedor. Não tinha sangue nem sofrimento, nessa igreja não. Não tinha chuva de sangue. Não tinha a praga dos gafanhotos.

Paige, sempre com o estetoscópio nas orelhas, só ouvia o próprio coração.

Haviam pintado por cima do anjos no teto. A luz que passava pelos vitrais era espessa, dourada, a poeira nadando. A luz caía com um feixe grosso, maciço, um feixe de calor, pesado, se derramando sobre nós.

Atenção, por favor, o dr. Freud poderia atender o telefone branco?

Um mundo de símbolos, não o mundo real.

Denny olha pra mim, preso, sangrando nos espinhos da roseira, as roupas rasgadas, caído numa moita, e fala:

– Ok, falando sério.

Ele fala:

– Essa é a saideira, sério.

O cheiro das rosas, o cheiro da incontinência no St. Anthony's.

Tem um cachorro latindo e arranhando a porta pra sair de casa. Uma luz se acende na cozinha e mostra que tem alguém na janela. Aí a luz da varanda dos fundos se acende, e é incrível como eu consigo arrancar a bunda daquela roseira e sair correndo pra rua.

Vindo na direção contrária pela calçada tem um casal, inclinados um pro outro e caminhando de braços dados. A mulher encosta a bochecha na lapela do homem, e o homem beija o topo de sua cabeça.

Denny já está empurrando o carrinho, tão rápido que as rodas da frente prendem num buraco da calçada e a cabeça de borracha do bebê pula pra fora. Os olhinhos de vidro nos encaram, arregalados, a cabeça rosa passa pulando pelo casal feliz e rola até a sarjeta.

Denny me fala:

– Mano, busca lá pra mim?

Com minhas roupas destruídas e gosmentas de sangue, espinhos grudados no rosto, eu passo pelo casal e cato a cabeça do meio das folhas e do lixo.

O homem dá um gritinho e se retrai.

E a mulher fala:

– Victor? Victor Mancini. Oh, meu Deus.

Ela deve ter salvado minha vida, porque não tenho a menor ideia de quem seja.

Na capela, depois que eu desisti, depois que nós abotoamos as roupas, eu falei pra Paige:

– Esquece o tecido fetal. Esquece o ressentimento em relação às mulheres fortes.

Eu falei:

– Quer saber de verdade por que eu não te como?

Abotoando os meus culotes, eu falei pra ela:

– Talvez a verdade é que, diferente delas, eu quero gostar de você.

E com as duas mãos em cima da cabeça dela, apertando o cerebrinho preto, Paige falou:

– De repente, sexo e afeto, um não exclui o outro.

E eu ri. Com as mãos fechando meu plastrão, eu disse pra ela: sim. Sim, se excluem.

Denny e eu chegamos na quadra dos setecentos da – diz a placa que é a rua Birch. Falo pro Denny, que empurra o carrinho:

– Tamo indo errado, mano.

Aponto pra trás e falo:

– A casa da minha mãe é pro outro lado.

Denny continua empurrando, a traseira do carrinho fazendo um barulho de grunhido contra a calçada. O casal feliz está de boca aberta, ainda nos olhando, a duas quadras de distância.

Eu sigo no meu trote ao lado dele, passando a cabeça de boneca rosinha de uma mão pra outra.

– Mano – eu falo –, dá meia-volta.

Denny fala:

– Primeiro a gente tem que ver a quadra dos oitocentos.

O que tem lá?

– Não é pra ter nada – Denny diz. – Meu tio Don que era o dono.

As casas acabam, e a quadra das oitocentos é só terreno e tem mais casas na quadra seguinte. O terreno é só grama alta plantada pelas beiradas com macieiras velhas, a casca toda enrugada e se retorcendo pela noite. Dentro, um bando de moitas, raminhos de amora e arbustos, mais espinhos em cada graveto. O meio do terreno está limpo.

No canto tem um outdoor, um compensado pintado de branco com uma imagem por cima de casas de tijolinho vermelho construídas uma encostada na outra, e gente acenando de janelas com floreiras. Debaixo das casas, palavras pretas dizem: "Em Breve Residencial Menningtown Country". Debaixo do outdoor, o chão está salpicado de resíduos da pintura. De perto, o outdoor está ondulado, as casinhas de tijolo rachadas e em rosa esmaecido.

Denny empurra a pedra pra ela cair do carrinho e ela cai na grama alta ao lado da calçada. Ele sacode o cobertor rosa e me entrega duas pontas dele. Dobramos juntos, e o Denny fala:

– Se dá pra ter o oposto de um modelo a se seguir, esse era o meu tio Don.

Então Denny solta o cobertor dobrado no carrrinho. Ele começa a empurrá-lo de volta para casa.

E eu o chamo:

– Mano. Você não quer essa pedra?

E Denny fala:

– Essas mães protestando contra motoristas embriagados, te garanto que elas fizeram festa quando descobriram que o Don Menning tinha morrido.

O vento levanta e dobra a grama alta. Não tem ninguém morando aqui agora, fora as plantas, e do centro escuro da quadra dá pra ver as luzes de varanda das casas do outro lado. Os zigue-zagues negros de velhas macieiras fazem silhuetas no meio do caminho.

– Então – eu falo –, isso aqui é um parque?

E Denny fala:

– Não exatamente. – Ele segue caminhando. – É meu.

Eu jogo a cabeça de boneca pra ele e falo:

– Tá falando sério?

– Desde que os meus pais me ligaram, faz uns dias – ele fala, pega a cabeça e solta no carrinho. Debaixo dos postes, passando pelas casas escuras de todo mundo, a gente segue caminhando.

Os sapatos de fivela cintilando, minhas mãos enfiadas nos bolsos, eu falo:

– Mano?

Eu falo:

– Você não acha que eu tenho alguma coisa a ver com Jesus Cristo, acha?

Eu falo:

– Por favor, diz que não.

A gente segue caminhando.

E, empurrando o carrinho vazio, o Denny fala:

– Olha qual é a real, mano. Cê quase trepou na mesa de Deus. Cê já tá na espiral da vergonha em grande estilo.

A gente segue caminhando, e o efeito da cerveja começa a passar, e fico surpreso de como o ar da noite está frio.

E eu falo:

– Por favor, mano. Me diz a verdade.

Eu não sou bom nem carinhoso nem afetuoso nem nenhuma dessas bostas felizes.

Eu não passo de um cara medíocre, imprudente, demente. Me aceito assim. É assim que eu sou. Só um babaca viciado em sexo, em bate-xana, em arromba-prega, bota-cão, um merda, um inútil, e nunca, nunca posso esquecer que eu sou isso.

Eu falo:

– Diz de novo que eu sou um babaca insensível.

Capítulo 27

Hoje à noite é pra ser assim: eu me escondo no armário enquanto a menina toma banho. Aí, quando ela sair toda brilhosa, suada, no vapor, naquela nuvem de laquê e perfume, ela vai sair totalmente pelada, fora um robe de rendinha. Aí eu dou um pulo com uma meia-calça na cara e óculos escuros. Jogo-a na cama. Boto uma faca no seu pescoço. E a estupro.

Simples. Segue a espiral da vergonha.

É só não parar de perguntar: "O que Jesus NÃO faria?"

Só que eu não posso estuprá-la na cama, ela falou, porque a colcha é de seda rosa claro e vai manchar. E não pode no chão porque o carpete assa a pele. Fechamos que vai ser no chão, só que em cima de uma toalha. Não uma toalha boa, de emprestar pra visita. Ela me falou que ia deixar uma toalha esgarçada em cima da penteadeira, e eu tenho que estendê-la com antecedência, no chão, pra não estragar o clima.

Ela ia deixar a janela do quarto destrancada antes de entrar no banho.

Então lá estou eu, escondido no armário, nu, com as roupas passadinhas dela colando em mim, meia-calça na cabeça, óculos escuros e segurando a faca mais cega que eu achei. Esperando. A toalha já está no chão. A meia-calça é tão quente que o suor escorre do meu rosto. O cabelo emplastrado na cabeça começa a coçar.

Não pode ser perto da janela, ela me falou. E não pode ser perto da lareira. Ela disse pra eu estuprá-la perto do *armoire*, só que não muito perto. Ela disse pra tentar deixar a toalha numa área de bastante movimento, onde o carpete não fique gasto.

Ela é a Gwen, uma menina que eu conheci na seção de Recuperação de uma livraria. Fica difícil dizer quem chamou quem, mas ela estava fingindo que lia um livro de doze passos sobre vício em sexo, e eu estava usando minha calça militar da sorte e passei por ela vendo um exemplar do mesmo livro, aí imaginei: por que não correr mais um risco?

Birds do it. Bees do it.

Eu precisava do pico de endorfina. Pra me tranquilizar. Tenho ânsias do peptídeo feniletilamina. Eu sou assim. Um viciado. Tá todo mundo prestando atenção?

No café da livraria, Gwen disse pra eu arrumar corda, mas não corda de náilon porque machuca. Cânhamo deixa a pele dela irritada. Fita isolante podia, mas não por cima da boca, e nada de silver tape.

– Arrancar silver tape – ela falou – é tão erótico quanto depilação com cera.

Comparamos nossas agendas, e quinta-feira não tinha como. Sexta eu tinha meu encontro dos sexólatras. Essa semana eu não ganho fichinha. O sábado eu passo no St. Anthony's. Geralmente domingo à noite ela ajudava a coordenar o bingo na igreja, então acertamos pra segunda. Segunda às nove, não oito, porque ela trabalhava até tarde, e não às dez porque eu tenho que trabalhar cedo de manhã.

Então chega a segunda-feira. A fita isolante está pronta. A toalha no chão. Quando eu pulo com a faca, ela fala:

– Você está usando a minha meia-calça?

Eu giro o braço dela pras costas e boto a lâmina gelada no pescoço.

– Pelo amor de Deus – ela fala. – Essa passou dos limites. Eu falei que você podia me estuprar. Eu *não falei* que podia estragar minha meia-calça.

Com a minha mão da faca, eu pego a parte da frente do robe de rendinha e vou tentando descer pelos ombros.

– Para, para, para – ela fala e dá um tapa na minha mão. – Para, deixa que eu faço. Assim vai estragar. – Ela se contorce pra sair de perto de mim.

Pergunto se eu posso tirar meus óculos.

– Não – ela fala e livra-se do robe. Aí vai no armário e o pendura num cabide com almofadinha.

Eu mal consigo enxergar.

– Não seja tão egoísta – ela fala. Agora nua, ela pega minha mão e aperta contra um dos pulsos. Então passa o braço pelas minhas costas, virando pra apertar as costas nuas contra mim. O focinho do meu cão aponta cada vez mais pra cima, aquele cuzinho quente aponta pra mim, e ela fala:

– Você tem que ser um agressor sem rosto.

Eu falo pra ela que dá muita vergonha comprar meia-calça. Cara que compra meia-calça ou é bandido ou é safado; seja o que for, o caixa não ia aceitar minha grana.

– Putz, para de mimimi – ela fala. – Todo estuprador que já veio aqui trouxe a sua meia-calça.

Além disso, eu falo, quando você vai na gôndola de meia-calça, tem tudo que é tamanho e cor. Nude, carvão, bege, bronze, preta, cobalto. Nenhuma diz "tamanho cabeça".

Ela torce o rosto e dá um grunhido.

– Posso te dizer uma coisa? Posso te dizer *só uma* coisa?

Eu falo: o quê?

E ela fala:

– Teu hálito tá *muito* ruim.

No café da livraria, enquanto estávamos preparando o script, ela falou:

– Cuide para deixar a faca num freezer antes da hora. Quero que ela fique bem geladinha.

Perguntei se podíamos usar uma faca de borracha.

E ela falou:

– A faca é muito importante para a experiência holística.

Ela falou:

– É melhor se você botar a beira da faca na minha garganta antes que fique na temperatura ambiente.

Ela falou:

– Mas com cuidado, porque se você me cortar por acidente – ela se inclinou na minha direção, por cima da mesa, apontando o queixo pra mim –, se você me deixar um arranhão que seja, eu juro que te boto na cadeia antes de você vestir a calça.

Ela tomou um golinho de *chai*, devolveu a xícara pro pires e falou:

– Minha sinusite agradece se você não usar nenhum tipo de colônia nem pós-barba nem desodorante com cheiro forte, porque eu sou muito sensível.

Essas sexólatras carregadas de tesão: a tolerância delas é muito alta. Elas simplesmente não têm como não dar. Não conseguem parar, não interessa o nível da baixaria.

Nossa, como eu amo ser codependente.

No café, Gwen levanta a bolsa até o colo e começa a remexer nela.

– Toma – ela fala e desdobra uma lista xerocada de detalhes que quer incluir. No alto da lista diz: *Estupro é poder. Não é romântico. Não se apaixone por mim. Não me beije na boca. Não tenha expectativa de ficar lá depois. Não peça para usar meu banheiro.*

Naquela noite de segunda-feira, no quarto dela, nua e roçando em mim, ela fala:

– Quero que você me espanque.

Ela fala:

– Mas não muito forte nem muito leve. Só me bate pra eu gozar.

Uma das minhas mãos está segurando o braço dela pelas costas. Ela está roçando a bunda em mim, e tem um corpinho bronzeado de arrebentar. Tirando o rosto, que é branco e pálido de hidratante. No espelho da porta do armário, eu a vejo de frente com meu rosto por cima do ombro. O cabelo e o suor se juntam na fenda onde meu peito e as costas dela se colam. A pele dela tem aquele cheiro de plástico quente, de bronzeamento artificial. Minha outra mão segura a faca, então eu pergunto: ela quer que eu bata com a faca?

– Não – ela fala. – Aí ia ser apunhalar, não bater. Quando se bate em alguém com faca é apunhalar.

Ela fala:

– Solta a faca e bate com a mão aberta.

Então eu faço que vou jogar a faca.

E Gwen fala:

– *Não na cama.*

Então eu jogo a faca na penteadeira e levanto a mão pra dar um tapa. Por trás dela, que é bem estranho.

E ela fala:

– Mas não no rosto.

Então eu coloco minha mão um pouquinho pra baixo.

E ela fala:

– E não bate nos meus peitos, a não ser que queira me deixar com um inchaço.

Vide: Mastite cística.

Ela fala:

– Que tal bater na minha bunda?

E eu falo: que tal ela calar a boca e deixar eu estuprar do meu jeito?

E Gwen fala:

– Se é assim que você pensa, pega o micropênis aí e vai pra tua casa.

Como ela acabou de sair do chuveiro, a moitinha está suave, encorpada, não aquela coisa amassada que fica quando você tira a calcinha da outra. Minha mão livre se enfia por entre as pernas dela, e ela parece falsa, borrachenta, plástica. Lisa demais. Meio graxenta.

Eu pergunto:

– O que houve com a sua vagina?

Gwen olha pra si mesma e fala:

– Hã?

Ela fala:

– Ah, isso. É um Femidom, camisinha feminina. As bordas ficam assim mesmo. Não quero você me passando doença.

Será que é só coisa minha ou estupro era pra ser uma coisa mais espontânea, tipo crime passional?

– Isso é pra ver como você não sabe porra nenhuma de estupro – ela fala. – O bom estuprador planeja o crime nos detalhes. Faz de cada detalhe um ritual. Devia ser quase como uma cerimônia religiosa.

O que acontece aqui, Gwen fala, é sagrado.

No café da livraria, ela me passou a folha fotocopiada e falou:

– Você concorda com todos os termos?

A folha diz: *Não pergunte onde eu trabalho.*

Não pergunte se está me machucando.

Não fume na minha casa.

Não crie expectativas de que vai dormir na minha casa.

A folha diz: *A palavra de segurança* é POODLE.

Pergunto o que ela quis dizer com *palavra de segurança.*

– Se o negócio ficar muito pesado ou se não tiver funcionando pra um de nós – ela fala – é só você dizer "poodle" que para tudo.

Pergunto se eu posso soltar o mingau.

– Se você achar que é importante – ela fala.

Aí eu falo, ok, onde eu assino?

Sexólatras são patéticas. Sempre clamando por pau.

Sem roupa ela é meio ossuda. A pele dela é quente, úmida, como se fosse esguichar água quente ensaboada ao ser apertada. As pernas são muito finas e não tocam na bunda. Os peitinhos chatos parece que grudam no tórax. Ainda segurando o braço dela nas costas, nos vendo na porta espelhada do armário, ela tem o pescoço comprido e os ombros caídos, como uma garrafa de vinho.

– Pare, por favor – ela fala. – Você está me machucando. Por favor, eu te dou dinheiro.

Eu pergunto: quanto?

– Pare, por favor – ela fala. – Senão eu grito.

Então eu solto o braço dela e dou um passo pra trás.

– Não grite – eu falo. – Por favor, não grite.

Gwen suspira, aí se puxa e me dá um soco no peito.

– Seu débil mental! – ela fala. – Eu não falei "poodle".

É o equivalente sexual do "mestre mandou".

Ela se gira pra voltar pro meu braço. Aí ela nos guia até a toalha e fala:

– Espera.

Ela vai até a penteadeira e volta com um vibrador de plástico rosa.

– Ei – eu falo –, você não vai usar isso aí em mim.

Gwen treme e fala:

– Claro que não. É meu.

E eu falo:

– E eu?

E ela fala:

– Desculpa, da próxima vez você traz o seu.

– Não – eu falo –, e o *meu* pênis?

E ela fala:

– O que que *tem* o seu pênis?

E eu pergunto:

– Como é que ele se encaixa aí?

Aprumando-se na toalha, Gwen faz não com a cabeça e fala:

– Por que eu ainda faço isso? Por que eu sempre pego o cara que quer ser certinho, convencional? Daqui a pouco, vai querer casar comigo.

Ela fala:

– Eu queria ter um relacionamento abusivo só uma vez. Só uma vezinha!

Ela fala:

– Você pode se masturbar enquanto me estupra. Mas tem que ser na toalha e não pode pingar em mim.

Ela estica a toalha em volta da bunda e dá tapinhas num espaço do tecido perto dela.

– Quando chegar a hora – ela fala –, você pode deixar sua gozada aqui.

A mão dela: tapinha, tapinha, tapinha.

Ah, ok, eu falo. E agora?

Gwen suspira e enfia o vibrador na minha cara.

– Me usa! – ela fala. – Me rebaixa, imbecil! Me humilha, punheteiro! Me reprime!

Não tá bem claro onde é o botão, então ela me mostra como que liga. Aí ele começa a vibrar tanto que eu deixo cair. O negócio começa a pular pelo chão e eu tenho que agarrá-lo.

Gwen levanta os joelhos e os deixa cair de lado igual a um livro aberto, então eu me ajoelho na beira da toalha e coloco a pontinha zumbindo pra dentro das bordas de plástico dela. Com a outra mão, eu mexo no meu cão. As panturrilhas dela são depiladas e se afunilam nos pés chatos com unhas de esmalte azul. Ela está deitada de olhos fechados e pernas abertas. Segurando as mãos e as alongando acima da cabeça pros seios se erguerem, formando dois montinhos perfeitos, ela fala:

– Não, Dennis, não. Eu não quero, Dennis. Não. Não. Você não vai me ter.

E eu falo:

– Meu nome é Victor.

E ela fala pra eu calar a boca e deixar que ela se concentre.

E eu tento fazer de um jeito que os dois se divirtam, mas é o equivalente sexual do coçar a barriga e bater na cabeça. Ou eu estou focado nela ou estou focado em mim. De qualquer forma, é igual a um *ménage* que saiu todo errado. Alguém está se sentindo por fora. E o vibrador escorrega, é difícil de segurar. Ele fica aquecendo, tem um cheiro azedo, fumacento, parece que tem uma coisa queimando.

Gwen abre um olho, só uma frestinha, só pra espiar eu surrando meu cão, e fala:

– *Eu* primeiro!

Estou brigando com meu cão. Estou com a cobra na Gwen. Com a cobra na Gwen. Me sinto menos estuprador e mais encanador. As bordas do Femidom ficam se abrindo, e eu tenho que parar e tirar com meus dois dedos.

Gwen fala:

– Dennis, não, Dennis, pare, Dennis – a voz saindo do fundo da garganta. Ela puxa o cabelo e arfa. O Femidom entra de novo e eu deixo que entre. O vibrador soca cada vez mais fundo. Ela fala pra eu brincar com os mamilos dela com minha outra mão.

Eu falei que preciso da minha outra mão. Meus bagos se apertam e estão prontos pra gozar, e eu falo:

– Ah, isso. Assim. Isso, isso.

E Gwen fala:

– Não se *atreva* – e lambe dois dedos. Ela me fita com os dois olhos e passa os dedos molhados entre as pernas, me apressando.

E eu só preciso imaginar Paige Marshall, minha arma secreta, que a corrida acaba.

Um segundo antes de gozar, aquela sensação do seu cu começando a cerrar, foi aí que eu apontei pra aquele cantinho da toalha que Gwen falou. Sentindo-se imbecis e adestrados, meus soldadinhos brancos começam a se jogar, e quem sabe por acidente erram a trajetória e se jogam na colcha rosa. Naquela grande paisagem fofa e rosa. Em um arco atrás do outro, escarros cálidos de todos os tamanhos borrifam por toda a coberta e pelas fronhas e pela barra de seda rosa da cama.

"O que Jesus NÃO faria?"

Grafite de porra.

"Vandalismo" não é a palavra certa, mas é a primeira que me ocorre.

Gwen está caída na toalha, ofegante, de olhos fechados, o vibrador zunindo dentro dela. Os olhos virados pra dentro da cabeça, ela está jorrando entre os dedos e sussurra:

– Eu ganhei...

Ela sussurra:

– Ganhei de você, filho da puta...

Já estou me enfiando na calça e pego o casaco. Escarros de soldadinhos brancos pingam da cama, das cortinas, do papel de parede, e Gwen ainda está lá, deitada, respirando forte, o vibrador já caindo dela. Um segundo depois, ele se solta e começa a se debater no chão como um peixe molhado e carnudo. É aí que Gwen abre os olhos. Ela está começando a se apoiar nos cotovelos quando vê o estrago.

Estou saindo pela janela quando falo:

– Ah, a propósito...

Eu falo:

– Poodle.

E aí a ouço gritar de verdade pela primeira vez.

Capítulo 28

No verão de 1642, em Plymouth, Massachusetts, um adolescente foi acusado de sodomizar uma égua, uma vaca, duas cabras, cinco ovelhas, dois bezerros e um peru. Isso é História, está nos livros. Conforme as leis bíblicas do Levítico, depois que o garoto confessou, ele foi obrigado a ver cada um dos animais ser esquartejado. Então, ele foi morto e seu corpo empilhado junto com os bichos mortos e enterrado numa cova sem lápide.

Isso foi antes de existirem as reuniões de sexólatras.

Imagina esse adolescente escrevendo o passo quatro: confissões do celeiro.

Pergunto: alguma pergunta?

A turma da quarta séria fica me olhando. Uma garota da segunda fileira pergunta:

– O que é sodomizar?

Eu falo: pergunta pra professora.

A cada meia hora, eu tenho que ensinar a outra manada de crianças da quarta série qualquer porra que ninguém quer saber, tipo como fazer fogo. Como fazer uma cabeça de boneca na maçã. Como fazer tinta com noz-preta. Como se isso fosse ajudar alguém a entrar em uma faculdade decente.

Além de deformar as pobres galinhas, todas essas crianças entram aqui trazendo algum micróbio. Não é por acaso que Denny está sempre limpando o nariz e tossindo. Piolhos, oxiúros, clamídia, sarna – é sério, essa meninada de excursão são os minicavaleiros do apocalipse.

Em vez da besteirada sobre os peregrinos, eu conto pra elas que a brincadeira de *ring-around-a-rosy*, aquela cantiga de roda, é baseada na peste bubônica de 1665. A Peste Negra deixava as pessoas com manchas pretas duras e inchadas que elas chamavam de "rosas de peste", ou bulbos, que tinham um contorno branco. Daí o "bubônica". Os infectados eram trancados em casa pra morrer. Em seis meses, cem mil pessoas foram enterradas em enormes valas comuns.

Os *"pocket full of posies"*, os bolsos cheios de flores, era o que o povo de Londres carregava pra não ter que cheirar os cadáveres.

Pra fazer fogo, é só você empilhar graveto e grama seca. Faça faísca com sílex. Sopre o fole. Não fique achando que esse esquema de fogo faz os olhinhos deles brilharem. Ninguém se impressiona com uma faísca. As crianças se agacham na primeira fila, enfiadas nos minivideogames. As crianças bocejam na sua cara. Todas dão risadinhas e se beliscam, girando os olhos pra mim de culotes e camisa suja.

Em vez disso, eu conto a elas que em 1672 a Peste Negra atingiu Nápoles, na Itália, e matou quatrocentas mil pessoas.

Em 1711, no Sacro Império Romano, a Peste Negra matou quinhentas mil. Em 1781, milhões pelo mundo morreram de gripe. Em 1792, outra praga matou oitocentas mil pessoas no Egito. Em 1793, os mosquitos espalharam a febre amarela pela Filadélfia, e mataram milhares.

Um garoto do fundo fala baixinho:

– Isso aqui é pior que a tal da roda de fiar.

Outras crianças abrem suas lancheiras e olham o que tem dentro do sanduíche.

Pela janela, Denny está curvado no tronco. Dessa vez é só pra não perder o hábito. A câmara aldeã anunciou que ele será banido logo depois do almoço. O tronco é só o lugar onde ele se sente mais seguro de si. Não está trancado, nem fechado, mas está curvado com as mãos e pescoço no mesmo lugar que vêm estando há meses.

Vindo da casa da tecelã pra cá, um garoto estava cutucando o nariz de Denny com um graveto, tentando enfiá-lo na boca dele. Outras crianças coçaram sua careca pra dar sorte.

Fazer fogo só mata uns quinze minutos, aí depois é pra eu mostrar a cada manada infantil os panelões, as vassouras feita de galhos, os aquecedores de cama e a porra toda.

Crianças sempre parecem maiores numa sala com pé-direito de um metro e oitenta. Uma criança do fundo fala:

– Caralho, fizeram sanduíche de ovo de novo.

Aqui, no século dezoito, estou sentado ao lado do forno de uma lareira aberta, equipada com os fragmentos de câmara de tortura de sempre, os grandes ganchos de ferro, os atiçadores, os trasfogueiros, os ferretes. Meu fogo flamejante. É o momento perfeito pra tirar as pinças de ferro do carvão em brasa e fingir que vou estudar suas pontas incandescentes. As crianças dão um passo pra trás.

E pergunto pra elas: então, crianças, alguém aqui sabe me dizer como as pessoas do século dezoito abusavam de garotinhos nus até a morte?

Aí elas prestam atenção. Sempre.

Nenhuma mão se levanta.

Ainda examinando as pinças, eu pergunto:

– Alguém?

Nenhuma mão.

– Mas sério – eu falo e começo a abrir e fechar as pinças quentes. – A professora devia ter contado a vocês como é que matavam garotinhos naquela época.

A professora está lá fora, esperando. O que aconteceu foi que, umas horas atrás, enquanto a turma estava cardando lã, essa professora e eu gastamos um esperma no defumadouro, e óbvio que ela achou que ia virar um negócio romântico, mas, pô. Eu com a cara enfiada naquela bundinha borrachuda, acho incrível o que uma mulher vai entender de uma coisa dessas, se você falar por acidente: eu te amo.

Dez em cada dez vezes o cara quer dizer "eu amo isso aqui".

Você usa uma camisa de linho fresca, um plastrão e culotes, e o mundo inteiro quer sentar na sua cara. Você aí montada no meu escorregão picante, você podia estar na capa de um livrinho romântico rasga-corpete. Eu falo pra ela:

– Ah, amada, fende tua carne na minha. Ah, oh sim, fende, amada.

Boca suja estilo século dezoito.

A professora deles, o nome dela é Amanda ou Allison ou Amy. Sei que tem uma vogal no meio.

É só não parar de perguntar: "O que Jesus NÃO faria?"

Agora, na frente da turma, com as minhas mãos completamente escuras, eu meto as pinças no fogo de novo, depois sacudo meus dois dedos negros pras crianças, o sinal universal de *cheguem mais.*

Os garotos nos fundos empurram os da frente. Os da frente olham em volta, e um garoto berra:

– Srta. Lacey?

Uma sombra na janela significa que a srta. Lacey está olhando, mas assim que eu olho ela se abaixa pra sair de vista.

Faço sinal pras crianças. Mais perto. Aquela velha rima de Georgie Porgie, falo pra eles, na verdade trata do Rei George IV, da Inglaterra, que nunca estava satisfeito.

– Satisfeito com o quê? – fala um garoto.

E eu falo:

– Pergunte pra sua professora.

A srta. Lacey continua espiando.

Eu falo:

– Gostaram do fogo que eu fiz? – e aponto pras chamas. – Bom, a toda hora alguém precisa limpar as chaminés. Só que as chaminés são muito apertadas por dentro e dão um monte de voltas. Por isso costumavam mandar garotinhos subir pra raspar por dentro.

E já que era um lugar bem apertado, eu conto pra eles, se os meninos estivessem vestidos, às vezes eles ficavam presos.

– Então, igual ao Papai Noel – eu falo –, eles subiam pela chaminé – eu falo e levanto um atiçador quente do fogo – nus.

Cuspo na ponta vermelha do atiçador, e o cuspe chia alto na sala em silêncio.

– E sabem como que eles morriam? – eu pergunto. – Alguém sabe?

Nenhuma mão se levanta.

Ninguém diz sim nem faz sim, então eu falo:

– Perguntem pra srta. Lacey.

Nossa manhã especial no defumadouro, a srta. Lacey estava sacudindo no meu cão com baba de sobra. Aí entramos no chupa-língua, suando forte, trocando cuspe, e ela foi um pouco pra trás pra me olhar. Naquela luz fraca e fumacenta, com aqueles presuntões falsos pendurados à nossa volta. Ela está afundada, montando na minha mão, forte, um respiro a cada palavra. Ela limpa a boca e me pergunta se eu tenho camisinha.

– Tá tudo bem – eu falo pra ela. – É 1734, lembra? Cinquenta por cento das crianças morriam no parto.

Ela sopra um fio de cabelo caído no rosto e fala:

– Não foi isso que eu quis dizer.

Eu a lambo no meio do peito, pelo pescoço, e depois abocanho a orelha. Ainda a masturbando com meus dedos, bem fundo, eu falo:

– Então você tem algum mal maligno que eu deva saber?

Ela se desgruda de mim, molha um dedo na boca e fala:

– Eu acredito em me proteger.

E eu falo:

– Que legal.

Eu falo:

– Eu posso ser mandado embora por causa disso – e emborracho o cão.

Ela serpenteia o dedo molhado pela minha prega e bate na minha bunda com a outra mão e fala:

– Como você acha que eu me sinto?

Pra não gozar, fico pensando em ratos mortos e repolho podre e latrinas e falo:

– O que eu quis dizer é que látex vai demorar ainda um século para ser inventado.

Aponto pra turminha com o atiçador e falo:

– Esses garotinhos costumavam sair das chaminés cobertos de fuligem preta. E a fuligem grudava nas mãos e nos joelhos e nos cotovelos, e ninguém tinha sabão, então eles ficavam pretos pra sempre.

A vida deles naquela época era só isso. Todo dia, alguém os obrigava a subir numa chaminé e eles passavam o dia se arrastando no escuro com fuligem caindo na boca, no nariz. Eles nunca iam pro colégio e não tinham televisão nem videogame nem caixinha de suco de manga com mamão, e não tinham música nem controle remoto de nada nem sapatos e todo dia era igual ao outro.

– Esses garotinhos – eu falo e passo o atiçador pela multidão de crianças –, esses garotinhos eram que nem vocês. Eram exatamente que nem vocês.

Meus olhos passam de criança em criança, por um instante fitando os olhos de cada um.

– E um dia, cada um desses garotinhos acordava com uma dor nas partes íntimas. E essas partes não saravam. E aí elas faziam metástase e iam pelas vesículas seminais até o abdômen de cada garotinho, e aí – eu falo – já era tarde demais.

Eis aqui os restos da minha formação na faculdade de medicina.

E eu falo que às vezes eles tentavam salvar o garotinho cortando o escroto, mas que isso era antes dos hospitais e dos remédios. No século dezoito, ainda chamavam esses tumores de "verrugas de fuligem".

– E essas verrugas de fuligem – eu falo pras crianças – foram o primeiro câncer que se inventou.

Aí eu pergunto: alguém sabe por que se chama *câncer*?

Nenhuma mão.

Eu falo:

– Não me façam chamar outra pessoa.

Lá no defumadouro, a srta. Lacey estava passando os dedos pelos chumaços de cabelo molhado e falou:

– E aí? – Como se fosse uma pergunta inocente, ela falou: – Você tem vida fora daqui?

Secando minhas axilas com minha peruca empoada, eu falo:

– Vamos parar de fingimento, pode ser?

Ela está enrolando a meia-calça que nem as mulheres fazem pra enfiar toda a perna e fala:

– Sexo anônimo que nem esse é sintoma de vício em sexo.

Eu prefiro me ver como um playboy, um cara tipo James Bond.

E a srta. Lacey fala:

– Bom, talvez o James Bond fosse um viciado em sexo.

Aqui eu vou ter que contar a verdade. Eu admiro os viciados. Num mundo onde todo mundo espera um desastre aleatório ou uma doença repentina, o viciado tem o conforto de saber o que provavelmente o aguarda lá no fim da estrada. Ele assumiu algum controle sobre sua sina, e seu vício faz a causa de sua morte deixar de ser surpresa total.

De certa forma, ser viciado é muita proatividade.

Um bom vício acaba com as conjecturas em relação à morte. *Tem como* você planejar a fuga.

E, falando sério, é bem coisa de mulherzinha achar que qualquer vida humana devia seguir sem parar.

Vide: Dra. Paige Marshall.

Vide: Ida Mancini.

A verdade é que sexo não é sexo a não ser que você tenha um parceiro a cada vez. A primeira vez é a única sessão em que seu corpo e mente estão lá. Até na segunda hora da primeira vez, sua cabeça pode começar a se perder. Você não ganha aquela qualidade anestésica completa do bom sexo anônimo de primeira.

"O que Jesus NÃO faria?"

Mas, em vez disso tudo, eu simplesmente menti pra srta. Lacey, e falei:

– Como eu faço pra te encontrar?

Falo pros alunos da quarta série que o câncer foi chamado assim porque quando ele começa a crescer dentro de você, quando rompe a pele, ele fica parecendo um caranguejo gigante. Aí o caranguejo se abre e dentro é tudo sangue e branco.

– Independentemente do que os médicos faziam – eu falo pras criancinhas em silêncio –, todo garotinho acabava sujo, doente, gritando de agonia. E quem sabe me dizer o que acontecia depois?

Nenhuma mão se ergue.

– É óbvio – eu falo. – Eles morriam.

E devolvo o atiçador ao fogo.

– Então. Alguma pergunta?

Nenhuma mão se levanta. Então eu conto pra eles das experiências de araque, dos cientistas que depilavam ratos e passavam neles esmegma dos cavalos. Supostamente era pra provar que prepúcios provocavam câncer.

Uma dúzia de mãos se levanta, e eu falo:

– Perguntem pra professora.

Que trabalho do cão devia ser depilar os pobres dos ratinhos. E aí achar um bando de cavalos que não tivessem feito circuncisão.

O relógio na cornija diz que nossa meia hora está quase acabando. Pela janela, Denny ainda está curvado no tronco. Ele tem só até a uma da tarde. Um cachorro de rua da aldeia para ao lado dele e levanta a perna, e o jorro amarelo fumegante vai direto no sapato de madeira do Denny.

– E além do mais – eu falo –, George Washington tinha escravos e não derrubou uma cerejeira e, na verdade, era mulher.

Enquanto eles se empurram pra sair, eu falo:

– E não vão mexer no meu mano lá no tronco.

Eu berro:

– E parem de sacudir os ovos, cacete!

Só pra jogar mais merda, falo pra eles perguntarem pro queijeiro por que os olhos dele são vermelhos e dilatados. Perguntar pro ferreiro sobre aquelas linhas nojentas que atravessam o braço dele. Eu grito pros monstrinhos infectados que qualquer verruga ou sarda que eles tenham é um câncer prestes a acontecer. Eu grito pra eles:

– A luz do sol é o seu inimigo. Não fiquem no lado da rua que tem sol.

Capítulo 29

Depois que o Denny se muda, eu encontro um bloco de granito sarapintado na geladeira. Denny carrega uns pedações de basalto, as mãos ficam manchadas de vermelho do óxido de ferro. Ele enrola o cobertorzinho rosa em volta dos paralelepípedos de granito preto e das pedras que o rio deixou lisinhas e placas de quartzito de mica cintilante, e as leva pra casa de ônibus.

Todos os bebês que o Denny adotou. Uma geração inteira, formando pilhas.

Denny carrega pra casa arenito e calcário, uma braçada rosa e fofa por vez. Ele tira a lama com a mangueira na entrada da garagem. Denny empilha as pedras atrás do sofá na sala de estar. E nos cantos da cozinha.

Toda vez que eu chego em casa de mais um dia duro no século dezoito tem uma rocha de lava gigantesca no balcão da cozinha, ao lado da pia. Um minipedregulho cinza na segunda prateleira da geladeira.

– Cara – eu falo. – Por que tem uma rocha na geladeira?

Denny está na cozinha, tirando pedras quentes e limpinhas da máquina de lavar pra passar o pano de prato. Ela fala:

– Porque essa prateleira é minha, você que disse.

Ele fala:

– E isso não é só uma rocha, é granito.

– Mas por que na geladeira? – eu falo.

E Denny fala:

– Porque o fogão já tá cheio.

O fogão está cheio de pedras. O freezer está lotado. Os armários da cozinha estão tão cheios que estão começando a ceder.

O plano era pegar só uma pedra por dia, mas Denny tem personalidade de viciado. Agora ele tem que carregar meia dúzia de pedras por dia até em casa, só pra manter o hábito. Todo dia a máquina de lavar gira e os balcões da cozinha estão com as toalhas de banho da minha mãe, as de visita, cobertas de pedras pra que sequem à temperatura ambiente. Pedras cinza e redondas. Pedras negras e quadradas. Pedras marrons e malhadas e rachadas. Calcário travertino. Cada leva que o Denny traz ele carrega na lava-louça e tem as pedras secas e limpinhas do dia anterior pra jogar no porão.

No início não dava pra ver o chão do porão por conta do monte de pedras. Aí as rochas começaram a se empilhar no último degrau. Aí o porão encheu até meia escada. Agora você abre a porta do porão e a pilha de rochas começa a transbordar pra cozinha. Enfim: não existe mais porão.

– Mano, esse lugar tá entupindo – eu falo. – Parece que a gente tá vivendo na parte de baixo duma ampulheta.

Como se estivéssemos ficando sem tempo.

Enterrados vivos.

Denny está com a roupa suja, seu colete se desmanchando embaixo dos braços, seu plastrão pendurado aos farrapos. Em cada ponto de ônibus, ele fica agarrado a uma trouxinha rosa no peito. Reacomoda cada carregamento quando os músculos dos braços começam a ficar dormentes. Depois de entrar no ônibus, Denny, com o rosto sujo, ronca encostado no metal tilintante do ônibus, ainda segurando o bebê.

No café da manhã eu falo:

– Mano, você falou que seu plano era *uma* pedra por dia.

E Denny fala:

– Mas eu não faço mais que isso. Só uma.

E eu falo:

– Mano, cê é *junkie.*

Eu falo:

– Não mente. Eu sei que cê tá nas dez pedras por dia.

Colocando uma pedra no banheiro, no armário dos remédios, Denny fala:

– Ok, é que eu me adiantei um pouquinho.

Tem pedras escondidas na caixa da privada, eu falo.

E falo:

– Só porque são pedras não quer dizer que não seja abuso de drogas.

Denny e seu nariz escorrendo, sua cabeça raspada, seu cobertor de bebê molhado de chuva, ele tá sempre tossindo nos pontos de ônibus. Ele fica trocando a trouxinha de um braço pro outro. Com a cabeça bem próxima, ele puxa a borda de cetim rosa do cobertor. Parece que é pra proteger melhor o bebê, mas na verdade é pra não mostrar que é um tufo vulcânico.

A chuva escorre pela parte de trás do seu chapéu tricórnio. As pedras rasgam os bolsos da sua calça.

Dentro das roupas, suado de carregar tanto peso, Denny está cada vez mais magro.

Arfando às voltas com o que parece ser um bebê, é só questão de tempo até que alguém do bairro mande prendê-lo por abuso e negligência com criança. Todo mundo tá sempre se coçando pra declarar que alguém é pai incapaz e botar a criança em um lar adotivo, mas, ei, tudo bem, foi o que aconteceu comigo.

Toda noite, eu chego em casa depois de uma longa noite, engasgando até a quase morte, e lá está o Denny com outra pedra. Quartzo, ágata, mármore. Feldspato, obsidiana, argilito.

Toda noite eu chego em casa depois de fazer os zés-ninguém virarem heróis, e a lava-louça está trabalhando. Ainda tenho que sentar pra fazer a contabilidade do dia, somar os cheques, enviar as cartas de agradecimento. Tem uma pedra na minha cadeira. Meus papéis e minhas coisas que ficam na mesa da sala de jantar: tudo coberto de pedras.

No início eu falei pro Denny: pedra no meu quarto não. Ele pode colocar as pedras onde quiser, fora meu quarto. Pode colocar nos corredores. Pode colocar nos armários. Depois disso começo a falar:

– Só não vai colocar pedra na minha cama.

– Mas você nunca dorme daquele lado – Denny fala.

Eu falo:

– A questão não é essa. Pedra na minha cama não, e ponto.

Chego em casa depois de horas de terapia grupal com Nico ou Leeza ou Tanya, e tem pedra dentro do micro-ondas. Tem pedra dentro da secadora de roupas. Pedra dentro da máquina de lavar.

Às vezes são três ou quatro da manhã e Denny está na entrada da garagem lavando uma pedra nova com a mangueira, às vezes uma pedra tão grande que ele tem que entrar com ela rolando. Aí ele a empilha em cima das outras pedras do quarto, do porão, do quarto da minha mãe.

Isso ocupa cem por cento da vida do Denny: trazer pedras pra casa.

No último dia de Denny no trabalho, quando ele foi banido, Sua Realeza Governante Colonial parou na porta da aduaneira e começou a ler de um livrinho de couro. Estava quase escondido por suas mãos, mas era de couro preto e as páginas tinham a borda dourada e fitas que pendiam do alto da lombada: uma fita preta, uma fita verde e uma fita vermelha.

– Como se impele a fumaça, assim tu os impeles; assim como a cera se derrete diante do fogo – ele leu –, assim pereçam os ímpios diante de Deus.

Denny chegou mais perto de mim e falou:

– Essa parte que fala de fumaça e de cera, acho que é de mim.

À uma da tarde, na praça principal, o Grão-Lorde Charlie, o Governador Colonial, lia pra nós, com a cabeça caída dentro do livrinho. Um vento frio desviava a fumaça de todas as chaminés. As ordenhadeiras estavam lá. Os sapateiros estavam lá. O ferreiro estava lá. Todos eles de roupas e de cabelo, de hálito e de peruca fedendo a haxixe. Fedendo a erva. Todos com aqueles olhões vermelhos, chapadões.

A patroa Landson e a mestra Plain choram nos aventais, mas só porque chorar está nos requisitos do cargo. Uma guarda de homens fica parada com mosquetes nas duas mãos, prontos pra escoltar Denny às terras ermas do estacionamento. A bandeira colonial estalando, a meio mastro no alto do telhado da aduaneira. Uma multidão de turistas assistindo a tudo com as câmeras. Comem pipoca de caixas com galinhas mutantes bicando migalhas a seus pés. Chupam o algodão-doce dos dedos.

– Em vez de me banir – o Denny berra –, que tal me apedrejar?

Ele fala:

– Quer dizer, uma pedrinha que fosse ia ser um baita presente de despedida.

Todos os colonos chapados deram um pulo quando Denny falou em "pedrinha". Olharam pro Governador Colonial, aí olharam pros pés, e levou um tempinho até o vermelho sair do rosto.

– Entregamos assim seu corpo à terra, a tornar-se corrupção... – o governador lia, enquanto um jato passava, rugindo, preparando-se pra aterrissar, abafando o discursinho dele.

O guarda escoltou Denny até os portões da Dunsboro Colonial, duas filas de homens com armas marchando e Denny entre elas. Passaram os portões, passaram o estacionamento e foram marchando até um ponto de ônibus à beira do século vinte e um.

– Então, mano – eu berro dos portões da colônia –, agora que cê morreu, o que cê vai fazer com tanto ócio?

– O que importa é o que eu *não* vou fazer – Denny diz. – E pode crer que o que eu não vou fazer é aprontar.

Ou seja, ele ia caçar pedras em vez de bater punheta. De ficar tão ocupado, faminto, cansado e pobre, não vai sobrar energia pra ele caçar pornografia e espancar o palhacinho.

Na noite em que ele é banido, Denny aparece na casa da minha mãe com uma pedra no colo e um policial a tiracolo. Denny limpa o nariz na manga.

O tira fala:

– Com licença. Você conhece este homem?

Então o tira fala:

– Victor? Victor Mancini? E aí, Victor, como é que tá? Quer dizer, como é que anda a vida? – E ele estende aquela palma da mão grande e gorda na minha cara.

Entendo que o tira quer que eu bata ali com a minha mão, e é o que eu faço, mas tenho que dar um pulinho porque ele é muito alto. Ainda assim, minha mão não acerta. Aí eu falo:

– Isso, este é o Denny. Tá tudo legal. Ele mora aqui.

Olhando pro Denny, o tira fala:

– Olha só isso. Eu salvo a vida do cara e ele nem lembra de mim.

Mas claro.

– Aquela vez que eu quase engasguei! – eu falo.

E o tira fala:

– Lembrou!

– Bom – eu falo –, obrigado por trazer o velho Denny aqui são e salvo. – Puxo Denny pra dentro e vou fechar a porta.

E o tira fala:

– Tá tudo legal, Victor? Está precisando de alguma coisa?

Eu vou à mesa da sala de estar e escrevo o nome num papelzinho. Entrego pro policial e falo:

– Você tem como deixar a vida desse cara um inferno na terra? Dá pra você mexer uns pauzinhos pra ele ter uma inspeção retal?

O nome no papel é do Grão-Lorde Charlie, o Governador Colonial.

"O que Jesus NÃO faria?"

E o tira sorri e fala:

– Vou ver o que eu consigo.

E fecho a porta na cara dele.

Agora Denny começa a arfar contra o chão, e ele pergunta se eu tenho uns mangos pra lhe dar. Tem um naco de silhar de granito numa loja de pedras. Boa pedra de construção, pedra com boa força de compressão, tão cara a tonelada, e Denny acha que consegue uma por dez mangos.

– Pedra é pedra – ele fala –, mas pedra quadrada é uma bênção.

A sala de estar parece que foi tomada por uma avalanche. Primeiro as pedras estavam em volta do sofá. Aí os aparadores ficaram entulhados; só os abajures metiam a boca pra fora do meio das pedras. Granito e arenito. Pedras cinza, azuis, pretas, marrons. Em alguns recintos, caminhamos corcundas pra não bater no teto.

Então eu pergunto o que ele vai construir.

E Denny fala:

– Me dá dez mangos que eu deixo você ajudar.

– Tanta pedra imbecil – eu falo. – Qual é a tua meta?

– Não é questão de fazer uma coisa – Denny fala. – O que importa é só o *fazer*, sabe, o processo.

– Mas o que você vai fazer com tanta pedra?

E Denny fala:

– Só vou saber quando tiver o suficiente.

– Mas quanto é o suficiente? – eu pergunto.

– Sei lá, mano – Denny fala. – Só quero que meus dias nessa vida rendam alguma coisa.

Do mesmo jeito que cada dia da sua vida pode sumir na frente da televisão, Denny diz que quer uma pedra que represente cada dia. Uma coisa tangível. Só uma. Um pequeno monumento pra marcar o fim de cada dia. Cada dia que ele não passa batendo punheta.

"Lápide" não é a palavra certa, mas é a primeira que me ocorre.

– Assim, quem sabe minha vida vai dar em alguma coisa – ele fala. – Alguma coisa que dure.

Eu falo que precisava ter um programa de doze passos pra viciados em pedra.

E Denny fala:

– Como se fosse ajudar.

Ele fala:

– Quando foi a última vez que você pensou no seu passo quatro?

Capítulo 30

A Mamãe e o boçalzinho, o imbecil, uma vez eles foram parar num zoológico. Era um zoológico tão famoso que era cercado por um vasto estacionamento. Era numa dessas cidades onde só dá pra ir de carro, e uma fila de crianças e mães aguardavam pra entrar com o dinheiro na mão.

Isso aconteceu depois do alarme falso na delegacia, quando os investigadores deixaram o garoto ir procurar o banheiro por conta própria, e, na frente da delegacia, estacionada na calçada, lá estava a Mamãe dizendo:

– Quer me ajudar a libertar os animais?

Foi na quarta ou quinta vez que ela voltou pra buscá-lo.

Isso é o que os tribunais viriam a chamar de "abuso de propriedade municipal".

Naquele dia, o rosto da Mamãe parecia igual ao daqueles cachorros que o canto do olho vira pra baixo e o excesso de pele sobre ele o faz parecer sonolento.

– Maldito são-bernardo – ela dizia com o retrovisor apontado pra si.

Ela tinha conseguido uma camiseta que começou a usar sempre e que dizia *Encrenqueira*. Era nova, mas já tinha mancha de sangue na manga.

As outras mães e crianças ficavam só conversando.

A fila demorou muito, muito tempo. Não se via polícia ao redor.

Enquanto eles estavam lá, a Mamãe disse que se você quiser ser a primeira pessoa a embarcar no avião e ir com seu bichinho de estimação é fácil de conseguir as duas coisas. As companhias aéreas são obrigadas a deixar os malucos carregarem os bichos no colo. O governo obriga.

Mais uma informação relevante pra sua vida.

Aguardando na fila, ela deu alguns envelopes e etiquetas de endereço pro garoto colar. Depois, ela deu cupons e cartas pra ele dobrar e colocar dentro.

– É só falar com o pessoal da companhia aérea – ela falou – e dizer que você precisa levar seu "animal de conforto".

Era exatamente assim que as companhias aéreas chamavam. Podia ser um cachorro, um macaco, um coelho. Gato, de jeito nenhum. O governo considera que gato não conforta ninguém.

A companhia aérea não pode pedir comprovação de que você é maluco, a Mamãe falou. Seria discriminação. Você não pede pra cego provar que é cego.

– Quando se é louco – ela falou –, sua aparência ou seus atos não são culpa sua.

Os cupons diziam: *Vale uma refeição grátis no Clover Inn.*

Ela disse que loucos e aleijados podem escolher lugar no avião, por isso você e seu macaco vão ficar bem na frente da fila, não interessa quanta gente tenha chegado antes. Ela torceu a boca de lado e fungou forte por aquela narina, aí torceu pro outro lado e fungou de novo. Uma mão estava sempre no nariz, tocando, coçando. Ela beliscou a ponta dele. Cheirou embaixo das unhas, novas e brilhosas. Olhou pro céu e fungou uma gota de sangue que escorria. Os loucos, ela falou, têm todo o poder nas mãos.

Ela deu selos pra ele lamber e colar nos envelopes.

A fila andava um pouquinho a cada vez, e no guichê a Mamãe falou:

– Consegue um lenço pra mim, por favor?

Ela entregou os envelopes selados pelo guichê e falou:

– Você se importa de despachar isto para nós?

Dentro do zoológico havia bichos atrás de grades, atrás de plásticos grossos, atrás de valas profundas cheias d'água, e a maioria deles ficava esparramada no chão, se apoiando em suas pernas traseiras.

– Pelo amor de Deus – falou a Mamãe, e falou alto. – Dão um espaço bem limpinho pro animal selvagem, um lugar legal e seguro pra ele viver, dão um monte de comida saudável – ela falou –, e é assim que ele te recompensa.

As outras mães se curvaram pra falar no ouvido dos seus filhos, depois os puxaram pra ir ver outros bichos.

Na frente deles, macacos se balançavam e espirravam jorros de gosma branca. A gosma escorria pela parte de dentro das janelas de plástico. Lá já se via gosma velha, tão salpicada e seca que virava transparente.

– Se você tirar a briga pela sobrevivência, o que sobra é isso – disse a Mamãe.

Sabe como as fêmeas dos porcos-espinhos se aliviam?, ela falou enquanto eles assistiam; elas montam num pedaço de pau. Igual a bruxa voando na vassoura, as fêmeas roçam nesse pau até que ele fique fedido e gosmento de mijo e caldo das glândulas. Depois que está bem fedido, elas nunca trocam por outro pau.

Ainda assistindo à porco-espinho fêmea montada no pau, a Mamãe falou:

– Sutil metáfora.

O garotinho os imaginou libertando todos os animais. Os tigres, os pinguins, todos brigando. Os leopardos e os rinocerontes se mordendo. O bostinha estava fogoso de pensar naquilo.

– A única coisa que nos separa dos bichos – ela falou – é que temos pornografia. Só mais símbolos – ela falou. Ela não sabia se isso nos tornava animais melhores ou piores.

Elefantes, a Mamãe falou, podem usar as trombas.

Macacos-aranha podem usar os rabos.

O garotinho só queria ver alguma coisa perigosa que desse errado.

– Masturbação – a Mamãe falou – é a única fuga que eles têm.

Até chegar na gente, pensou o garotinho.

Os animais em transe triste, os ursos e gorilas zarolhos, todos eles recurvados, os olhinhos vidrados quase fechados, quase sem respirar. As patinhas cansadas, gosmentas. Os olhos estavam encrostados.

Golfinhos e baleias se roçam no lado liso do tanque, a Mamãe falava.

Cervos roçam as galhadas na grama, ela falou, até chegarem ao orgasmo.

Bem na frente deles, um urso-do-sol soltou sua meleca nas pedras. Aí ele se esparramou de costas com os olhos fechados. Sua pocinha ficou ali, morrendo à luz do sol.

O garoto sussurrou: ele está triste?

– Pior – a Mamãe falou.

Ela falou de uma baleia-assassina que apareceu num filme e que foi realocada pra um aquário novo, mas não parava de sujar o tanque. Os tratadores ficaram com vergonha. Aconteceu tantas vezes que eles iam tentar libertar a baleia.

– Masturbando-se pela liberdade – falou a Mamãe. – Michel Foucault ia amar.

Ela disse que quando cachorros menino e menina copulam a cabeça do pênis do menino infla e os músculos da vagina da menina se contraem. Mesmo depois do sexo, os cães passam um tempinho travados, indefesos, tristes.

A Mamãe disse que a mesma situação serve pra descrever o casamento.

As últimas mães já tinham arrebanhado os filhos pra longe. Quando os dois ficaram totalmente a sós, o menino falou baixinho: como eles iam conseguir as chaves pra soltar todos os bichos?

E a Mamãe falou:

– Estou com elas aqui.

Em frente à jaula do macaco, a Mamãe colocou a mão na bolsa e tirou vários comprimidos, comprimidinhos redondos e roxos. Ela jogou as pílulas pelas barras e elas se espalharam ou saíram rolando. Alguns macacos desceram pra olhar.

Por um instante, com medo, sem sussurrar, o garoto falou:

– É veneno?

E a Mamãe riu.

– Nossa, *grande* ideia – ela falou. – Não, querido, não queremos libertar os macaquinhos *tanto* assim.

Agora os macacos se aglomeravam, comendo os comprimidos.

E a Mamãe falou:

– Relaxa, garotão. – Ela enfiou a mão na bolsa e tirou o tubo branco, o tricloroetano. – Isto aqui? – ela falou e colocou um dos comprimidinhos roxos na língua. – Isto aqui é o bom e velho LSD, do mais comum.

Então ela puxou o tubo de tricloroetano por um lado do nariz. Ou não. Pode ser que afinal nada disso tenha acontecido.

Capítulo 31

Denny já está sentado na borda do palco, no escuro, desenhando com o bloquinho amarelo no colo, três latinhas e meia de cerveja vazias na mesa do lado. Ele nem olha pra dançarina, uma morena de cabelo liso de quatro. Ela joga a cabeça de um lado pro outro, varrendo o palco com o cabelo, o cabelo roxo à luz vermelha. Ela passa a mão pra tirar o cabelo do rosto e engatinha até a beira do palco.

A música é uma techno dance ribombante misturada com *samplings* de latido de cachorro, alarme de carro, discursos de Hitler à juventude nazista. Tem barulho de vidro quebrando e de tiro. Tem barulho de mulheres gritando e de caminhão de bombeiros.

– Ô, Picasso – fala a dançarina, que deixa o pé pendendo na frente do Denny.

Sem erguer os olhos do bloquinho, Denny tira um dólar do bolso de trás e coloca entre os dedos do pé dela. No assento ao lado dele tem mais uma pedra enrolada num cobertor rosa.

Sério, quando a gente dança com alarme de incêndio, o mundo só pode ter dado errado. Alarme de incêndio não quer mais dizer incêndio.

Se houvesse um incêndio de verdade, eles mandariam alguém com uma bela voz anunciar: "Proprietário da camionete Buick, placa BRK 773, seus faróis estão acesos". No caso de um ataque nuclear de verdade, eles gritariam: "Telefone para Austin Letterman no balcão. Telefone para Austin Letterman".

O mundo não vai terminar nem com um gemido nem com um estrondo, mas com um anúncio discreto e de muito bom gosto: "Bill Rivervale, aguardando ligação, linha dois". E aí, nada.

A dançarina estende uma mão pra tirar o dinheiro de Denny do meio dos dedos. Ela está deitada de bruços, os cotovelos apoiados à beira do palco, apertando os peitos, e fala:

– Deixa eu ver como ficou.

Denny faz as linhas com pressa e vira o bloco pra ela ver.

E ela fala:

– Era pra ser eu?

– Não – Denny fala, e vira o bloco pra analisar também. – É pra ser uma coluna compósita igual às que os romanos faziam. Olha aqui – ele fala, e aponta pra alguma coisa com o dedo sujo de carvão –, olha só como os romanos combinavam as volutas das iônicas com as folhas de acanto coríntias, mas mantinham as proporções.

A dançarina: o nome dela é Cherry Daiquiri. A mesma da nossa última visita, mas agora o cabelo loiro foi tingido de preto. Na parte interna da coxa se vê um curativo redondinho.

Já estou indo olhar por cima do ombro de Denny e falo:

– Mano.

E Denny fala:

– Mano.

E eu falo:

– Parece que você passou de novo na biblioteca.

Falo pra Cherry:

– Que bom que você deu jeito naquela verruga.

Cherry Daiquiri gira o cabelo como um ventilador em volta da cabeça. Ela se abaixa, depois joga as longas madeixas negras sobre os ombros.

– E pintei o cabelo – ela fala. Ela puxa alguns fios pra mostrar bem de perto, roçando entre os dedos.

Ela fala:

– Agora ficou preto.

Ela fala:

– Imaginei que seria mais seguro, depois que você disse que as loiras têm mais câncer de pele.

Eu fico balançando cada garrafa da mesa, tentando encontrar uma que ainda tenha cerveja, e olho pro Denny.

Denny desenha, não me ouve, não está aqui.

Epistílios toscanos compostos no entablamento... Algumas pessoas só deviam poder entrar na biblioteca se tivessem uma receita médica. Sério, livro de arquitetura é a pornografia do Denny. Sim, começou com as pedras. Depois, abóbadas em leque com rendilhado. O que eu quero dizer é: estamos nos Estados Unidos. Você começa com uma punheta e chega na orgia. Fuma um baseado e de repente vai pra heroína na veia. É a nossa cultura do maior, melhor, mais forte, mais rápido. A palavra-chave é progresso.

Nos Estados Unidos, se o seu vício não estiver sempre renovado e melhorado, você é um fracasso.

Dou tapinhas na cabeça olhando pra Cherry. Aí aponto o dedo pra ela. Pisco e falo:

– Garota esperta.

Ela está tentando dobrar um pé atrás da cabeça e fala:

– Não existe excesso de precaução.

A moita dela ainda está raspada, a pele rosa sardentinha. As unhas do pé ainda são prata. A música muda pra uma rajada de metralhadora, aí um silvo de bombas caindo, e Cherry fala:

– Minha pausa. – Ela acha a fenda na cortina e volta pros bastidores.

– Olha só a gente, mano – eu falo. Encontro a última garrafa de cerveja, quente.

Falo:

– Mulher só precisa ficar pelada que a gente dá dinheiro. Por que a gente é tão escravinho?

Denny vira a página do bloco e começa um desenho novo.

Passo a pedra dele pro chão e me sento.

Estou cansado, eu falo. Parece que tem sempre mulher mandando em mim. Primeiro a minha mãe, agora a dra. Marshall. Entre as outras tem Nico, Leeza, Tanya, todas que eu tenho que satisfazer. Gwen, que nem me deixou estuprá-la. Elas só pensam nelas. Acham que os homens são obsoletos. Inúteis. Como se fôssemos só um apêndice sexual.

Só aparelhos conectados numa ereção. Ou uma carteira ambulante.

De agora em diante, eu não cedo mais.

Vou fazer greve.

De agora em diante, as mulheres que abram as portas.

Elas que paguem a conta.

Não ajudo mais em mudança de sofás gigantes e pesados, nunca mais.

Também chega de abrir potes.

E nunca mais eu vou abaixar o assento da privada.

Porra, de agora em diante eu vou mijar em tudo que é assento.

Com os dois dedos, faço pra garçonete o sinal universal de dois. Mais duas cervejas, por favor.

Eu falo:

– Quero ver as mulheres se virando sem mim. Quero ver o mundinho feminino delas parar total.

A cerveja quente tem o gosto da boca do Denny, dos dentes dele, da manteiga de cacau, eu tô precisando muito beber uma.

– E sério – eu falo –, se o navio estiver afundando, eu que vou primeiro no bote salva-vidas.

Não precisamos de mulheres. Dá pra transar com um monte de coisas. É só ir nas reuniões dos sexólatras e tomar nota. Tem os melões passados pelo micro-ondas. O apoio do cortador de grama, bem no nível da virilha. Aspiradores de pó. Pufes. A internet. Os velhões rondando nas salas de chat fingindo que são meninas de dezesseis anos. Sério, os velhões do FBI são as melhores gatinhas das salas de chat.

Me mostra uma coisa nesse mundo, por favor, que é o que você pensa que é.

Falo pro Denny, esse sou eu falando, eu digo:

– As mulheres não querem direitos iguais. Elas têm mais poder na *opressão*. Elas *precisam* que os homens sejam a vasta conspiração opositora. A base da identidade delas é isso aí.

E Denny gira a cabeça na minha direção, como se fosse uma coruja, me olha, os olhinhos estreitos embaixo das sobrancelhas, e fala:

– Mano, você tá perdendo o controle.

– Não, é sério – eu falo.

Falo que eu queria matar o cara que inventou o vibrador. Matava mesmo.

A música muda pra uma sirene de ataque aéreo. Aí entra outra dançarina, brilhando rosa dentro de um baby doll, moita e peitos quase à mostra.

Ela solta uma alça pelo ombro. Chupa o indicador. A outra alça cai do ombro, e a lingerie não cai no pé só por causa dos peitos.

Denny e eu ficamos assistindo, aí a lingerie cai.

Capítulo 32

Quando um guincho da oficina chega, a menina da recepção precisa sair pra recebê-lo, então eu falo pra ela: claro que eu cuido da recepção.

É sério, quando o ônibus me largou hoje no St. Anthony's, eu vi que dois pneus do carro dela estavam no chão. Os dois pneus traseiros estavam afundados, falei pra ela, me obrigando a manter contato visual o tempo todo.

O monitor mostra a sala de jantar, onde mulheres idosas almoçam purês em vários tons de cinza.

O seletor do interfone está no número um, e ouve-se música de elevador e água correndo em algum lugar.

O monitor mostra a sala de atividades, vazia. Passam dez segundos. Aí a sala de recreação, televisão desligada. Dez segundos depois, a biblioteca, onde Paige empurra a cadeira de rodas da minha mãe pelas estantes de livros velhos e gastos.

Com o controle do interfone, eu giro o seletor até ouvi-las no número seis.

– Eu queria ter coragem de não lutar e duvidar de tudo – minha mãe fala. Ela estende a mão e toca a lombada do livro. – Eu queria, só uma vez, eu queria dizer: "*Este.* Este é bom. Só porque *eu* escolhi".

Ela tira o livro, olha a capa e enfia o livro na prateleira de novo, fazendo não com a cabeça.

E, do alto-falante, arranhada e abafada, a voz da minha mãe fala:

– Como você decidiu virar médica?

Paige dá de ombros.

– Você tem que trocar a juventude por alguma coisa...

O monitor faz o ciclo até uma cena da área de carga e descarga, vazia, atrás do St. Anthony's.

Agora em off, a voz da minha mãe fala:

– Mas como você assumiu esse compromisso?

E a voz em off de Paige fala:

– Não sei. Um dia eu resolvi que ia ser médica... – E passa pra outra sala.

O monitor passa pro estacionamento da frente, onde um guincho está parado e o motorista se ajoelha ao lado de um carro azul. A menina da recepção fica de lado com os braços cruzados.

Eu giro o seletor de número em número, ouvindo.

O monitor passa e me mostra sentado com um ouvido no alto-falante do interfone.

No número cinco, tem os estalos de alguém digitando. No oito, o zunido de um secador de cabelo. No dois, ouço a voz da minha mãe falar:

– Sabe aquele velho ditado: "Quem esquece o passado está condenado a repeti-lo"? Bom, acho que quem se *lembra* do passado está ainda pior.

Em off, Paige fala:

– Quem se lembra do passado tende a lembrar tudo errado.

O monitor muda e as mostra descendo o corredor, um livro aberto no colo da minha mãe. Mesmo em preto e branco dá pra ver que é o diário dela. E ela o lê, sorrindo.

Ela ergue o olhar, virando-se pra Paige atrás da cadeira de rodas, e fala:

– Na minha opinião, quem lembra o passado fica paralisado por ele.

E Paige segue empurrando-a, falando:

– Que tal: "Quem consegue esquecer o passado está muito à frente do resto"?

E as vozes delas somem de novo.

Tem alguém roncando no número três. No número dez, o ranger de uma cadeira de balanço.

O monitor segue o ciclo e mostra o estacionamento da frente, onde a menina assina alguma coisa numa prancheta.

Antes de eu reencontrar Paige, a menina da recepção volta, dizendo que os pneus não têm problema nenhum. Ela me olha de lado, de novo.

"O que Jesus NÃO faria?"

O que aconteceu foi que algum babaca simplesmente os esvaziou.

Capítulo 33

Quarta-feira é Nico.

Sexta é Tanya.

Domingo é Leeza, que eu encontro no estacionamento do centro comunitário. A duas portas de distância da reunião dos sexólatras, a gente gasta um esperma no quartinho de limpeza, um esfregão bem do nosso lado, enfiado num balde de água cinza. Leeza se apoia em caixas de papel-toalha e eu meto naquela bundinha com tanta força que a cada estocada ela bate a cabeça numa prateleira cheia de panos. Lambo o suor das costas dela só pra sentir o barato da nicotina.

Essa é a vida mundana que eu conhecia. Bem o sexo violento e bagunçado, daqueles que a gente quer antes forrar o chão com uns jornais. Sou eu tentando colocar as coisas no lugar que estavam, antes da Paige Marshall. *Revival.* Eu tentando reconstruir como minha vida funcionava até poucas semanas atrás. Como minha disfunção funcionava, e funcionava que era uma maravilha.

Pergunto pras costas com os restos de cabelo da Leeza:

– Se eu ficar carinhoso demais você me diz, né?

Puxando o quadril dela pra mim, eu falo:

– Diga a verdade.

Fico metendo num ritmo regular, e pergunto:

– Você não acha que estou ficando molenga, acha?

Pra não gozar, imagino acidentes de avião, pisar na merda.

Com meu cão queimando, imagino fotos de acidentes de carro e de tiro à queima-roupa. Pra não sentir nada, continuo enfiando.

Enfiando o pau, enfiando os sentimentos. Quando você é sexólatra, é tudo a mesma coisa.

Todo enfiado, eu começo a segurá-la. Apontando duro, coloco as mãos por baixo dela e torço os mamilos bem durinhos.

E suando sua sombra marrom-escura na caixa marrom-clara de papel higiênico, Leeza fala:

– Relaxa.

Ela fala:

– O que cê tá tentando provar?

Provar que eu sou um babaca insensível.

Que eu não me importo.

"O que Jesus NÃO faria?"

Leeza, a Leeza e seu formulário de três horas de indulto, ela pega a caixa de papel higiênico e tosse e retosse, e minhas mãos sentem o abdômen dela se contrair que nem rocha, se encrespando entre meus dedos. Os músculos do seu assoalho pélvico, o músculo pubococcígeo, que chamam de músculo PC para abreviar, tem um espasmo e o aperto que provoca no meu cão é uma coisa incrível.

Vide: Ponto de Gräfenberg.

Vide: Ponto da Deusa.

Vide: Ponto Sagrado Tântrico.

Vide: Pérola Negra Taoísta.

Leeza abre as mãos contra a parede e se joga em mim.

São todos nomes da mesma coisa, todos são símbolos de uma coisa que existe. A Rede Feminista de Centros de Saúde chama de esponja uretral. Regnier de Graaf, anatomista holandês do século dezessete, chamou essa massa de tecidos eréteis, nervos e glândulas de próstata feminina. Todos esses nomes pra cinco centímetros de uretra que dá pra sentir pela parede dianteira da vagina. A parede anterior da vagina. Que alguns chamam de colo da bexiga.

Tudo isso é o mesmo território em forma de feijãozinho que todo mundo quer batizar.

Fincar sua bandeira. Seu símbolo.

Pra não gozar, imagino aula de anatomia do primeiro ano, dissecando as duas perninhas do clitóris, a crura, cada uma do comprimento do indicador. Imagine você dissecando o corpo cavernoso, os dois cilindros de tecido erétil do pênis. Cortamos fora os ovários. Removemos os testículos. Você se apoia pra cortar os nervos e deixa eles de lado. Cadáver fede a Formalina, formaldeído. Cheiro de carro novo.

Com essa coisa de cadáver em mente, dá pra você meter horas sem chegar a lugar nenhum.

Dá pra você matar uma vida inteira sem sentir nada além de pele. É a magia que têm as gatinhas sexólatras.

Quando se é viciado, você consegue não sentir nada além de embriaguez ou doideira ou fome. Mas quando se compara isso a outras sensações, como tristeza, raiva, medo, preocupação, desespero e depressão, bom, o viciado não fica tão mal na fita. Parece até uma opção viável.

Segunda-feira eu fico em casa depois do trabalho e repasso as fitas antigas da minha mãe, as das sessões de terapia. Dois mil anos de mulheres na prateleira. A voz da minha mãe, calma e profunda, igual a quando eu era um merdinha.

O bordel do subconsciente.

Histórias de ninar.

Imagine algo bem pesado contra o seu corpo, assentando sua mão e braços, cada vez mais fundo nas almofadas do sofá. A fita tocando em fones de ouvido, lembre-se de dormir sobre a toalha.

Tem o nome Mary Todd Lincoln numa sessão gravada.

Não pode ser. Muito feia.

Vide: A sessão Wallis Simpson.

Vide: A sessão Martha Ray.

As três irmãs Brontë. Não mulheres de verdade, mas símbolos, nomes que são cascas vazias nas quais você pode se projetar, pra preencher com estereótipos e clichês históricos, a pele alva e as anquinhas, os sapatos de botão e as saias rodadas. Totalmente peladas a não ser pelos espartilhos de barbatanas de baleia e toucas de crochê, aqui estão Emily e Charlotte e Anne Brontë, nuas, enfastiadas, lânguidas, sobre canapés de crina de cavalo em uma fétida tarde de calor no salão. Símbolos sexuais. Você completa o resto, os objetos de cena e as posições, a escrivaninha com cortina, o harmônio. Insira-se como Heathcliff ou sr. Rochester. Coloque a fita e relaxe.

Como se pudéssemos imaginar o passado. O passado, o futuro, a vida em outros planetas, tudo é extensão, tudo é projeção da vida como a conhecemos.

Eu trancado no meu quarto, Denny vem e vai.

Como se fosse mais um acidente, como se fosse por inocência, eu me pego procurando os Marshalls na lista telefônica. Ela não aparece. Depois do trabalho, de noite, pego o ônibus que passa pelo St. Anthony's. Ela nunca aparece nas janelas. Passando rápido, não dá pra saber qual é o carro dela no estacionamento. Não desço do ônibus.

Se eu ia cortar os pneus dela ou se ia deixar uma carta apaixonada, eu não sei.

Denny vem e vai, e a cada dia tem menos pedras em casa. E se você não vê uma pessoa todos os dias, você vê essa pessoa mudar. Eu assistindo de uma janela do andar de cima, o Denny vai e vem com pedras cada vez maiores e melhores num carrinho de compras, e todo dia o Denny parece um pouco maior dentro da camisa xadrez. O rosto dele fica corado, peito e ombros se enchem pra esticar o xadrez, de um jeito que ele não fica todo amarrotado. Ele não está grande, mas está maior, grande pros padrões do Denny.

Assistindo Denny da janela, eu sou uma rocha. Sou uma ilha.

Eu grito: precisa de ajuda?

Na calçada, Denny olha em volta, abraçando uma pedra contra o peito.

– Aqui em cima – eu falo. – Você precisa que eu te ajude?

Denny carrega a pedra pro carrinho de compras e dá de ombros. Ela balança a cabeça e olha pra mim, uma mão cobrindo os olhos.

– Não preciso de ajuda – ele fala –, mas, se quiser, pode me ajudar.

Deixe estar.

Quero ser necessário.

Quero ser indispensável pra outra pessoa. Preciso de alguém que vá consumir todo meu tempo livre, meu ego, minha atenção. Alguém viciado em mim. Um vício mútuo.

Vide: Paige Marshall.

Assim como uma droga pode ser ruim e boa.

Você não come. Você não dorme. Comer a Leeza não é comer. Dormir com Sarah Bernhardt não é dormir de verdade.

A magia do vício em sexo é que você nunca sente fome nem cansaço nem tédio nem solidão.

Os novos cartões se empilham na mesa da sala de jantar. Os cheques e felicitações de um bando de estranhos que querem acreditar que são heróis de alguém. Que se acham necessários. Uma mulher me escreve pra dizer que começou uma corrente de oração pra mim. Um esquema em pirâmide espiritual. Como se pudesse formar uma gangue para atacar Deus. Botar medo n'Ele.

A linha tênue entre rezar e incomodar.

Na terça-feira à noite, uma voz na secretária eletrônica pede minha permissão pra levar minha mãe ao terceiro andar do St. Anthony's, o andar pra onde vai quem morre. A primeira coisa que eu ouço é que não é a voz da dra. Marshall.

Berrando contra a secretária eletrônica, eu respondo: claro. Leva a vaca lá pra cima. Deixa ela bem confortável. Só que eu não pago por heroísmo. Tubo de alimentação. Respirador. Eu podia ser mais legal na minha reação, mas tem o jeito suave que a administradora fala comigo, o sussurro na sua voz. O jeito como ela presume que eu sou uma pessoa legal.

Falo pra suave vozinha gravada pra só me ligar de novo caso a sra. Mancini esteja mortinha da silva.

Exceto quando estou dando um golpe pra garfar uma grana, prefiro que me odeiem a sentirem pena de mim.

Não fico com raiva de ouvir isso. Não fico triste. Tudo que eu ainda sinto é tesão.

E quarta-feira é a Nico.

No banheiro feminino, com a superfície macia do seu osso púbico socando meu nariz, ela se esfrega e se lambuza subindo e descendo na minha cara. Durante duas horas, Nico cruza os dedos atrás da minha nuca e puxa meu rosto nela até eu engasgar de pelo pubiano.

Ao lamber os pequenos lábios dela, estou lambendo as dobras da orelha da dra. Marshall. Respirando pelo nariz, estico a língua em busca da salvação.

Quinta-feira a primeira é Virginia Woolf. Depois é Anaïs Nin. Depois sobra tempo pra uma sessão com Sacajawea antes de ficar de manhã e eu ter que ir trabalhar lá em 1734.

Enquanto isso, vou anotando meu passado num caderno. Sou eu fazendo meu passo quatro, meu inventário moral completo e sem medo.

Sexta-feira é a Tanya.

Na sexta, não há mais pedras na casa da minha mãe.

Tanya aparece lá em casa, e com a Tanya é anal.

A magia de botar na bunda é que ela é tão apertadinha que sempre parece virgem. E Tanya traz brinquedos. Bolinhas e varas e sondas, todas fedendo a alvejante, e ela anda com eles por aí numa bolsa de couro preto que fica no porta-malas do carro. Tanya mexe no meu cão com uma mão e a boca enquanto aperta a primeira bolinha de uma longa fileira de bolas de borracha vermelhas e graxentas contra o meu alçapão.

De olhos fechados, tento relaxar.

Inspire. Depois expire.

Pense no macaco com as castanhas.

Devagar e constante, entra depois sai.

Enquanto Tanya enfia a primeira bola em mim, eu falo:

– Você ia me dizer se eu ficasse muito carente, não ia?

E a primeira entra.

– Por que não acreditam em mim – eu falo – quando eu falo que não me importo com nada?

E a segunda bola entra.

– Eu não consigo dar importância pra porra nenhuma – eu falo.

Entra mais uma bolinha.

– Eu não vou me magoar outra vez – eu falo.

Outra coisa entra em mim.

Tanya ainda gargolejando meu cão, faz um punho em volta do fio pendurado e puxa.

Imagine uma mulher puxando suas tripas pra fora.

Vide: Minha mãe moribunda.

Vide: Dra. Paige Marshall.

Tanya puxa de novo, e meu cão goza, os soldadinhos brancos escorrendo contra o papel de parede do quarto, atrás da cara dela. Ela puxa de novo e meu cão começa a tossir seco, sem parar.

Ainda gozando seco, eu falo:

– Porra. Sério, essa eu *senti*.

"O que Jesus NÃO faria?"

Recurvado, com minhas duas mãos na parede, os joelhos meio dobrados, eu falo:

– Calma aí, vai com cuidado.

Falo pra Tanya:

– Você não está dando partida num cortador de grama.

E com Tanya ajoelhada na minha frente, ainda olhando as bolas fedidas e oleosas no chão, ela fala:

– Ih, meu. – Ela puxa a cordinha de bolas vermelhas pra eu ver. – Era pra ter dez.

Tem só oito e um monte de fio sem nada.

Meu cu dói tanto que eu enfio o dedo lá e depois confiro se tem sangue. De tanto que dói, ia ser uma surpresa se não tivesse sangue por tudo.

E, rangendo os dentes, eu falo:

– Foi legal, não foi?

E Tanya fala:

– Preciso que você assine meu indulto pra voltar pra cadeia. – Ela está soltando o fio de bolinhas na bolsa preta. – Você vai ter que ir num pronto-socorro.

Vide: Impactação fecal.

Vide: Obstrução intestinal.

Vide: Cólicas, febre, choque séptico, insuficiência cardíaca.

Faz cinco dias que eu me lembro de ter fome pra comer. Não ando cansado. Nem preocupado, nem bravo, nem com medo nem com sede. Se tiver um cheiro ruim aqui, eu não vou notar. Só sei que é sexta-feira porque a Tanya veio.

Paige e o fio dental. Tanya e os brinquedinhos. Gwen e a senha. Todas essas mulheres me puxando pelos fiozinhos.

– Não, sério – eu falo pra Tanya. Assino o formulário onde diz *padrinho*. – Sério, nada de errado. Não sinto nada lá dentro.

E Tanya pega o fomulário e fala:

– Não acredito.

O engraçado é que eu acho que eu também não acredito.

Capítulo 34

Sem seguro nem carteira de motorista, chamo um táxi pra fazer o carro antigo da minha mãe pegar. Pelo rádio, eles falam onde está movimentado, um acidente com dois carros num viaduto, um caminhão-cegonha parado na via expressa pro aeroporto. Depois que encho o tanque, eu encontro um acidente e entro na fila. Só pra me sentir parte de alguma coisa.

Parado no trânsito, meu coração batia em velocidade regular. Não estou só. Preso, aqui, eu podia ser uma pessoa normal que vai pra casa, pra esposa, pros filhos, pro lar. Podia fingir que a vida é mais que ficar esperando o próximo desastre. Que eu sei operar na sociedade. Que nem as crianças "brincam de casinha", eu podia brincar de trabalhador voltando pra casa.

Depois do trabalho, eu vou visitar Denny no terreno baldio onde ele descarregou as pedras, a quadra do Residencial Menningtown Country onde ele está colando fileirinhas de pedra argamassa até fazer uma parede, e falo:

– E aí.

E Denny fala:

– Mano.

Denny fala:

– Como vai sua mãe?

E eu falo que não me importo.

Denny leva uma espátula de lama cinza e arenosa sobre a última fileira de pedras. Com a ponta de aço da espátula, ele remexe a argamassa até ela ficar nivelada. Com um pedaço de pau, ele alisa o encaixe entre as pedras.

Há uma garota sentada embaixo de uma macieira, tão perto que se vê que é Cherry Daiquiri, a dançarina da boate. Sentada em cima de um cobertor. Ela tira caixinhas de comida pra viagem de uma sacola marrom e abre cada uma.

Denny começa a acomodar as pedras na argamassa nova.

Eu pergunto:

– O que você está construindo?

Denny dá de ombros. Ele gira uma pedra marrom quadrada fundo na argamassa. Com a espátula, ele greta a argamassa entre duas pedras. Monta uma geração inteira de bebês até fazer uma coisa imensa.

Não precisava fazer antes no papel? Quer dizer, não precisa de uma planta? Porque tem alvarás, inspeções e tal. Tem que pagar taxas. Tem normas de construção que você precisa seguir.

E Denny fala:

– Como assim?

Ele fica revirando as pedras com o pé, aí encontra a melhor e encaixa no devido lugar. Não precisa de autorização pra pintar quadro, ele fala. Não precisa entregar planta pra escrever um livro. Há livros que causam mais problema do que ele poderia causar. Não tem que passar poema por uma inspeção. Existe uma coisa que se chama liberdade de expressão.

Denny fala:

– Não precisa de autorização pra ter filho. Então, por que precisa pagar autorização pra construir uma casa?

E eu falo:

– Mas e se você construir uma casa perigosa e feia?

E Denny fala:

– Bom, e se você criar uma criança perigosa e idiota?

E eu levanto meu punho entre nós e falo:

– Espero que não esteja falando de *mim*, mano.

Denny olha pra Cherry Daiquiri sentada na grama e fala:

– O nome dela é Beth.

– Não fica achando que a cidade vai cair nesse teu raciocínio de liberdade de expressão – eu falo.

E falo:

– Ela não é tão gostosa quanto cê acha.

Com a ponta da camiseta, Denny limpa o suor do rosto. Dá pra ver que o abdômen dele virou uma couraça. Ele fala:

– Cê tem que ir ver ela.

Mas eu tô vendo ela daqui.

– Tô falando da sua mãe – ele diz.

Ela não me reconhece mais. Ela não vai sentir minha falta.

– Não por ela – Denny fala. – Você tem que resolver isso por você.

Denny, os braços tremeluzem de sombras no ponto onde ele flexiona. Denny, agora com braços que esticam as mangas da camisa azeda. Os braços magrinhos parecem grandes. Os ombros caídos estão abertos. A cada fileira, ele tem que erguer as pedras um pouco mais.

Denny fala:

– Quer comer no chinês?

Ele fala:

– Você tá com uma cara de acabado.

Eu pergunto: agora ele está morando com a tal da Beth?

Pergunto se ela está grávida ou coisa assim.

Denny carrega uma grande pedra cinza com as duas mãos próximas à cintura, e dá de ombros. Há um mês, era uma pedra que nós dois mal conseguíamos carregar juntos.

Se ele precisar, eu falo que fiz o carro velho da minha mãe funcionar.

– Vai ver como tá a tua mãe – Denny fala. – Depois vem me ajudar.

Todo mundo na Dunsboro Colonial mandou oi, eu falo pra ele.

E Denny fala:

– Não mente pra mim, mano. Não sou eu que tá precisando de apoio.

Capítulo 35

Passando rápido as mensagens na secretária eletrônica da minha mãe, tem a mesma voz suave, sussurrada e compreensiva, que diz: "Condição deteriorando..." Que diz: "Crítica..." Que diz: "Mãe..." Que diz: "Intervenção..."

Eu fico apertando o botão de passar pra frente.

Pra hoje, ainda tenho na prateleira Colleen Moore, seja lá quem for. Tem Constance Lloyd, que sei lá quem é. Tem Judy Garland. Tem Eva Braun. Só sobrou a segunda classe.

A voz na secretária eletrônica para e recomeça.

– ... tenho ligado pras clínicas de fertilização listadas no diário de sua mãe... – diz a voz.

É Paige Marshall.

Eu rebobino.

– Alô, aqui é a dra. Marshall – ela fala. – Preciso falar com Victor Mancini. Por favor, avise ao sr. Macnini que tenho ligado pras clínicas de fertilização listadas no diário de sua mãe e que todas parecem legítimas. Até os médicos existem.

Ela fala:

– O mais estranho é que eles ficam bem contrariados quando eu pergunto de Ida Mancini.

Ela fala:

– Está começando a parecer que é mais que pura fantasia da sra. Mancini.

Uma voz de fundo fala:

– Paige?

Voz de homem.

– Ouça bem – ela fala. – Meu marido está aqui, então peço por favor a Victor Mancini que venha ao Centro de Atenção Especial St. Anthony's assim que possível.

A voz do homem fala:

– Paige? O que você está fazendo? Por que fica falando baixinho...

A ligação cai.

Capítulo 36

Então sábado é dia de visitar minha mãe.

Na entrada do St. Anthony's, conversando com a menina da recepção, falo que sou Victor Mancini e que vim ver minha mãe, Ida Mancini.

Eu falo:

– A não ser, né, que ela tenha morrido.

A menina da recepção me dá aquele olhar, aquele que você bota o queixo lá embaixo e olha pra pessoa com pena, muita pena. Você pende a cabeça pra baixo de um jeito que tem que erguer os olhos pra ver a pessoa. O olhar de submissão. Erga as sobrancelhas até a linha do cabelo. O olhar de dó infinito. Esprema a boca até fazer um rosto tristonho e você vai saber exatamente como a menina da recepção me olhava.

E ela fala:

– Claro que sua mãe ainda está conosco.

E eu falo:

– Não me leve a mal, mas eu meio que queria que não estivesse.

O rosto dela esquece por um segundo que é pra ela se sentir mal, e seus lábios se retraem pra mostrar os dentes. O jeito como a maioria das mulheres faz contato visual é passar a língua pelos lábios. As que não olham pra outro lado, sério, é batata.

É só você voltar, ela me fala. A sra. Mancini ainda está no primeiro andar.

É srta. Mancini, eu falo. Minha mãe não é casada, se você não me contar à moda Édipo.

Pergunto se Paige Marshall está.

– Claro que está – fala a menina da recepção, agora com o rosto virado um pouco de lado, me olhando só com o canto do olho. O olhar da desconfiança.

Passando as portas da segurança, com as loucas Irmas e Savernes, as Violets e Olives, que começam sua lenta migração nos andadores e cadeiras de rodas na minha direção. As peladas crônicas. As velhas chutadas e as esquilinhas, com os bolsos cheios de comida mastigada, as que se esqueceram como se engole, pulmões cheios de comes e bebes.

Todas elas sorriem pra mim. Reluzem. Todas usam os braceletes de plástico que não deixam as portas abrirem, mas ainda têm aparência melhor do que o que eu sinto.

Na sala de recreação, o cheiro de rosas e limão e pinho. Aquele mundinho barulhento de dentro da TV, pedindo atenção. Os quebra-cabeças destroçados. Por enquanto, ninguém levou minha mãe pro terceiro andar, o andar da morte, e em seu quarto Paige Marshall está sentada numa poltrona reclinável de *tweed*, lendo sua prancheta, de óculos, e quando me vê ela fala:

– Olha só você.

Ela fala:

– Sua mãe não é a única que anda precisando de tubo estomacal.

Eu falo que recebi a mensagem.

Minha mãe está lá. Está na cama. Está dormindo, só dormindo, o estômago é um montículo embaixo das cobertas. Só sobraram os ossos dos braços e das mãos. A cabeça afundando no travesseiro, ela comprime os olhos. Por um instante, os cantos da mandíbula inflam, quando os dentes apertam, e ela franze o rosto inteiro pra engolir.

Seus olhos caem abertos e ela estica os dedos cinza-esverdeados pra mim, de uma forma esquisita, como se estivesse submersa, natação em câmera lenta, trêmula como a luz no fundo da piscina, quando você é pequeno e passa a noite num motel à beira de uma estrada qualquer. O bracelete de plástico pende do pulso, e ela fala:

– Fred.

Ela engole em seco de novo, o rosto inteiro se contraindo com o esforço, e ela fala:

– Fred Hastings. – Os olhos giram pra um lado e ela sorri pra Paige. – Tammy – ela fala. – Fred e Tammy Hastings.

O antigo advogado de defesa e a esposa.

Todas as minhas anotações sobre ser Fred Hastings ficaram em casa. Não lembro se eu tenho um Ford ou um Dodge. Quantos filhos eu devia ter. Que cor que decidimos pra sala de jantar, enfim? Não lembro um único detalhe de como viver minha vida.

Paige ainda está sentada na poltrona. Eu chego mais perto, ponho uma mão no ombro de seu jaleco e falo:

– Como está se sentindo, sra. Mancini?

Aquela mão cinza-esverdeada horrenda sobe, nivelada, e pende pra um lado depois pro outro, sinal universal do mais ou menos. De olhos fechados, ela sorri e fala:

– Estava esperando o Victor.

Paige se remexe pra eu tirar a mão do ombro.

E eu falo:

– Achei que gostasse mais de mim.

Eu falo:

– Ninguém gosta muito do Victor.

Minha mãe estica os dedos na direção de Paige e fala:

– Você ama ele?

Paige olha pra mim.

– O Fred, esse aí – minha mãe fala –, você ama ele?

Paige começa a clicar e desclicar a esferográfica, com pressa. Sem olhar pra mim, olhando a prancheta no colo, ela fala:

– Amo.

E minha mãe sorri. Esticando os dedos na minha direção, ela fala:

– E você ama ela?

Talvez do mesmo jeito que a fêmea do porco-espinho tem consideração pelo pedaço de pau fedido, se é que dá pra chamar de amor.

Quem sabe do mesmo jeito que golfinho adora a parte lisa da piscina.

E eu falo:

– Acho que sim.

Minha mãe enfia o queixo no lado do pescoço, olhos em mim, e fala:

– Fred.

E eu falo:

– Ok, sim.

Eu falo:

– Eu amo.

Ela traz os dedos cinza-esverdeados de volta pro montículo de barriga e fala:

– Vocês têm muita sorte.

Ela fecha os olhos e fala:

– Victor não é muito bom em amar os outros.

Ela fala:

– A coisa que me dá mais medo é que, depois que eu me for, não vai sobrar ninguém no mundo que ame o Victor.

Velhas do cacete. Ruínas de ser humano.

Amor é besteira. Sentimento é besteira. Eu sou uma rocha. Um babaca. Sou um babaca insensível e com muito orgulho.

"O que Jesus NÃO faria?"

Se ficarmos na escolha entre não ser amado e ser vulnerável, sensível e emotivo, então pode ficar com esse teu amor.

Se o que eu acabei de falar sobre amar a Paige foi mentira ou uma jura, não sei. Mas foi de sacanagem. Só mais conversa de mulherzinha. Não existe alma humana, e, sério, com certeza, pode crer que eu não vou chorar, caralho.

Minha mãe, seus olhos ainda estão fechados e seu peito se expande e se contrai em ciclos compridos.

Inspire. Depois expire. Imagine algo pesado contra seu corpo, assentando sua cabeça e braços, cada vez mais fundo.

E ela dorme.

Paige se levanta da poltrona e faz sinal pra porta, e eu a sigo até o corredor.

Ela olha em volta e fala:

– Quer ir na capela?

Eu não estou muito a fim.

– Para conversar – ela fala.

Eu falo: tudo bem. Caminhando com ela, eu falo:

– Obrigado por aquilo lá. Por mentir, no caso.

E Paige fala:

– Quem disse que eu menti?

Quer dizer que ela me ama? Impossível.

– Ok – ela fala. – Acho que eu enfeitei um pouquinho. Eu gosto de você. Um pouco.

Inspire. Depois expire.

Na capela, entramos, Paige fecha a porta e fala:

– Sinta.

E leva minha mão contra seu estômago retinho.

– Conferi minha temperatura. Não é mais a minha hora.

Com a minha carga se armando por trás do sei lá o que nas tripas, eu falo pra ela:

– Ah é?

Eu falo:

– Bom, talvez eu tenha ganhado de você nesse quesito.

Tanya e seus brinquedinhos de bunda.

Paige se vira e vai embora, devagar. Ainda virada pro outro lado, ela fala:

– Não sei como falar desse assunto com você.

O sol passa pelo vitral, uma parede inteira em cem tons de ouro. A cruz de madeira clara. Símbolos. O altar e o comungatório, tudo ali. Paige senta num dos bancos e suspira. Uma das mãos agarra o alto da prancheta, e outra levanta os papéis presos pra mostrar algo vermelho lá embaixo.

O diário da minha mãe.

Ela me entrega o diário e fala:

– Você mesmo pode conferir se é verdade. Aliás, recomendo que confira. Pelo menos para você ficar em paz.

Pego o livro e dentro só vejo asneira. Ok, asneira em italiano.

E Paige fala:

– A única coisa de bom é que não existe garantia absoluta de que o material genético que eles usaram tenha sido da figura histórica.

Tudo o mais confere, ela fala. As datas, as clínicas, os especialistas. Até o pessoal da igreja com quem ela conversou insistiu que o material roubado, o tecido do qual a clínica fez a cultura, era o único prepúcio autenticado. Ela disse que aquilo virou um vespeiro político absurdo em Roma.

– A única outra coisa boa – ela fala – é que eu não contei pra ninguém quem você é.

Jesus Cristo, eu falo.

– Não, quem você é *agora* – ela fala.

E eu falo:

– Não, foi só interjeição.

A sensação é que eu acabei de receber o resultado de uma biópsia que deu coisa ruim. Eu falo:

– Então isso quer dizer o quê?

Paige dá de ombros.

– Se você parar pra pensar, nada – ela fala.

Ela aponta pro diário na minha mão e fala:

– Se você não quiser destruir sua vida, recomendo que queime isso aí.

Pergunto: como isso nos afeta, a ela e a mim?

– A gente não devia mais se ver – ela fala –, se é isso que você perguntou.

Pergunto: ela não acredita nessa pataquada, acredita?

E Paige fala:

– Eu vi você com as pacientes, como elas ficam em paz depois de falarem com você. – Sentada ali, ela inclina-se pra frente, os cotovelos nos joelhos e o queixo nas mãos, e fala: – Só não consigo aceitar que sua mãe esteja certa. Nem todo mundo com quem eu falei na Itália estava delirando. Porque... e se você for mesmo o belo e divino filho de Deus?

A abençoada e perfeita manifestação mortal de Deus.

Um arroto vem ribombando da minha obstrução e sinto um gosto azedo na boca.

"Enjoo matinal" não é o termo certo, mas é o primeiro que me ocorre.

– Então você tá me dizendo que só dá pros mortais? – eu falo.

E Paige se inclina pra frente, me lança aquele olhar de dó, o que a menina da recepção consegue fazer tão bem com o queixo enfiado no peito, as sobrancelhas batendo na linha do cabelo, e ela fala:

– Desculpe a minha intromissão. Prometo que não vou contar a ninguém.

E a minha mãe?

Paige suspira e dá de ombros.

– Fácil. Ela está delirando. Ninguém vai acreditar nela.

Não, eu quis dizer: ela vai morrer logo?

– Provavelmente – Paige fala. – A não ser que aconteça um milagre.

Capítulo 37

Ursula para pra recuperar o fôlego e olha pra mim. Ela sacode os dedos de uma mão, aperta o punho com a outra e fala:

– Se isso aqui fosse um pilão, já ia ter manteiga faz meia hora.

Eu falo: desculpe.

Ela cospe na minha mão, faz um punho na volta do meu cão e fala:

– Você não costuma ser assim.

No mais, não vou fingir que eu sei como sou.

Óbvio que é mais um dia de 1734 que se recusa a passar, por isso estamos no estábulo, jogados numa pilha de feno. Eu com meus braços cruzados atrás da cabeça, Ursula enrolada em mim. Não nos mexemos muito, senão o feno nos espeta pelas roupas. Nós dois olhamos pros caibros, as vigas e o trançado do fundo do telhado de sapê. Aranhas penduram-se em fios de teia.

Ursula começa a bater e fala:

– Viu o Denny na TV?

Quando?

– Ontem de noite.

Fazendo?

Ursula faz um não com a cabeça.

– Construindo sei lá o quê. Teve umas reclamações. Tem gente dizendo que é tipo uma igreja, mas ele não diz de que tipo.

É patético a gente não conseguir viver com o que não entende. Como tudo precisa ter rótulo, explicação, desconstrução. Mesmo que seja totalmente inexplicável. Mesmo Deus.

"Desativado" não é a palavra certa, mas é a primeira que me ocorre.

Não é uma igreja, eu falo. Jogo meu plastrão por cima do ombro e tiro a frente da minha camisa de dentro das calças.

E Ursula fala:

– Na TV dizem que é uma igreja.

Com as pontas dos dedos, começo a apertar meu umbigo, o *umbilicus*, mas a palpação é inconclusiva. Dou um tapinha e tento ouvir a variação no som que indique uma massa sólida. Mas é inconclusivo.

O grande músculo alçapão que não deixa a merda sair de você, os médicos chamam de *prateleira retal*. Quando você enfia uma coisa nessa prateleira, não tem como sair sem uma boa ajuda. Nos pronto-socorros, chamam essa ajuda de *manejo de corpo estranho colorretal*.

Pra Ursula eu falo, ela podia colocar o ouvido contra minha barriga e dizer se ouve alguma coisa.

– O Denny nunca foi bom da cabeça – ela fala, e se inclina pra encostar a orelha quentinha no meu umbigo. Umbigo. *Umbilicus*, como chamam os médicos.

Um paciente típico que apresenta corpo estranho colorretal é masculino com idade entre quarenta e cinquenta anos. O corpo estranho é quase sempre o que os médicos chamam de *autoadministrado*.

E Ursula fala:

– O que é pra eu ouvir?

Sons positivos do intestino.

– Borbulhamento, chiado, ronco, qualquer coisa – eu falo. Qualquer coisa que indique que um dia meu intestino vai se mexer, e que as fezes não estejam se acumulando atrás de alguma obstrução.

Como entidade clínica, a ocorrência de corpo estranho colorretal sobe drasticamente todo ano. Há relatos de corpos estranhos que ficaram anos estáticos sem perfurar o intestino nem causar complicações significativas da saúde. Mesmo que Ursula ouça alguma coisa, não vai ser conclusivo. O que precisava mesmo era de uma radiografia abdominal e uma proctossigmoidoscopia.

Imagine-se numa mesa de exame com os joelhos colados no peito, a posição que eles chamam de canivete. Suas nádegas estariam afastadas e mantidas assim com fita adesiva. Alguém aplicaria pressão periabdominal enquanto outra pessoa enfiaria duas pinças e tentaria manipulá-las transanalmente pra extrair o corpo estranho. Claro que tudo é feito com anestesia local. Claro que não tem ninguém rindo nem tirando fotos. Mas ainda assim.

Ainda assim. Estamos falando de mim.

Imagine a visão do sigmoidoscópio numa tela de TV, uma luz forte passando por um túnel apertado de tecido mucoso, úmido e rosa, entrando pelas trevas enrugadas até que aparece na TV e todo mundo vê: o cadáver do hamster.

Vide: A cabeça da Barbie.

Vide: A bolinha anal de borracha vermelha.

As mãos de Ursula pararam com o sobe e desce, e ela fala:

– Estou ouvindo seu coração.

Ela fala:

– Parece que você está assustado.

Não. De jeito nenhum, eu falo, pra mim tá tudo ótimo.

– Você não parece – ela fala, o bafo quente na minha região periabdominal.

Ela fala:

– Estou ficando com túnel do carpo.

– Você quis dizer *síndrome do túnel do carpo* – eu falo. – E não pode, porque só vão inventar isso na Revolução Industrial.

Pra impedir que o corpo estranho suba ainda mais pelo cólon, você pode fazer tração com um cateter de Foley e inserir um balão no cólon acima do corpo. Aí, você infla o balão. O mais comum é usar um aspirador acima do corpo estranho; geralmente, é o que se faz com garrafas de vinho ou de cerveja que a própria pessoa administrou em si.

Com o ouvido ainda na minha barriga, Ursula fala:

– Você sabe de quem é?

E eu falo: não tem graça.

Com garrafas autoadministradas pela ponta aberta, você primeiro insere um cateter de Robinson em volta da garrafa e deixa o ar passar por ela até romper o vácuo. Com as garrafas autoadministradas pela ponta fechada, insira um afastador na ponta aberta da garrafa, então encha a garrafa com gesso. Depois que o gesso assentar em volta do afastador, puxe-o pra tirar a garrafa.

Usar enemas é outro método, mas menos confiável.

Aqui com Ursula, nos estábulos, você começa a ouvir a chuva lá fora. A chuva tamborilando no sapé, a água correndo pela rua. A luz nas janelas está mais fraca, cinza escurecido, e tem o borrifo rápido e repetitivo de alguém correndo pra se proteger. As galinhas deformadas preto e branco se metem por uma tábua quebrada na parede e sacodem as penas pra água sair.

E eu falo:

– O que mais a TV falou do Denny?

Denny e Beth.

Eu falo:

– Você acha que Jesus já sabia que era Jesus desde o início, ou foi a mãe dele ou outra pessoa que disse que ele era e aí ele assumiu o papel?

Um suave rugir começa a vir do meu colo, mas não é de dentro de mim.

Ursula expira, depois ronca. Sua mão em volta de mim fica mole. Eu, mole. Seu cabelo se esparrama pelas minhas pernas. Sua orelhinha quente afunda no meu estômago.

O feno começa a coçar nas costas.

As galinhas começam a andar pelo pó e pelo feno. As aranhas tecem teias.

Capítulo 38

Pra fazer uma vela de ouvido você pega uma folha de papel comum e enrola até fazer um tubinho. Não é milagre nem nada. É que você tem que começar pelo que sabe.

É outro restolho da faculdade de medicina, uma coisa que agora eu ensino pras crianças que vêm de excursão na Dunsboro Colonial.

De repente, você tem que subir degraus até chegar nos milagres de verdade.

Denny vem me ver depois de passar o dia empilhando pedras na chuva e fala que está com tanta cera de ouvido que não ouve mais. Ele senta na cadeira da cozinha da minha mãe, com Beth lá, parada na frente da porta, um pouco inclinada com a bunda contra a beira do balcão da cozinha. Denny senta com a cadeira de lado para a mesa e apoia um dos braços no tampo.

E eu falo pra ele ficar parado.

Enrolando o papel até fazer um tubinho, eu falo:

– Vamos supor – eu falo – que Jesus Cristo precisou praticar ser Filho de Deus pra ficar bom nessas coisas.

Falo pra Beth desligar a luz da cozinha e enfio o tubinho de papel no túnel escuro que é o ouvido do Denny. Seu cabelo já cresceu um pouco, mas estamos falando de um perigo de incêndio menor do que a maioria das pessoas. Não muito fundo, eu torço o tubinho no ouvido dele só o bastante pra que fique parado quando eu o soltar.

Pra me concentrar, tento não pensar na orelha de Paige Marshall.

– E se Jesus passasse toda a juventude dele fazendo tudo errado – eu falo –, antes de acertar um milagre que fosse?

Denny, sentado na cadeira, no escuro, o tubinho branco pendendo do ouvido.

– Por que a gente não lê sobre os primeiros fracassos de Jesus – eu falo – ou que ele só faz os grandes milagres depois dos trinta?

Beth empurra a virilha do jeans justo na minha frente, e uso o zíper dela pra acender um fósforo e levar a pequena chama pela cozinha até a cabeça de Denny. Com o fósforo, acendo a ponta do tubinho de papel.

Assim que acendo o fósforo, o recinto fica com cheiro de enxofre.

A fumaça começa a sair da ponta incandescente do tubinho, e Denny fala:

– Cê não vai deixar me machucar, né?

A chama começa a se aproximar da sua cabeça. A ponta queimada do tubinho se desdobra e se desfaz. O papel negro com beiradas de faíscas laranja se retorce, os pedacinhos de papel quente começam a voar até o teto. Tequinhos de papel preto se encaracolam e caem.

É assim mesmo que se chama. Uma vela de ouvido.

E eu falo:

– Quem sabe Jesus começou fazendo só uma coisinha e outra legal pros outros, sabe, tipo ajudar velhinha a atravessar a rua ou avisar quem deixou o farol aceso?

Eu falo:

– Bom, não *exatamente* isso, mas vocês me entendem.

Assistindo ao fogo se encaracolar e chegar cada vez mais perto da orelha de Denny, eu falo:

– Que tal se Jesus tivesse que ter passado uns anos até chegar nos pães e peixes? Tipo, o negócio do Lázaro não pode ter sido o primeiro milagre, né?

E os olhos de Denny se torcem pra ver se o fogo está perto, e ele fala:

– Beth, esse negócio vai me queimar?

E Beth olha pra mim e fala:

– Victor?

E eu falo:

– Tá tudo bem.

Mais encostada no balcão da cozinha, Beth vira o rosto pra não olhar e fala:

– Parece, sei lá, tortura.

– Pode ser – eu falo –, pode ser até que, no início, Jesus não confiava em si.

Eu me encosto no rosto de Denny e dou uma soprada pra apagar o fogo. Com uma mão segurando o queixo, pra ele ficar parado, tiro o resto do tubinho de papel da orelha. Mostro pra ele e o papel está pastoso, escuro da cera que o fogo apagou.

Beth acende a luz da cozinha.

Denny mostra o tubinho queimado pra ela. Beth cheira e fala:

– Que fedor.

Eu falo:

– Quem sabe milagres são tipo um talento, e você tem que começar por baixo.

Denny põe uma mão sobre o ouvido limpo e depois o destapa. Ele o cobre e descobre de novo e fala:

– Bem melhor.

– Não quero dizer que Jesus fazia truque com baralho – eu falo –, mas não machucar ninguém já dava um bom começo.

Beth vem e segura o cabelo pra trás com uma mão pra poder se inclinar e olhar a orelha do Denny. Ela estreita os olhos e gira em volta pra poder ver de vários ângulos.

Enrolando outra folha pra fazer um tubinho, eu falo:

– Ouvi dizer que você apareceu na TV um dia desses.

Eu falo:

– Me desculpa. – Torço o tubinho de papel cada vez mais forte com as mãos. – Foi culpa minha.

Beth fica reta e olha pra mim. Ela puxa os cabelos pra trás. Denny enfia um dedo na orelha limpa e começa a cavoucar, depois cheira o dedo.

Segurando o tubinho, eu falo:

– De agora em diante, quero ser uma pessoa melhor.

Engasgar no restaurante, enganar os outros. Não faço mais dessas. Sair pegando qualquer uma, sexo casual, essa merda toda.

Eu falo:

– Liguei pra prefeitura e reclamei de você. Liguei pra TV e falei um monte de coisa pra eles.

Minha barriga dói, mas não sei se é de culpa ou das fezes impactadas.

De qualquer forma, só tem merda pra sair de mim.

Por um instante é mais fácil olhar pra janela escura da cozinha em cima da pia, a noite lá fora. Refletido no vidro, lá estou eu, olhando, tão acabado e magro quanto minha mãe. O novo, o justo, quem sabe divino, Santo Eu. Beth olhando pra mim de braços cruzados. Denny sentado ao lado, na mesa da cozinha, cavoucando o ouvido sujo com a unha. Depois espiando embaixo da unha.

– O negócio é que eu queria que vocês precisassem da minha ajuda – eu falo. – Eu queria que vocês tivessem que me pedir.

Beth e Denny olham pra mim sérios, e olho nós três refletidos na janela.

– Sim, claro – Denny fala. – Preciso da sua ajuda.

Ele fala pra Beth:

– Que negócio é esse de a gente aparecer na TV?

Beth dá de ombros e fala:

– Acho que foi terça-feira.

Ela fala:

– Não, peraí, que dia é hoje?

E eu falo:

– Então, vocês precisam de mim?

E Denny, ainda sentado na cadeira, faz sinal pro tubinho que eu preparei. Ele levanta o ouvido sujo pra mim e fala:

– Mano, faz de novo. Tá tudo legal. Limpa meu outro ouvido.

Capítulo 39

Está escuro e começando a chover quando chego na igreja. Nico me espera no estacionamento. Ela está se debatendo dentro do seu casaco, e por um instante uma manga pende vazia, aí ela enfia o braço de volta. Nico enfia os dedos pelo punho da outra manga e puxa uma coisa branca com rendinhas.

– Segura pra mim – ela fala e me dá uma coisa quente de rendinha e elástico.

O sutiã.

– Só uma horinha – ela fala. – Eu não tenho bolso. – Ela sorri com um canto da boca, os dentes de cima mordendo um pedacinho do lábio inferior. Os olhos dela cintilam de chuva e da luz dos postes.

Não vou levar esse negócio, eu falo pra ela. Eu não posso. Não posso mais.

Nico dá de ombros e enfia o sutiã de volta pela manga do casaco. Todos os sexólatras já entraram, estão na Sala 234. Os corredores estão vazios com linóleo enceradíssimo e quadros de avisos na parede. Notícias da igreja e arte feita por crianças por toda parte. Desenhos de Jesus e dos apóstolos pintados a dedo. Jesus e Maria Madalena.

Em direção à Sala 234, estou um passo à frente de Nico quando ela puxa meu cinto por trás e me empurra contra um quadro de aviso.

Do jeito como estão doendo minhas tripas, o inchaço e as cólicas, quando ela puxa o cinto, a dor me faz arrotar ácido no fundo da garganta. Com minhas costas contra a parede, ela enfia a perna entre as minhas e ergue os braços em volta da minha cabeça. Com os peitos bem aninhados, fofos, entre nós, a boca de Nico encaixa na minha, e nós dois sentimos o perfume que vem dela. A língua de Nico mais na minha boca do que na dela. Não é meu pau duro que a perna dela roça, mas sim meu intestino obstruído.

As cãibras podem ser de câncer colorretal. Pode ser apendicite aguda. Hiperparatireoidismo. Insuficiência suprarrenal.

Vide: Obstrução intestinal.

Vide: Corpos estranhos colorretais.

Cigarro. Roer as unhas. Minha cura pra tudo era o sexo, mas com Nico nadando contra mim eu não consigo.

Nico fala:

– Tá bom, a gente acha outro lugar.

Ela dá um passo pra trás, e eu me dobro ao meio com a dor nas tripas e vou caindo até a Sala 234 com Nico sibilando atrás de mim.

– Não – ela sibila.

Dentro da Sala 234, o coordenador fala:

– Esta noite vamos trabalhar no passo quatro.

– Aí dentro não – Nico fala, até que estamos na porta aberta sendo observados por uma multidão sentada em volta de uma mesa grande e baixinha manchada de tinta, cheia de nódulos de massinha de modelar seca. As cadeiras são umas conchinhas de plástico tão baixinhas que todo mundo fica com os joelhos na frente do corpo. Essa gente fica nos olhando. Homens e mulheres. Lendas urbanas. Os sexólatras.

O coordenador fala:

– Ainda tem alguém aqui fazendo o passo quatro?

Nico desliza pro meu lado e fala uma coisa no meu ouvido, sussurrando:

– Se você entrar aí, se vai ficar com os medíocres – Nico fala –, eu nunca mais te dou.

Vide: Leeza.

Vide: Tanya.

E dou a volta na mesa pra me deixar cair numa cadeirinha de plástico.

Enquanto todo mundo olha, eu falo:

– Olá. Eu sou o Victor.

Olhando nos olhos de Nico, eu falo:

– Meu nome é Victor Mancini, e eu sou sexólatra.

E falo que estou travado no meu passo quatro desde sempre, pelo que parece.

A sensação é menos de um ponto final e mais de outro ponto de partida.

Ainda apoiada na porta, não só com os olhos marejados, mas com lágrimas, lágrimas de rímel negro rolando, Nico passa a mão no rosto e borra tudo. Ela fala gritando:

– Bom, eu não! – E, saindo pela manga do casaco, seu sutiã cai no chão.

Apontando pra ela, eu falo:

– Essa é a Nico.

E Nico fala:

– Vai todo mundo se foder. – Ela apanha o sutiã e se vai.

Só aí todo mundo diz: Olá, Victor.

E o coordenador fala:

– Ok.

Ele fala:

– Como eu vinha dizendo, a melhor maneira de encontrar uma perspectiva é lembrar onde você perdeu a virgindade...

Capítulo 40

Em algum ponto de Los Angeles, na rota norte-nordeste, comecei a ficar dolorido. Perguntei pra Tracy se ela podia me liberar só um segundinho. Faz uma vida que isso aconteceu.

Com um novelo enorme de baba branca ligando meu cacete ao seu lábio inferior, o rosto dela quente e corado do engasgo, ainda segurando meu cão doído, Tracy se reacomoda nos saltos e fala que, segundo o *Kama Sutra*, pra deixar os lábios bem vermelhos você os limpa com o suor dos testículos de um alazão branco.

– É sério – ela fala.

Agora minha boca está com um gosto estranho, e eu olho fixo nos lábios dela, os lábios dela e meu cão do mesmo roxo. Eu falo:

– Você não faz essas coisas, faz?

A maçaneta chacoalha, e nós dois olhamos depressa pra conferir se está trancada.

Essa é a primeira vez, é a essa que remonta qualquer vício. Aquela primeira vez a que nenhuma vez subsequente vai se igualar.

Não tem coisa pior do que quando um garotinho abre a porta. A segunda coisa pior é quando um homem abre a porta e não entende. Mesmo que você ainda esteja sozinho, quando uma criança abre a porta, você tem que, rapidinho, cruzar as pernas. Fingir que foi só acidente.

Um adulto pode fechar a porta com força, talvez berre: "Da próxima vez vê se tranca, débil mental", mas ele é o único que fica vermelho.

Depois disso, Tracy fala, o pior é ser aquela que o *Kama Sutra* chamaria de mulher elefante. Principalmente se você está com o que chamam de homem coelho.

Essa coisa dos bichos tem a ver com o tamanho da genitália.

Aí ela fala:

– Eu não quis que soasse assim.

Se a pessoa errada abre a porta, você passa a semana nos pesadelos dela.

A melhor defesa é que, a não ser que alguém esteja de olho, não interessa quem abra a porta e veja você sentado lá: a pessoa vai sempre presumir que o erro é dela. Culpa dela.

Eu sempre presumi. Eu costumava entrar e ver mulheres e homens montados nos banheiros de aviões, de trens, de ônibus da Greyhound ou daqueles banheiros de restaurante de assento único e/ou unissex. Eu abria a porta e via um estranho, uma loira de olhos azuis e dentes com um piercing no umbigo e salto alto, com a tanguinha arriada entre os joelhos e o resto das roupas e o sutiã dobrados no balcãozinho perto da pia. Sempre que isso acontecia eu perguntava: "por que essa gente não se presta pra fechar a porta?".

Como se fosse por acaso.

Nada nesse circuito acontece por acaso.

Pode acontecer, num trem entre o serviço e a casa, de você abrir uma porta de banheiro e encontrar uma morena, com o cabelo preso pra cima e só os brincos compridos tremendo pelo pescocinho branco e macio, e ela está lá sentada com a parte de baixo das roupas no chão. A blusa aberta com nada lá dentro, além das mãos segurando cada seio, as unhas, os lábios, os mamilos iguais no mesmo cruzamento entre marrom e vermelho. As pernas do mesmo branco macio do pescoço, suaves como um carro que você podia dirigir a trezentos por hora, e o cabelo do mesmo castanho em todas as partes, e ela lambe os lábios.

Você bate a porta e fala:

– Desculpe.

E de algum lugar lá dentro, ela fala:

– Não precisa se desculpar.

E ainda assim ela não tranca a porta. O avisinho ainda diz:

Vago.

O que acontece é que eu costumava fazer um bate-volta da costa leste pra Los Angeles quando estava na medicina da USC. Nas férias do ano letivo. Seis vezes eu abri a porta e era a mesma ruiva yoga pelada da cintura pra baixo, com as pernas finas cruzadas sobre o assento, afiando as unhas com a faixa abrasiva da caixa de fósforos, como se ela estivesse tentando pegar fogo, usando só uma blusa de seda amarrada sobre os peitos, e seis vezes ela olha pro seu corpo rosinha sardento com aquele tapete laranja-operário-de-estrada em volta, aí os olhos do mesmo cinza como lata se erguem pra mim, devagar, e todas as vezes ela fala:

– Se não se importar – ela fala –, estou ocupada.

Seis vezes eu fecho a porta na cara dela.

Tudo que eu consigo pensar em falar é:

– Você não fala inglês?

Seis vezes.

Tudo isso leva menos que um minuto. Não dá tempo de pensar.

Mas acontece com frequência cada vez maior.

Em outra viagem, talvez em voo de cruzeiro sobre Los Angeles e Seattle, você abre a porta e um surfista loiro com as mãos bronzeadas em volta do cãozão roxo entre as pernas, e o sr. Phoda sacode pra tirar o cabelo pegajoso dos olhos, aponta pro cão, apertado dentro de uma borrachona lustrosa, ele aponta aquilo pra você e fala:

– Ô, cara, dá um minutinho aí...

Chega a acontecer de, toda vez que você vai ao banheiro, o avisinho diz vago, mas sempre tem alguém.

Outra mulher, dedando fundo, sumindo dentro de si.

Outro homem e seus dez centímetros dançando entre dedão e indicador, aprontado, pronto pra tossir soldadinhos brancos.

Você começa a se perguntar o que querem dizer com *vago*.

Mesmo em banheiro vazio você sente cheiro de espermicida. As toalhas de papel sempre estão usadas. Você vai ver a marca de um pé descalço no espelho, um metro e oitenta de altura, quase no alto do espelho, o pequeno arco de um pé de mulher, as pontinhas redondas dos dedos, e você se pergunta: "O que aconteceu aqui?"

Assim como comunicados públicos em código, "Danúbio azul" ou enfermeira Flamingo, você se pergunta: "O que está acontecendo?"

Você se pergunta: "O que não querem contar pra gente?"

Você vê uma mancha de batom na parede, quase até o chão, e só imagina o que estava rolando. Tem as listras brancas do último momento de tirada, quando o cão de alguém soltou soldadinhos brancos na parede de plástico.

Tem voos em que as paredes ainda estarão úmidas ao toque, o espelho embaçado. O assoalho grudento. O ralo da pia está todo sugado, engasgado com cabelinhos crespos de tudo que é cor. No balcão do banheiro, perto da pia, está a silhueta redonda perfeita em gelatina, geleia anticoncepcional e muco, de onde alguém soltou o diafragma. Em alguns voos tem dois ou três tamanhos diferentes de silhuetas perfeitamente redondas.

Tem a parte doméstica de voos mais longos, transpacíficos ou voos sobre os polos. Voos de dez a dezesseis horas. Voos diretos Los Angeles-Paris. Ou de qualquer lugar até Sydney.

Na minha viagem número sete a Los Angeles, a ruiva yoga puxa a saia do chão e sai correndo atrás de mim. Ainda puxando o zíper das costas, ela me segue até a minha poltrona, senta do meu lado e fala:

– Se a sua intenção é me magoar, você poderia estar dando aula sobre o tema.

Ela tem um penteado brilhoso estilo telenovela, mas agora sua blusa está abotoada com um lação bambo na frente, amarrada por um megabroche com pedrarias.

Você fala de novo:

– Desculpa.

Rumo oeste, em algum lugar ao norte-noroeste acima de Atlanta.

– Olha só – ela fala –, eu dou muito duro pra topar essa merda. Tá me ouvindo?

Você fala:

– Desculpe.

– Eu pego a estrada três semanas por mês – ela diz. – Estou pagando por uma casa que eu nunca vou ver... campinho de futebol pros filhos... só a clínica geriátrica do meu pai já é um absurdo. Eu não mereço um algo a mais? Feia eu não sou. O mínimo que você podia fazer é não bater a porta na minha cara.

É exatamente isso que ela fala.

Ela se abaixa pra meter a cara entre mim e a revista que eu finjo estar lendo.

– Não finge que não me entende – ela fala. – Sexo não é pra ser segredo.

E eu falo:

– Sexo?

E ela põe uma mão em cima da boca e encosta na cadeira.

Ela fala:

– Oh, meu Deus, desculpe, é que eu achei... – E estica a mão pra apertar o botãozinho da aeromoça.

Passa uma aeromoça, e a ruiva pede dois uísques duplos.

Eu falo:

– Espero que você esteja querendo tomar os dois.

E ela fala:

– Na verdade, os dois são pra você.

Essa seria minha primeira vez. A primeira vez a que nenhuma vez subsequente poderá se igualar.

– Pra que brigar – ela fala e me dá a mão branca. – Meu nome é Tracy.

Um lugar melhor pra isso acontecer seria num Lockheed TriStar 500, com seu shopping center de cinco banheiros grandes e isolados no fundo da cabine da classe econômica. Espaçosos. Vedados. Atrás de todo mundo, onde não se vê quem vem e quem vai.

Comparado àquilo, você tem que se perguntar que tipo de animal projetou o Boeing 747-400, onde parece que todo banheiro abre direto numa cadeira. Pra ter alguma discrição, você tem que fazer a jornada até os banheiros nos fundos da cabine da classe econômica.

Esquece o único banheiro lateral baixo nível na classe executiva, a não ser que você queira que todo mundo saiba o que está se passando.

Simples.

Se você for homem, funciona assim: você senta no banheiro com o tio Charlie pra fora, sabe, o pandão vermelhão, e dá uma trabalhada até ele ficar em posição de sentido, sabe, ajuste-para-a-posição-vertical, e aí você fica aguardando na sua salinha de plástico e torce pelo melhor.

Imagine que é pescaria.

Se você for católico, é a mesma sensação de sentar no confessionário. A espera, a liberação, a redenção.

Imagine que é pescar só pra pegar e devolver ao mar. O que chamam de "pesca esportiva".

O outro jeito que funciona é você só abrir a porta quando achar uma coisa de que goste. É que nem aquele programa de TV que você escolhe a porta e leva o prêmio que tiver ali. Tipo a dama ou o tigre.

Por trás de algumas portas, tem as costas de alguém da primeira classe fazendo um tour favela, tendo um gostinho de tosqueira da classe econômica. Menos chance de a pessoa encontrar alguém que conheça. Por trás de outras portas, você vai ter um bifão velho com a gravata marrom jogada por cima do ombro, os joelhos peludos esticados contra os dois lados da parede, acariciando a cobrinha morta, e aí ele fala:

– Desculpa, amigão, nada pessoal.

Nessas vezes, você vai ficar enojado demais até pra falar:

– Arrã.

Ou:

– Nos *teus* sonhos, amiguinho.

Ainda assim, a taxa de sucesso é tão boa que vale a pena ficar tentando a sorte.

O espacinho apertado, o banheiro, duzentos estranhos a centímetros de distância, tudo excita. A falta de espaço pra se mexer. Ajuda se você for superarticulado. Use a imaginação. Um pouco de criatividade, alguns alongamentos e daqui a pouquinho você bate, bate, bate na porta do céu. Você vai se surpreender em ver como o tempo voa.

Metade da emoção está no desafio. No perigo, no risco.

Então não é o Grande Oeste americano nem a corrida ao Polo Sul ou ser o primeiro homem a pisar na Lua.

É outro tipo de exploração espacial.

Você está cartografando outro tipo de selva. Sua vasta paisagem interna.

É a última fronteira a se conquistar. As outras pessoas, os estranhos, a selva de braços e pernas, cabelo e pele, os cheiros e gemidos que são todo mundo que você não comeu. Os grandes desconhecidos. A última floresta a devastar. É tudo que você só imaginava.

Você é Cristóvão Colombo navegando sobre o horizonte.

Você é o primeiro homem das cavernas que se arrisca a comer uma ostra. De repente, *essa* ostra não é novinha, mas pra você é.

Suspenso no lugar nenhum, a meio caminho das catorze horas entre Heathrow e Joanesburgo, você pode viver dez aventuras reais. Doze, se o filme for ruim. Mais se estiver cheio, menos se tiver turbulência. Mais se você não se importar com uma boca masculina pra dar conta do serviço, menos se você voltar pro seu assento quando servirem a comida.

O que não é tão legal nessa primeira vez é que, quando estou bêbado e levando a primeira quicada da ruiva, Tracy, atingimos um bolsão de ar. Eu agarrado ao assento da privada, eu caio com o avião, mas Tracy já decolou, champanhe estourando de mim com a camisinha ainda lá dentro, batendo no teto de plástico com a cabeça. Meu gozo sai no mesmo instante, e meu escarro fica suspenso no ar, soldadinhos brancos pairando imponderáveis a meio caminho entre ela ainda no teto e eu ainda na privada. Aí, bum, voltamos juntos, ela e a camisinha, eu e minha gosma, plantada de volta em mim, remontada estilo colar de miçangas, e todos os quase cinquenta quilos de Tracy.

Depois de uma coisa boa que nem essa, é de surpreender que eu não use cinta pra hérnia.

Tracy ri e fala:

– Eu adoro quando acontece isso!

Depois daquilo, só a turbulência normal bate o cabelo dela no meu rosto, os mamilos contra minha boca. Bate as pérolas contra o pescoço. A correntinha de ouro no meu pescoço. Balança meus bagos no saco, amassados em cima da latrina vazia.

Aqui e ali, você vai pegando dicas pra melhorar a performance. Aqueles Super Caravelles dos franceses, por exemplo, com janela triangular e cortina de verdade, eles não têm banheiro de primeira classe, só dois no fundo da econômica, por isso você não vai tentar nada de extraordinário. A posição indiana tântrica básica funciona bem. Vocês dois de pé, cara a cara, a mulher levanta uma perna com a lateral da sua coxa. Você manda ver igual na "rachando a cana" ou na clássica *flanquette*. Escreva o seu *Kama Sutra*. Tente e invente.

Vai lá. Você sabe o que quer.

Isso supondo que vocês dois sejam mais ou menos da mesma altura. Se não, não me culpem pelo que acontecer.

E não vão esperando tudo na mão. Presumo que vocês já tenham conhecimentos básicos.

Mesmo que você esteja preso num Boeing 757-200, mesmo no minibanheiro dianteiro, ainda dá pra fazer com uma posição chinesa adaptada em que você senta na privada e a mulher se assenta em você, olhando pra frente.

Em algum ponto a norte-nordeste sobre Little Rock, Tracy me fala:

– Com pompoarismo, isso seria fácil. É quando as albanesas te fazem gozar só usando os músculos constritores da vagina.

Elas te batem uma punheta só com as tripas?

Tracy fala:

– Isso.

As albanesas?

– Isso.

Eu falo:

– Elas têm companhia aérea?

Outra coisa que você aprende é que quando uma aeromoça bate você consegue fechar tudo com o método florentino, quando a mulher pega o homem pela base e puxa a pele pra trás, bem forte, pra deixar mais sensível. Isso acelera consideravelmente o processo.

Pra desacelerar, aperte forte na parte inferior da base do homem. Mesmo que isso não detenha o acontecimento, a porcariada toda vai recuar pra bexiga e poupar vocês da faxina. É o que os especialistas chamam de "saxonus".

A ruiva e eu, no grande banheiro dos fundos de um McDonnell Douglas DC-10 Série 30CF, ela me demonstra a posição *negresse*, quando ela coloca um joelho em cada lado da pia e eu ponho minhas mãos abertas atrás de seus ombros pálidos.

Com seu bafo embaçando o espelho, o rosto vermelho por ficar de cócoras, Tracy fala:

– Diz o *Kama Sutra* que, se um homem se massageia com suco de romã, abóbora e sementes de pepino, ele infla e fica gigante por seis meses.

Esse conselho inclui um prazo limite *à la* Cinderela.

Ela vê a minha cara no espelho e fala:

– Cruzes, não é pra levar tudo a sério.

Em algum ponto rumo ao norte sobre Dallas, estou tentando fazer mais baba, enquanto ela me fala que o jeito de a mulher nunca te deixar é cobrir a cabeça dela com espinhos de urtiga e cocô de macaco.

E eu falo, tipo, é sacanagem?

E se você banhar sua esposa em leite de búfala e bílis de vaca, todo homem que a usar ficará impotente.

Eu falo: não me surpreende.

Se uma mulher embebe um osso de camelo em sumo de cravo-de-defunto e bota o líquido nos cílios, todo homem que ela olhar ficará enfeitiçado. Se estiver com pressa, você pode usar osso de pavão, falcão ou abutre.

– Pode conferir – ela fala. – Diz tudo lá no livrão.

Em algum ponto a sul-sudeste sobre Albuquerque, com meu rosto coberto por uma camada grossa como clara de ovo de tanto lambê-la e minhas bochechas assadas de tanto raspar no cabelo dela, Tracy fala que testículos de carneiro fervidos em leite açucarado restauram a virilidade.

Então ela fala:

– Não quis dizer nesse sentido.

E eu achando que ia bem. Considerando os dois uísques duplos, e naquele momento estou de pé há três horas.

Em algum ponto a sul-sudoeste sobre Las Vegas, nós dois sobre as pernas cansadas e trêmulas, ela me mostra o que o *Kama Sutra* chama de "passear". Depois, "chupar manga". Depois, "devorar".

Lutando em nossa salinha de plástico asseadíssima, suspensos no tempo e no lugar onde vale tudo, isso não é *bondage*, mas chega perto.

Desapareceram os velhos e saudosos Lockheed Super Constellations em que cada banheiro a bombordo e estibordo era uma suíte de dois quartos: um camarim com banheiro à parte atrás da porta.

O suor que escorre pelos músculos macios dela. Nós dois pulando juntos, duas máquinas perfeitas realizando o serviço pro qual fomos projetados. Tem minutos em que nos tocamos apenas com o meu deslizante e as pernas dela ficando em carne viva e puxadas pra fora, meus ombros inclinados pra trás em ângulo reto com a parede plástica, todo meu resto pinoteando pra sempre da cintura pra baixo. Primeiro de pé no assoalho, Tracy levanta um pé pra ficar na beira da pia e se apoia no joelho erguido.

É mais fácil nos vermos no espelho, planos e presos no vidro, como em um filme, em um download, em uma foto de revista, como outras pessoas que não nós, gente linda, sem uma vida ou um futuro além desse momento.

Tudo que você pode esperar de um Boeing 767 é o grande banheiro central no fundo da cabine da classe econômica. Você não vai ter tanta sorte num Concorde, que tem toaletes minúsculos, mas é só minha opinião. Se tudo que você vai fazer é mijar ou ajeitar as lentes de contato ou escovar os dentes, aí acho que tem espaço.

Mas se você tem ambições de chegar ao que o *Kama Sutra* chama de "corvo" ou "*cuissade*", ou qualquer coisa em que você precise de mais que cinco centímetros de movimento pra frente e pra trás, é melhor torcer para pegar um Airbus 300/310 europeu com banheiros tamanho família, no fundo da classe econômica. Pra conseguir o mesmo espaço de bancada e pernas, não há melhor opção que os dois toaletes dos fundos no Aerospace One-Eleven britânico, pra quem quiser esbanjar.

Em algum ponto a norte-nordeste sobre Los Angeles, estou ficando dolorido, então peço a Tracy pra soltar.

E eu falo:

– Por que você faz isso?

E ela fala:

– O quê?

Isso.

E Tracy sorri.

As pessoas que você conhece atrás de portas destravadas estão cansadas de falar do clima. É gente cansada de aviso de segurança. É gente que reformou muita casa. Gente bronzeada que largou o cigarro e o açúcar branco e o sal, a gordura e a carne vermelha. É gente que assistiu aos pais e avós estudarem e trabalharem uma vida inteira pra depois perderem tudo. Gastarem tudo só pra se manterem vivos com um tubo estomacal. Esquecendo até como se mastiga e se engole.

– Meu pai era médico – Tracy fala. – No lugar onde ele está agora, ele não lembra nem do nome.

Esses homens e mulheres sentados atrás de portas destravadas sabem que casa maior não é a solução. Nem um cônjuge melhor, nem mais dinheiro, nem pele mais firme.

– Tudo que você puder adquirir – ela fala – é só mais uma coisa que você vai perder.

A resposta é que não há resposta.

E sério, esse momento é forte.

– Não – eu falo e passo um dedo entre as coxas dela. – Eu estava falando *disso.* Por que você raspa a moita?

– Ah, isso – ela fala e revira os olhos, sorrindo. – É pra poder usar tanguinha.

Enquanto eu me acomodo na privada, Tracy está examinando o espelho, não se vendo, mas conferindo mais o que sobrou da maquiagem, e com um dedo úmido ela limpa uma mancha de batom. Ela esfrega as marquinhas de mordida em volta dos mamilos. O que o *Kama Sutra* chamaria de Nuvens Esparsas.

Conversando com o espelho, ela fala:

– O motivo pelo qual eu faço esse circuito é porque, quando você para pra pensar, não existe bom motivo pra nada.

Não existe sentido.

Tem gente que não quer orgasmo, quer é esquecer. Tudo. Só por dois minutos, dez minutos, vinte, meia hora.

Ou, às vezes, quando tratam gente que nem gado, é assim que elas agem. Ou de repente é só desculpa. Talvez seja só tédio. Pode ser que ninguém seja feito pra passar o dia sentado numa caixa atulhada cheia de pessoas sem mexer um músculo.

– Somos saudáveis, jovens, despertos e vivos – Tracy fala. – Quando você pensa assim, o que é o mais anormal?

Ela está vestindo a blusa de novo, puxando a meia-calça pra cima.

– Por que eu faço qualquer coisa que eu faço? – ela fala. – Eu sou bem-instruída pra fugir de qualquer plano só na conversa. Pra desconstruir qualquer fantasia. Desjustificar qualquer meta. Sou tão esperta que eu posso negar qualquer sonho.

Eu ainda sentado aqui, nu e cansado, a tripulação anunciando nossa aterrissagem, estamos nos aproximando da região da grande Los Angeles, aí a hora local e a temperatura, depois informações sobre as conexões.

E, por um instante, essa mulher e eu ficamos parados, ouvindo, observando o nada.

– Eu faço isso, *isso,* porque é bom – ela fala e abotoa a blusa. – Talvez eu não saiba exatamente por que eu faço. De certa forma, é por isso que matam quem mata. Porque quando você cruzou um limite, você não para mais de cruzar os outros.

Com as mãos nas costas, puxando o zíper da saia, ela fala:

– A real é que eu não *quero* saber por que eu faço sexo casual. Eu só faço e sigo fazendo – ela fala –, porque, assim que você se dá um motivo, você começa a cortar o barato.

Ela recua pra botar os sapatos e ajeita o cabelo dos lados e fala:

– Por favor, não vá ficar pensando que foi uma coisa especial.

Destravando a porta, ela fala:

– Relaxe.

Ela fala:
– Um dia, tudo que a gente fez vai te parecer um nadica de nada.
Com meio corpo na cabine, ela fala:
– Hoje é só a primeira vez que você cruzou esse limite.
Ela vai, me deixando nu, sozinho, e fala:
– Não se esqueça de trancar a porta depois que eu sair.
Então ela ri e fala:
– Isso se você ainda quiser se trancar.

Capítulo 41

A menina da recepção não quer café.

Não quer ir ver o carro dela no estacionamento.

Ela fala:

– Se acontecer qualquer coisa com o meu carro, eu sei quem é o culpado.

E eu falo pra ela: shhhhhhhhh.

Eu falo que ouvi uma coisa importante, um vazamento de gás ou um bebê chorando.

É a voz da minha mãe, abafada e cansada, vindo pelo interfone de algum quarto desconhecido.

Da mesa da entrada do St. Anthony's, a gente ouve a minha mãe falando:

– O lema dos Estados Unidos é "Tem como ficar melhor". Nunca é rápido que chegue. Nunca é suficiente. Nunca ficamos satisfeitos. Queremos sempre aperfeiçoar...

A menina da recepção fala:

– Eu não ouço nenhum vazamento.

A voz cansada, fraca, fala:

– Passei minha vida atacando tudo porque tinha medo de me arriscar a criar qualquer coisa...

E a menina da recepção corta o áudio. Ela aperta o microfone e fala:

– Enfermeira Remington, recepção. Enfermeira Remington, recepção, imediatamente.

O segurança gordão com o bolso da frente cheio de canetas.

Mas quando ela solta o microfone, a voz do interfone volta, fraca, sussurrenta.

– Nunca era bom que chegue – minha mãe fala –, por isso aqui, no fim da minha vida, eu fico com nada...

E a voz dela some.

Não sobrou nada. Só ruído branco. Estática.

Agora ela vai morrer.

A não ser que aconteça um milagre.

O guarda vem estourando pelas portas de segurança, olhando pra menina da recepção, e pergunta:

– E aí? Qual é o problema?

E, no monitor, no preto e branco chuviscado, ela aponta pra mim recurvado de dor nas tripas, eu carregando meu bucho inchado com as duas mãos, e fala:

– Ele.

Ela fala:

– Este homem precisa ser proibido de entrar nas nossas dependências, a partir de já.

Capítulo 42

O que apareceu no noticiário ontem à noite foi só eu gritando, agitando os braços pra câmera, o Denny meio atrás de mim, aprumando uma pedra na parede, e a Beth logo atrás dele, martelando uma rocha e soltando pó, tentando esculpir uma estátua.

Eu fico com um amarelo bilioso na TV, corcunda por conta do inchaço e do peso das minhas tripas se destruindo por dentro. Estou curvado, erguendo só o rosto pra olhar a câmera, meu pescoço dando voltas da minha cabeça até minha gola. Meu pescoço está fino como um braço, meu pomo de adão saliente como se fosse um cotovelo. Isso foi ontem logo depois do serviço, por isso ainda estou de culotes e camisa bufante de linho da Dunsboro Colonial. Com os sapatos de fivela e o plastrão, o que não ajuda.

– Mano – Denny fala, sentado ao lado de Beth no apartamento de Beth, enquanto a gente se assistia na TV. – Você não tá legal.

Eu pareço o Tarzan atarracado do meu passo quatro, o do macaco e das castanhas. O salvador rolhudo com o sorriso extasiante. O herói que não tem nada pra esconder.

Na TV, eu só queria explicar pra todo mundo que não existia controvérsia. Eu estava tentando convencer aquela gente que era eu que tinha começado a confusão quando liguei pra prefeitura e disse que morava na vizinhança e que tinha um pirado construindo sem alvará, construindo sei lá o quê. E que o canteiro de obras era perigoso pras crianças do bairro. E o cara que estava fazendo o serviço não tinha uma aparência muito respeitável. E que era óbvio que era uma igreja satânica.

Aí liguei pra eles na TV e disse a mesma coisa.

E foi assim que tudo começou.

A parte que eu fiz tudo isso só pro Denny precisar de mim, bom, essa parte eu não expliquei. Não na TV.

Sério, toda a minha explicação ficou na sala de edição porque, na TV, eu virei só um maníaco suado e inchado tentando botar a mão na lente da câmera, berrando pro repórter ir embora e usando a outra mão pra dar tapas no microfone que entra no enquadramento.

– Mano – Denny fala.

Beth gravou meu momentinho fossilizado, e a gente assistiu um monte de vezes.

Denny fala:

– Mano, cê parece possuído pelo demo.

Na verdade, estou possuído por outra divindade. Sou eu tentando fazer o bem. Tentando agitar uns milagres pra conseguir construir algo grande.

Sentado aqui com um termômetro na boca, dou uma conferida e ele diz trinta e oito graus. O suor continua escorrendo de mim, e eu falo pra Beth:

– Desculpa pelo sofá.

Beth tira o termômetro pra dar uma olhada, aí bota a mão gelada na minha testa.

E eu falo:

– Desculpa que eu achava que você era uma baranga sem cérebro.

Ser Jesus significa ser honesto.

E a Beth fala:

– Tudo bem.

Ela fala:

– Nunca dei bola pro que você pensava. Só pro Denny. – Ela balança o termômetro e coloca de volta na minha língua.

Denny rebobina a fita, e lá estou eu, de novo.

Hoje meus braços doem e minhas mãos estãos moles e ardidas de trabalhar com a cal na argamassa. Pergunto pro Denny: como é ser famoso?

Atrás de mim, na televisão, as paredes de pedra se erguem e inflam em volta da base da torre. Outras paredes se erguem em volta dos buracos das janelas. Por uma entrada ampla, dá pra ver um grande lance de escadas lá dentro. Outras paredes seguem pra sugerir fundações de outras alas, outras torres, outros claustros, colunatas, piscinas elevadas, pátios rebaixados.

A voz do repórter pergunta:

– Esta estrutura que você está construindo, vai ser uma casa?

E eu falo que a gente não sabe.

– Seria como uma igreja?

A gente não sabe.

O repórter entra no enquadramento, é um cara de cabelo castanho penteado pra fazer uma ondinha só em cima da testa. Ele põe o microfone na minha boca e pergunta:

– Então o que vocês estão construindo?

A gente só vai saber quando colocar a última pedra.

– Mas quando vai ser?

A gente não sabe.

Depois de tanto tempo morando sozinho, é bom falar "a gente".

Assistindo eu falar aquilo, Denny aponta pra TV e fala:

– Perfeito.

Denny fala que quanto mais tempo a gente passar construindo, mais tempo a gente tem pra criar, mais coisa vai ser possível. Mais tempo a gente vai poder aceitar a incompletude. Postergar a recompensa.

A ideia é: Arquitetura Tântrica.

Na TV, eu falo pro repórter:

– Isso aqui é um processo. Não é pra resolver nada.

O engraçado é que eu acho que estou ajudando o Denny de verdade.

Cada pedra é um dia que Denny não desperdiça. Granito liso do rio. Basalto negro em bloco. Cada pedra é uma pequena lápide, um pequeno monumento a cada dia em que o trabalho que a maioria das pessoas faz simplesmente evapora ou acaba ou vira instantaneamente ultrapassado assim que fica pronto. Não falo essas coisas pro repórter, nem pergunto o que acontece com o trabalho dele um segundo depois que vai ao ar. Ao ar. Às vias aéreas. Evapora. É apagado. Num mundo em que trabalhamos com papel, que nos exercitamos em máquinas, em que tempo e esforço e dinheiro passam por nós e mal aparecem, Denny colando pedras parece uma coisa normal.

Não falo tudo isso pro repórter.

Lá estou eu, abanando e dizendo que precisamos de mais pedras. Se mais gente trouxer pedras, a gente agradece. Se quiserem ajudar, seria muito legal. Com o cabelo duro e preto de suor, meu bucho inchado na frente das calças, eu falo que a única coisa que a gente não sabe é o que aquilo vai ser. E mais: a gente não quer saber.

Beth entra na minicozinha pra fazer pipoca.

Estou faminto, mas não me atrevo a comer.

Na TV há um plano final das paredes, as bases de uma longa galeria de colunas que um dia vai chegar num telhado. Pedestais de estátuas. Algum dia. Tanques de chafariz. As paredes se erguem e sugerem botaréus, espigões, campanários, domos. Arcos se erguem pra um dia sustentar abóbadas. Torretas. Um dia. Os arbustos e árvores já crescem pra esconder e enterrar uma parte. Os galhos começam a crescer das janelas. Em alguns aposentos, a grama e as ervas daninhas batem na cintura. Tudo isso se distanciando da câmera, só uma fundação que talvez nenhum de nós veja completa em vida.

Isso eu não falo pro repórter.

De fora do quadro, dá pra ouvir o câmera gritando:

– Ei, Victor! Lembra de mim? Do Chez Buffet? Aquela vez que você quase engasgou...

O telefone toca e Beth vai atender.

– Mano – Denny fala, e rebobina a fita de novo. – Isso que você falou pra ele, isso vai deixar as pessoas loucas.

E a Beth fala:

– Victor, é do hospital da tua mãe. Estão te procurando.

Eu respondo com um berro:

– Só um minuto.

Falo pro Denny rodar a fita de novo. Estou quase pronto pra lidar com minha mãe.

Capítulo 43

Pro meu próximo milagre, compro pudim. Pudim de chocolate, baunilha e pistache, pudim de caramelo, tudo carregado na gordura e no açúcar e nos conservantes e acondicionado em potinhos de plástico. É só você puxar o papelzinho de cima e enfiar a colher.

É disso que ela precisa: conservante. Quanto mais conservante, melhor.

Com uma sacola de supermercado cheia de pudins nos braços, eu vou ao St. Anthony's.

É tão cedo que a menina da recepção não está na mesa.

Afundada na cama, minha mãe me espreita de dentro daqueles olhos e fala:

– Quem?

Sou eu, eu falo.

E ela fala:

– Victor? É você?

E eu falo:

– Sim, acho que sim.

Paige não está. Ninguém está, pois é sábado de manhã muito cedo. O sol está acabando de aparecer pelas venezianas. Até a televisão da sala de recreação está desligada. A colega de quarto da minha mãe, a sra. Novak, a pelada, está em posição fetal na outra cama, dormindo, por isso eu falo baixinho.

Eu tiro o plástico do primeiro pudim de chocolate e encontro uma colherinha de plástico na sacola de compras. Com uma cadeira puxada pro lado da cama, eu ergo a primeira colher de pudim e falo pra ela:

– Vim te salvar.

Eu conto que finalmente sei a verdade sobre mim. Que eu nasci uma pessoa boa. Uma manifestação do amor perfeito. Que posso voltar a ser bom, mas que tenho que começar pequeno. A colher entra pelos lábios dela e deixa lá as primeiras cinquenta calorias.

Com a próxima colherada, eu falo:

– Eu sei o que você teve que fazer pra me conseguir.

O pudim fica lá parado, marrom, reluzindo na língua. Os olhos dela piscam rápido, e a língua empurra o pudim pras bochechas pra ela ter como falar:

– Ah, Victor, você sabe?

Levando a colher com mais cinquenta calorias até sua boca, eu falo:

– Não é pra ter vergonha. Engole.

Em meio à gosma de chocolate, ela fala:

– Não consigo parar de pensar que o que eu fiz foi terrível.

– Você me deu à luz – eu falo.

E virando a cara pra não receber a nova colherada, ela fala:

– Eu precisava da cidadania nos Estados Unidos.

O prepúcio roubado. A relíquia.

Eu falo que não tem importância.

Dando a volta com a colher, eu coloco mais pudim na sua boca.

O que o Denny fala é que talvez o segundo advento de Cristo não seja uma coisa que Deus vá decidir. Quem sabe Deus deixou pras pessoas criarem essa capacidade de trazer Cristo de volta às suas vidas. Quem sabe Deus queria que inventássemos nosso salvador quando estivéssemos prontos. Quando nós mais precisássemos. Denny fala que talvez caiba a nós criar o nosso messias.

Pra nos salvarmos.

Mais cinquenta calorias na boca.

Quem sabe a cada pequeno esforço a gente possa subir os degraus até fazer milagres.

Mais uma colherada marrom na sua boca.

Ela se vira pra mim, as rugas apertando os olhos. A língua joga o pudim pras bochechas. O pudim de chocolate começa a vazar pelos cantos da boca. E ela fala:

– Do que você está falando?

E eu falo:

– Eu sei que eu sou Jesus Cristo.

Os olhos dela se escancaram, e eu dou mais uma colherada de pudim.

– Eu sei que você já veio da Itália fecundada pelo prepúcio sagrado.

Mais pudim na boca.

– Eu sei que você escreveu tudo isso em italiano no diário pra eu não ler.

Mais pudim na boca.

E eu falo:

– Agora eu sei qual é a minha natureza. Que eu sou uma pessoa que ama e que se importa.

Mais pudim na boca.

– E eu sei que eu posso te salvar – eu falo.

Minha mãe simplesmente me olha. Os olhos tomados pela compreensão e compaixão totais, infinitas, ela fala:

– Que merda que você está falando?

Ela fala:

– Eu te roubei de um carrinho em Waterloo, Iowa. Eu queria te salvar da vidinha medíocre que você ia ter.

Ser pai é o ópio das massas.

Vide: Denny com o carrinho de bebê cheio de arenito.

Ela fala:

– Eu te sequestrei.

Essa coisinha delirante. Essa demente. Ela não sabe o que diz.

Eu dou mais uma colherada de cinquenta calorias.

– Tudo bem – eu falo. – A dra. Marshall leu o seu diário e me contou a verdade.

Mais uma colher de pudim marrom.

A boca dela se estica pra se abrir, e eu enfio mais pudim.

Os olhos dela incham e as lágrimas escorrem pelo rosto.

– Tudo bem. Eu te perdoo – falo pra ela. – Eu te amo e vim pra te salvar.

Mais uma colherada a meio caminho da boca, eu falo:

– Você só precisa engolir isso aqui.

O peito dela arfa, e o pudim marrom começa a sair em bolhas pelo nariz. Os olhos dela se reviram. A pele está ficando azul. O peito arfa de novo.

E eu falo:

– Mãe?

As mãos e braços dela tremem. A cabeça se arqueia mais fundo no travesseiro. O peito arfa e a boca cheia de muco marrom tenta puxar tudo pra garganta.

O rosto e as mãos ficam mais azuis. Os olhos dela estão brancos. Tudo cheira a chocolate.

Eu aperto o botão da enfermeira.

Eu falo pra ela:

– Não entre em pânico.

Eu falo pra ela:

– *Desculpa. Desculpa. Desculpa. Desculpa...*

Arfando e se agitando ruidosamente, as mãos agarradas na garganta. É assim que eu devo ser engasgando em público.

Aí a dra. Marshall aparece do outro lado da cama, com uma mão puxando a cabeça da minha mãe de volta. Com a outra mão, ela tira pudim da sua boca. Paige me pergunta:

– O que aconteceu?

Eu tentei salvá-la. Ela estava delirando. Ela não lembra que eu sou o messias. Eu vim pra salvá-la.

Paige se inclina e faz boca a boca na minha mãe. Fica de pé de novo. Ela respira na boca da minha mãe de novo, e cada vez que ela se levanta tem mais pudim marrom manchando a volta da boca de Paige. Mais chocolate. O cheiro está em tudo que a gente respira.

Ainda segurando um pote de pudim numa mão e a colher em outra, eu falo:

– Tudo bem. Eu consigo. Que nem com o Lázaro – eu falo. – Já fiz isso.

E eu abro minhas mãos sobre o peito arfante dela.

Eu falo:

– Ida Mancini: ordeno que vivas.

Paige olha pra mim entre as respiradas, o rosto todo sujo de marrom. Ela fala:

– Houve um pequeno mal-entendido.

E eu falo:

– Ida Mancini, estás sã e salva.

Paige inclina-se sobre a cama e abre as mãos perto das minhas. Ela aperta com toda a força, depois de novo, depois de novo, depois de novo. Massagem cardíaca.

E eu falo:

– Não há necessidade.

Eu falo:

– Eu *sou* o Cristo.

E Paige fala baixinho:

– Respira! Respira, diabo!

E de algum lugar no alto do antebraço de Paige, enfiado no alto da manga, um bracelete plástico cai na mão dela. Um bracelete de paciente.

É aí que todo arfar, todo sacolejar, o agarrar e tossir, tudo, é aí que para tudo.

"Viúvo" não é a palavra certa, mas é a primeira que me ocorre.

Capítulo 44

Minha mãe morreu. Minha mãe morreu e Paige Marshall é lunática. Tudo que ela me contou foi invenção. Incluindo a ideia de que eu era, ah, não consigo nem falar: Ele. Incluindo que ela me amava.

Ok, gostava de mim.

Incluindo que eu sou uma pessoa boa por natureza. Não sou.

E se a maternidade é o novo Deus, a única coisa sagrada que nos resta, então eu matei Deus.

É o *jamais vu*. O oposto francês do *déjà vu*, em que todo mundo é estranho, independentemente do quanto você conhece.

Eu, o que me resta é ir pro trabalho e me arrastar pela Dunsboro Colonial, revivendo e revirando o passado na minha cabeça. Cheirando o pudim de chocolate que mancha meus dedos. Estou empacado nesse momento em que o coração da minha mãe parou de se agitar e o bracelete de plástico provou que Paige era uma interna. Paige, não a minha mãe, era quem estava me fazendo delirar.

Eu era o delirante.

Naquele momento, Paige ergueu os olhos da sujeira achocolatada manchando toda cama. Ela olhou pra mim e falou:

– Corre. Vai. Sai daqui.

Vide: "Danúbio azul".

Olhar o bracelete dela foi tudo que me restou.

Paige deu a volta na cama pra pegar meu braço e falou:

– Deixa eles acharem que fui eu.

Ela me arrastou até a porta falando:

– Deixa eles pensarem que foi ela que fez sozinha.

Ela olhou pros dois lados do corredor e falou:

– Eu limpo suas digitais da colher e boto na mão dela. Vou dizer que você deixou o pudim com ela ontem.

Conforme passamos pelas portas, elas se trancam. É o bracelete.

Paige me aponta uma porta externa e fala que não pode ir além, se não ela não vai se abrir pra mim.

Ela fala:

– Você não esteve aqui hoje. Entendeu?

Ela falou um monte de outras coisas, mas nada importa agora.

Eu não sou amado. Eu não sou um filho lindo. Eu não sou uma pessoa generosa de boa natureza. Eu não sou salvador de ninguém.

Tudo isso é falso agora que ela é louca.

– Eu acabei de assassiná-la – eu falo.

A mulher que acaba de morrer, que eu acabo de entupir de chocolate, não era nem minha mãe.

– Foi um acidente – Paige fala.

E eu falo:

– Como eu vou ter certeza?

Atrás de mim, enquanto eu ia saindo, alguém deve ter encontrado o corpo, porque começaram a anunciar:

– Enfermeira Remington no Quarto 158. Enfermeira Remington, por favor dirija-se imediamente ao Quarto 158.

Eu nem sou italiano.

Eu sou órfão.

Eu me arrasto pela Dunsboro Colonial com as galinhas deformadas, os cidadãos viciados e as crianças de excursão que acham que essa bagunça tem alguma coisa a ver com o verdadeiro passado. Não tem como captar direito o passado. Não tem como fingir. Não tem como se iludir, mas não tem como recriar o que passou.

Não tem ninguém no tronco da praça central. Ursula leva uma vaca leiteira, passa por mim, as duas cheirando a baseado. Até os olhos da vaca estão dilatados, vermelhos.

Aqui é sempre o mesmo dia, todo dia, e devia ter mais conforto. A mesma coisa que aqueles programas de TV em que a mesma pessoa fica presa na mesma ilha deserta temporada vem e temporada vai, e nunca envelhece nem é resgatada, só botam mais maquiagem.

Este é o resto da sua vida.

Passa uma manada de gente da quarta série berrando. Atrás dela tem um homem e uma mulher. O homem segura um caderno amarelo, e fala:

– Você é Victor Mancini?

A mulher fala:

– É ele.

E o homem ergue o caderno e fala:

– Isto é seu?

É o meu passo quatro do grupo de sexólatras, o inventário moral completo e implacável de mim mesmo. O diário da minha vida sexual. Toda a contabilidade dos meus pecados.

E a mulher fala:

– E então?

Ela fala pro homem com o caderno:

– Prende ele logo.

O homem fala:

– Você conhece uma interna do Centro de Atenção Especial St. Anthony's chamada Eva Muehler?

Eva, a esquilinha. Ela deve ter me visto hoje de manhã e contou o que eu fiz. Eu matei minha mãe. Ok, não a minha mãe. Aquela velha.

O homem fala:

– Victor Mancini, você está preso por suspeita de estupro.

A menina com a fantasia. Ela que deve ter prestado queixa. A menina com a cama rosa que eu destruí. Gwen.

– Ei – eu falo. – Ela queria que eu a estuprasse. A ideia foi dela.

E a mulher fala:

– Ele está mentindo. Ele está falando mal da minha mãe!

O homem começa a falar meus direitos.

E eu falo:

– A Gwen é sua *mãe?*

Só pela pele dá pra ver que a mulher tem dez anos a mais que Gwen.

Hoje o mundo inteiro está delirando.

E a mulher berra:

– *Eva Muehler* é a minha mãe! E ela fala que você segurou ela e disse que era uma brincadeira pra guardar segredo.

É isso.

– Ah, ela – eu falo. – Achei que você tava falando do *outro* estupro.

O homem para no meio dos direitos e fala:

– Você está ouvindo seus direitos?

Está tudo no caderno amarelo, eu falo. Tudo que eu fiz. Era só eu aceitando responsabilidade por todos os pecados do mundo. – Vejam só – eu falo – teve um tempo que eu achei que era Jesus Cristo.

O homem puxa algemas das costas.

A mulher fala:

– Qualquer homem que estupra uma mulher de noventa anos tem que ser louco.

Eu faço uma cara feia e falo pra ela:

– Não brinca.

E ela fala:

– Ah, então você vai dizer que minha mãe não é bonita?

E o homem fecha as algemas numa das minhas mãos. Ele me gira e junta minhas mãos nas costas e fala:

– Quem sabe a gente vai em outro lugar pra resolver isso?

Em frente a todos os medíocres da Dunsboro Colonial, em frente dos drogaditos e das galinhas aleijadas e das crianças que acham que estão aprendendo e do Grão-Senhor Charlie Governador Colonial, eu sou preso. Que nem o Denny no tronco, só que de verdade.

E, em outro sentido, eu quero dizer pra todo mundo que não é pra se sentir diferente.

Aqui todo mundo é preso.

Capítulo 45

Um minuto antes de eu sair do St. Anthony's pela última vez, um minuto antes de eu sair correndo pela porta, Paige tentou se explicar.

Sim, ela era médica. Ela falava rápido, as palavras se atropelavam. Sim, ela era paciente e estava internada. Ela clicava e desclicava a caneta, muito rápido. Ela era médica geneticista, e só era paciente ali porque havia contado a verdade. Ela não queria me magoar. Ela ainda tinha pudim em volta da boca. Ela só queria fazer o que ela sabe.

No corredor, durante nosso último momento juntos, Paige puxou minha manga pra eu olhar pra ela e falou:

– Você tem que acreditar.

Os olhos dela estavam tão inchados que se via todo o branco em volta da íris, e o cerebrinho preto do cabelo estava se soltando.

Ela era médica, ela falou, especialista em genética. Do ano 2556. E ela tinha voltado no tempo pra ser fecundada por um típico macho deste período histórico. Pra poder preservar e documentar uma amostra genética, ela falou. Eles precisavam da amostra pra curar uma praga. No ano 2556. A viagem pra cá não era barata nem fácil. Viajar no tempo era o equivalente do que hoje é a viagem espacial pros humanos, ela falou. Era um tiro no escuro, caro, e se ela não voltasse com um feto intacto todas as missões futuras seriam canceladas.

Eu, na minha fantasia de 1734, recurvado por causa do intestino obstruído, parei no típico macho.

– Só estou presa aqui porque eu contei a verdade pros outros – ela fala. – Você era o único macho reprodutivo disponível.

Ah, eu falo, agora ficou bem melhor. Agora tudo faz total sentido.

Ela só quer que eu saiba que, hoje, ela seria reconvocada ao ano 2556. Seria a última vez que nos veríamos, e queria dizer que estava agradecida.

– Fico profundamente agradecida – ela falou. – E amo você mesmo.

Parado ali no corredor, à luz forte do sol nascendo pelas janelas, peguei uma caneta com ponta de feltro do bolso do jaleco dela.

Do jeito como ela estava, com a sombra cobrindo a parede atrás de si pela última vez, eu comecei a contornar sua silhueta.

E Paige Marshall falou:

– Por que isso?

Foi assim que inventaram a arte.

E eu falei:

– Só por segurança. Só pro caso de você não ser maluca.

Capítulo 46

Na maioria dos programas de recuperação com doze passos, o passo quatro pede que você escreva um histórico completo e implacável da sua vida de viciado. Todo momento babaca, toda história de merda da sua vida, você pega um caderno e anota. O inventário completo dos crimes. Assim aquilo nunca sai da sua cabeça. Aí você tem que consertar cada uma das coisas. Isso pra alcoólatra, drogado e comedor compulsivo, e também vale pra sexólatra.

Assim você pode voltar lá e revisar o pior da sua vida quando quiser.

Ainda assim, quem se lembra do passado não está necessariamente em situação melhor.

Meu caderninho amarelo, nele tem tudo que pode haver sobre mim, e foi apreendido por mandado de busca. Tudo da Paige e do Denny e da Beth. Da Nico e da Leeza e da Tanya. Os investigadores leram tudo, sentados na minha frente, do outro lado da grande mesa de madeira numa sala trancada à prova de som. Uma das paredes é um espelho. Com certeza tem uma câmera de vídeo atrás dele.

E os investigadores me perguntam: aonde eu queria chegar admitindo os crimes de outros?

Eles me perguntam: o que eu queria fazer?

Fechar o passado, eu respondo.

Eles passaram a noite lendo meu inventário e perguntando: o que quer dizer isso?

Enfermeira Flamingo. Dr. Fulgor. "Danúbio azul."

O que dizemos quando não podemos contar a verdade. Eu já não sei mais o que as coisas querem dizer.

Os investigadores da polícia perguntam se sei do paradeiro de uma paciente chamada Paige Marshall. Estão à sua procura pra que ela seja interrogada a respeito da aparente morte por asfixia de uma paciente chamada Ida Mancini. Minha aparente mãe.

A srta. Marshall desapareceu na noite passada de uma ala de segurança. Não há sinais visíveis de fuga. Não há testemunhas. Nada. Ela simplesmente sumiu.

A equipe do St. Anthony's estava apoiando o delírio dela, a polícia me conta, de que ela era médica de verdade. Deixaram que ela usasse um jaleco. Isso a tornava mais cooperativa.

A equipe disse que ela e eu éramos muito amiguinhos.

– Até que não – eu falo. – Quer dizer, eu a via por lá, mas não sabia muita coisa.

Os investigadores dizem que eu não tenho muitas amigas entre as enfermeiras.

Vide: Clare, enfermeira.

Vide: Pearl, auxiliar de enfermagem.

Vide: Dunsboro Colonial.

Vide: Os sexólatras.

Não pergunto se eles se deram ao trabalho de conferir se Paige Marshall estava no ano 2556.

Fuçando o bolso, encontro uma moedinha. Engulo e ela desce.

No meu bolso, encontro um clipe de papel. Ele também desce.

Enquanto os investigadores reviram o diário vermelho da minha mãe, eu saio procurando uma coisa maior. Uma coisa grande demais pra engolir.

Faz anos que eu me engasgo quase até morrer. Já deve ser uma coisa fácil.

Depois de uma batida na porta, eles trazem uma bandeja com o jantar. Um hambúrguer num prato. Um guardanapo. Uma garrafa de ketchup. O acumulado nas minhas tripas, o inchaço e a dor, aquilo me dá uma megafome, mas eu não consigo comer.

Eles me perguntam:

– O que tem nesse diário?

Eu abro o hambúrguer. Abro a garrafa de ketchup. Preciso comer pra sobreviver, mas por dentro eu sou só merda.

Italiano, eu respondo pra eles.

Ainda lendo, os investigadores perguntam:

– O que são esses negócios que parecem mapas? Esse monte de páginas de desenho?

Engraçado, eu tinha esquecido daquilo. São mapas. Mapas que eu fiz quando era garotinho, um merdinha, um imbecil, um crédulo. Veja só: minha mãe disse que eu podia reinventar o mundo inteiro. Que eu tinha esse poder. Que eu não precisava aceitar o mundo do jeito que ele era, todo demarcado, subgerenciado. Eu podia deixá-lo do jeito que eu quisesse.

Essa era a loucura dela.

E eu acreditei.

E eu solto a tampa da garrafa de ketchup na minha boca. E engulo.

No instante seguinte, minhas pernas se esticam tão rápido que minha cadeira sai voando pra trás. Minhas mãos agarram minha garganta. Estou de pé, olhos arregalados pro teto pintado, meus olhos virados pra trás. Meu queixo se projeta do meu rosto.

Os investigadores já tiraram meio corpo das cadeiras.

A falta de respiração faz as veias do meu pescoço incharem. Meu rosto fica vermelho, quente. O suor brota na minha testa. Borras de suor nas costas da camisa. Seguro forte meu pescoço.

Porque não posso salvar ninguém, nem como médico nem como filho. E porque eu não posso salvar ninguém, eu não posso me salvar.

Porque agora eu sou órfão. Sem emprego e sem amor. Porque minhas tripas doem, e eu vou morrer mesmo, de dentro pra fora.

Porque você tem que planejar sua fuga.

Porque depois de cruzar alguns limites, você não para mais de cruzá-los.

E não há como fugir da fuga constante. De nos distrair. De evitar conflito. De superar o momento. De bater punheta. Da televisão. Da negação.

Os investigadores erguem os olhos do diário, e um deles fala:

– Não entre em pânico. É exatamente como ele fala no caderno. Ele está fingindo.

Eles ficam me olhando.

Com as mãos em volta da garganta, eu não consigo puxar ar. O garotinho imbecil que gritou: "Lobo!"

Como aquela mulher com a boca cheia de chocolate. A mulher que não era sua Mamãe.

É a primeira vez, até onde alcança minha memória, que eu me sinto em paz. Não feliz. Não triste. Não nervoso. Não excitado. Todas as partes superiores do meu cérebro fecham as portas. O córtex cerebral. O cerebelo. É ali que mora meu problema.

Estou simplificando.

Em algum ponto de equilíbrio perfeito entre felicidade e tristeza.

Porque uma esponja do mar nunca teve um dia ruim.

Capítulo 47

Um dia o ônibus do colégio parou no meio-fio, e enquanto a mãe adotiva temporária ficou lá, acenando, o garotinho imbecil entrou. Era o único passageiro, e o ônibus passou na frente do colégio a cem por hora. A motorista do ônibus era Mamãe.

Foi a última vez que ela voltou pra buscá-lo.

Sentada atrás do enorme volante e olhando pra ele pelo retrovisor, ela falou:

– Você não ia acreditar como é fácil alugar um desses aqui.

Ela fez a curva pra entrar na rodovia e falou:

– Teremos umas seis horas de vantagem até que a empresa de ônibus avise do roubo desse aqui.

O ônibus desceu a rodovia e a cidade começou a passar ao lado, e quando as casas começaram a sumir Mamãe falou pra ele vir sentar perto dela. Ela pegou um diário vermelho de uma bolsa cheia de coisas e tirou um mapa todo dobrado.

Com uma mão, a Mamãe sacudiu o mapa até ele se abrir sobre o volante, e, com a outra mão, ela abriu a janela. Ela segurava o volante com os joelhos. Com os olhos, ela ia e voltava entre a estrada e o mapa.

Então ela amassou o mapa e o jogou pela janela.

Aquele tempo todo, o garotinho imbecil ficou ali sentado.

Ela disse pra ele pegar o diário vermelho.

Quando ele tentou lhe entregar, ela falou:

– Não. Abra na página seguinte. – Ela disse pra ele achar uma caneta no porta-luvas, e rápido, porque eles iam chegar num rio.

A estrada cortava tudo, todas as casas e fazendas e árvores, e em um instante eles estavam numa ponte que atravessava um rio que seguia eternamente pelos dois lados do ônibus.

– Rápido – a Mamãe falou. – Desenhe esse rio.

Como se houvesse acabado de descobrir o rio, como se houvesse acabado de descobrir o mundo inteiro, ela disse pra ele desenhar um mapa novo, um mapa do mundo só pra si. Seu próprio mundo.

– Não quero que você aceite o mundo do jeito que lhe dão – ela disse.

Ela falou:

– Eu quero que você invente. Quero que você tenha essa habilidade. Que crie sua própria realidade. Suas próprias leis. É isso que eu quero lhe ensinar.

Agora o garoto tinha uma caneta, e ela disse pra ele desenhar o rio no caderno. Desenhe o rio e desenhe as montanhas à frente. E dê nome a elas, ela falou. Não com palavras que ele já conhecia, mas que inventasse palavras novas que já não significassem um monte de coisas.

Que criasse seus próprios símbolos.

O garotinho ficou pensando com a caneta na boca e o caderno aberto no colo. Passou um tempo e ele desenhou tudo.

E a coisa mais imbecil é que o garotinho esqueceu tudo isso. Foi só anos depois que os investigadores da polícia acharam esse mapa. Que ele lembrou que tinha feito isso. Que ele sabia fazer isso. Que ele tinha esse poder.

E a Mamãe olhou o mapa pelo retrovisor e falou:

– Perfeito.

Ela olhou o relógio e pisou fundo, e eles foram mais rápido, e ela falou:

– Agora escreva isso no livro. Desenhe o rio no nosso novo mapa. E se prepare, mais pra frente tem várias coisas que vão precisar de nome.

Ela falou:

– Porque a única fronteira que nos resta é o mundo dos intangíveis, das ideias, das histórias, da música, da arte.

Ela falou:

– Porque nada é tão perfeito quanto o que se pode imaginar.

Ela falou:

– Porque eu não vou estar sempre aqui para te incomodar.

Mas a verdade é que o garoto não queria ser responsável por si, pelo seu mundo. A verdade era que o merdinha imbecil já estava planejando fazer uma cena no próximo restaurante, pra Mamãe ser presa e sair da sua vida pra sempre. Porque ele estava cansado de aventura, e achava que sua vidinha fofinha, chata e imbecil ia continuar assim pra sempre.

Ele já estava tomando sua decisão entre segurança, certeza, satisfação e ela.

Dirigindo o ônibus com os joelhos, a Mamãe esticou a mão e apertou o ombro dele e falou:

– O que você quer almoçar?

E como se fosse uma resposta pura e inocente, o garotinho falou:

– Croquete de salsicha.

Capítulo 48

Um minuto e os braços me pegam por trás. Um dos investigadores me abraça forte, apertando os dois punhos contra minha caixa torácica, falando no meu ouvido:

– Respira! Respira, diabo!

No meu ouvido:

– Tá tudo bem.

Os dois braços me abraçam, me tiram do chão. Um estranho sussurra no meu ouvido:

– Vai ficar tudo bem.

Pressão periabdominal.

Alguém bate nas minhas costas do jeito que o médico faz com um recém-nascido, e eu faço a tampinha da garrafa voar. Meu intestino solta tudo pela perna da calça, junto com as duas bolinhas de borracha e toda a merda que ficou entalada.

Toda a minha vida privada vem a público.

Nada mais pra esconder.

O macaco e as castanhas.

Mais um segundo e desabo no chão. Eu fico chorando enquanto alguém me fala que está tudo bem. Estou vivo. Eles me salvaram. Eu quase morri. Eles colocam minha cabeça no peito, me embalam, falam:

– É só relaxar.
Eles levam um copo d'água até a minha boca e falam:
– Calma.
Eles me dizem que já acabou.

Capítulo 49

À volta do castelo de Denny tem mil pessoas de quem eu não me lembro, mas que nunca vão esquecer de mim.

É quase meia-noite. Fedido, órfão, desempregado, sem ninguém que me ame, abro caminho entre a multidão até chegar em Denny, parado lá no meio, e eu falo:

– Mano.

E Denny fala:

– Mano.

Assistindo à multidão com pedras na mão, ele fala:

– Cê não devia estar aqui. Sério.

Depois de a gente ter aparecido na TV, Denny diz que, durante o dia todo, não parou de vir esse monte de gente sorridente com pedras. Pedras lindas. Pedras que você nem acredita. Granito de pedreira e basalto de silhar. Rocha polida de arenito e calcário. Eles vêm um de cada vez, trazendo argamassa, pás e espátulas.

Todos perguntam, um de cada vez:

– Cadê o Victor?

É tanta gente que lotou a quadra e ninguém consegue fazer nada. Todos queriam me dar sua pedra em pessoa. Homens e mulheres, todos vieram perguntar pro Denny e pra Beth se eu estou bem.

Disseram que eu fiquei horrível na televisão.

Aí basta uma pessoa se gabar de ser um herói. De ser um salvador e de ter salvado a vida de Victor num restaurante.

Salvado *minha* vida.

O termo "barril de pólvora" acerta praticamente na mosca.

Um herói vira o assunto entre as pessoas, e isso vai correndo pelas beiradas. Mesmo no escuro, você vê a revelação se espalhando pelo povo. É a linha invisível entre quem ainda sorri e quem não.

Entre quem ainda é herói e quem já sabe a verdade.

E com todos despojados de seu momento de maior orgulho, eles começam a olhar ao redor. Todas essas pessoas, em um instante reduzidas de salvadoras a idiotas. Ficam meio putas.

– Melhor cê se mandar, mano – Denny fala.

A multidão é tão densa que não dá pra ver a obra do Denny, as colunas e as paredes, as estátuas e as escadas. E alguém grita:

– Cadê o Victor?

E outra pessoa grita:

– Pode ir nos entregando o Victor Mancini!

E é óbvio que eu mereço. Pelotão de fuzilamento. Toda a minha família.

Alguém acende os faróis de um carro, eu fico sob o holofote contra a parede.

Minha sombra pairando sobre todos nós.

Eu, o jequinha delirante que achou que podia merecer tudo, saber tudo, ter tudo, correr de tudo, se esconder de tudo. Foder com tudo.

Entre eu e os faróis ficam as silhuetas de mil pessoas sem rosto. Todos que achavam que me amavam. Que achavam que tinham me feito renascer. A lenda de suas vidas se evapora. Aí uma mão levanta uma pedra, e eu fecho os olhos.

De não respirar, as veias do meu pescoço incham. Meu rosto fica vermelho, quente.

Uma coisa bate nos meus pés. Uma pedra. Depois outra. Mais uma dúzia. Mais cem. As pedras se espatifam e o chão treme. As pedras se esmigalham à minha volta e todo mundo grita.

É o martírio de Santo Eu.

De olhos fechados, lacrimejando, os faróis brilham vermelhos contra as pálpebras, passam pela minha pele, meu sangue. Minhas lágrimas.

Mais baques contra o chão. O chão treme e as pessoas gritam de fazer força. Mais balanço, mais bateção. Mais praguejamento. E então fica tudo em silêncio.

Eu falo pro Denny:

– Mano.

Ainda de olhos fechados, eu fungo e falo:

– Me diz o que tá acontecendo.

E aí uma coisa macia, de algodão e não muito limpa se fecha no meu nariz e o Denny fala:

– Assoa, mano.

E aí todo mundo vai embora. Quase todo mundo.

Do castelo do Denny, as paredes foram derrubadas, as pedras se quebraram e se espalharam com a força da queda. As colunas estão no chão. As colunatas também. Os pedestais, destruídos. As estátuas, esmagadas. Pedra e argamassa detonadas, um monte de destroços pelo pátio, enchendo os chafarizes. Até as árvores foram abatidas e amassadas pelas pedras. As escadas em ruínas que levam ao nada.

Beth senta-se numa pedra, olhando pra uma estátua que o Denny fez dela, detonada. Não como ela era de verdade, mas como ela era pra ele. Linda como ele acha que ela é. Perfeita. Agora, detonada.

Eu pergunto: terremoto?

E Denny fala:

– Quase, mas acho que foi outro tipo de ato divino.

Não havia pedra sobre pedra.

Denny funga e fala:

– Cê tá com um cheiro de merda, mano.

Eu conto pra ele que eu não posso deixar a cidade até me liberarem. A polícia pediu.

Marcada pelos faróis, só há mais uma pessoa. Uma silhueta negra, curvada, até que os faróis viram pra outro lado, o carro vai embora.

À luz da lua, Denny e Beth e eu olhamos pra ver quem é.

É Paige Marshall. O jaleco manchado e as mangas puxadas pra cima. O bracelete de plástico no pulso. As sapatilhas molhadas chapinhando.

Denny dá um passo à frente e fala pra ela:

– Desculpa, mas acho que houve um grande mal-entendido.

E eu falo pra ele que não, que tudo bem. Que não é o que ele está pensando.

Paige chega mais perto e fala:

– Bom, eu ainda estou aqui. – Os cabelos negros dela estão desfeitos, o cerebrinho negro de seu coque. Os olhos estão inchados e vermelhos, ela funga, dá de ombros e fala: – Acho que isso quer dizer que eu sou maluca.

Todos olhamos pras pedras espalhadas, só pedras, só uns nacos marrons com nada de especial.

Uma perna da minha calça está molhada de merda e ainda gruda por dentro na minha perna, e eu falo:

– Bom.

Eu falo:

– Acho que eu não vou salvar é ninguém.

– É, pois é. – Paige levanta a mão e fala: – Será que você consegue tirar esse bracelete de mim?

Eu falo, arrã. A gente tenta.

Denny ainda está chutando as pedras, rolando pedras com os pés até que se abaixa pra erguer uma. Aí a Beth vai ajudá-lo.

Paige e eu ficamos nos olhando, olhando quem cada um é de verdade. Pela primeira vez.

A gente pode passar a vida deixando que o mundo diga quem a gente é. São ou insano. Santo ou sexólatra. Herói ou vítima. Pode deixar que a História diga se a gente é bom ou mau.

Deixar que o passado decida nosso futuro.

Ou a gente pode decidir pela gente.

E quem sabe seja nossa função inventar uma coisa melhor.

Nas árvores, uma pomba arrulha. Deve ser meia-noite.

E Denny fala:

– Opa, a gente ia gostar de uma ajudinha.

Paige vai, e eu vou. Nós quatro cavamos com as mãos pela beirada da pedra. No escuro, a sensação é áspera e fria, e leva uma eternidade, e nós quatro juntos fazemos força pra colocar uma pedra em cima da outra.

– Sabe aquela garota da Grécia antiga? – Paige pergunta.

Que desenhou o contorno do amor perdido? Eu falo: arrã.

E ela fala:

– Sabia que uma hora ela se esqueceu dele e inventou o papel de parede?

É bizarro, mas aqui estamos, os peregrinos, os malucões da nossa era, tentando determinar a nossa realidade alternativa. Construir um mundo a partir de pedras e caos.

Quando vai ser, eu não sei.

Mesmo depois de tanta correria, a gente acaba é no meio do nada no meio da noite.

E de repente a questão nem é essa.

Neste lugar aqui, onde a gente está, nas ruínas, no escuro, o que a gente for construir pode ser qualquer coisa.

Este livro foi composto em Berling e, corpo 10,5pt,
para a editora LeYa